犬神奇談

榿野道流

講談社X文庫

目次

物紹介

●天本《あまもと》　森《しん》

二十八歳。デビュー作をいきなり三十万部売ったという、話題のミステリー作家。のみならず、種々の霊障《れいしょう》を祓《はら》う追儺師《ついなし》として、「組織」に所属。彫像のような額に該博《がいはく》な知識を潜《ひそ》め、虚無的《きょむてき》な台詞《せりふ》を吐《は》く折もあるが、素顔は温かい。怖ろしくも苦しい妖魔調伏《ようまちょうぶく》の報酬《ほうしゅう》にくっついてきたボーナス——それは温泉旅行。しかも行き先は、四国の「琴平《ことひら》温泉」！　さて、旅の仕儀はどうなるか。

●琴平敏生《ことひらとしき》

二十歳。蔦《つた》の精霊《せいれい》である母が禁を犯《おか》して人とのあいだにもうけた少年。母の形見の水晶珠《すいしょうだま》を通じて、草木の精霊の守護と古《いにしえ》の魔道士の加勢とを得、常人には捉《とら》え得《え》ぬものを見聞きする。「裏」の術者たる天本の助手として「組織」に所属。調伏の報酬の嬉《うれ》しいオマケは、自分とおなじ名の温泉地への旅。大喜びで出かけた少年は、それが偶然ではないことを、まだ知らない……。

登場人

●龍《たつ》村《むら》泰《やす》彦《ひこ》

天本森の高校時代からの親友。現在、兵庫県下で監察医《かんさつい》の職にある。奇抜な服装センスと豪快な物言いが特徴。天本と敏生の良き理解者であり、協力者である。

●小《こ》一郎《いちろう》

天本の使役《しえき》する要《かなめ》の「式《しき》」。通常、羊の人形に憑《よ》り、顕現《けんげん》の際に青年の姿をとる。無口で頑《かたく》なであったこの式神《しきがみ》も、主《あるじ》同様、敏生との日々の中で変わり始めている。

●早川《はやかわ》知足《ちたる》

「組織」のエージェント。本業は外国車メーカーの販売課長。おだやかで如才《じょさい》なく、絶妙のタイミングをはかる才に長《た》け、完璧《かんぺき》な段取り采配《さいはい》の手腕はいっそ厭味《いやみ》なほど。

●一瀬《いちのせ》弘和《ひろかず》

敏生の旧友。寄宿学校時代の同室の先輩。孤独だった敏生を励まし、慰《なぐさ》め、助けてくれたが、ある日突然、敏生を置いて学校をやめてしまった。そうして——。

イラストレーション／あかま日砂紀《ひさき》

犬神奇談

一章　その時その場所で

糸のように細い月が、生い茂る木々のシルエットを黒々と浮き上がらせていた。

真冬の夜風が、乾いた音を立てて谷を吹き抜けていく。厳しい寒さが上着を貫き、肌に沁《し》み透《とお》るようだった。遥《はる》か下のほうから、絶え間なくせせらぎの音が聞こえる。

十二月八日、午前一時。徳島県西祖谷山村《とくしまけんにしいややまそん》。

琴平敏生《ことひらとしき》は、乾いた地面に座り込んだまま、寒さで強張《こわば》った拳《こぶし》を開いたり握ったりしてみた。毛糸のミトンを嵌《は》めていても、指先がジンジンしてほとんど感覚がない。

暗がりに慣れた目に映るのは、太いかずらを撚《よ》り合《あ》わせて造られた、大きな吊《つ》り橋《ばし》。祖谷のかずら橋だ。

その吊り橋の中央に立つ、長身の青年。

闇《やみ》に半ば溶け込んだような黒のロングコートが、夜風にはためく。不安定な丸太を踏みしめ、両手をコートのポケットに突っ込んだまま微動だにしないその男は、言うまでもなく天本森《あまもとしん》である。

眠っているように目を閉じ項垂《うなだ》れたその立ち姿から、敏生は夜空に視線を滑《すべ》らせた。冴《さ》え冴《ざ》えした光を放つ青白い月を、灰色の雲がみるみる覆《おお》い隠《かく》していく。

ふっと生臭い風が、鼻を掠《かす》めた。反射的に敏生は立ち上がり、橋の上に佇《たたず》む森に向かって叫んだ。

「天本さん……来ます！」

その澄んだ声に、森は俯《うつむ》いていた面《おもて》をゆっくりと上げた。しかしまだ、彼は動かない。近づいてくるものの気配を読むように、鋭《するど》い視線をあちこちに油断なく走らせる。

やがて、清流の音を掻《か》き消《け》して、凄《すさ》まじい羽音が聞こえてきた。その音の主は、黄色く霞《かす》むガス……いや、何千匹という巨大な蛾《が》の群れである。それは森に向かって、鱗粉《りんぷん》を振りまき、グルグルと渦《うず》を巻きながら近づいてきた。

「天本さん……！」

敏生はゴクリと生唾《なまつば》を飲んだ。

二か月前、夜中に酔《よ》い醒《ざ》ましの散歩のつもりで外に出た観光客が、全身の血液を失った変死体で発見される事件が相次いだ。発見時、まだかろうじて存命であった被害者のひとりが、「物凄《ものすご》い数の蛾の大群に襲われ、血を吸われた」と証言したことから、静かな山村は大騒ぎになった。

やがて、どこをどう巡ったかその怪事件の真相究明調査が「組織」に持ち込まれ、それが妖《あやか》しの仕業であることが判明したうえで、早川《はやかわ》から森たちに調伏《ちょうぶく》依頼が来たのだ。

「冬は幸い、観光客が少ない季節です。春が来る前に、できるだけ早く事件を解決してほしいというのが先方の希望で。……つきましては明日、出発していただけますか」

物腰柔らかなくせに押しの強いエージェントは、鉄壁《てっぺき》の営業スマイルで飛行機のチケットを差し出した。

そして、今……。

「人気《ひとけ》のないところ……しかもできるだけ広く開けたスペースで奴《やつ》らを迎《むか》え撃《う》とう。一般人をこれ以上巻き添えにするわけにはいかないからな」

森はそう言い、真夜中に敏生を伴ってホテルを抜け出した。四国《しこく》とはいえ、山間部は本州の低地よりずっと寒い。雪こそ降っていないが、凍《こお》るように冷たい山道を歩き、二人はこの西祖谷山村いちばんの観光スポットであるかずら橋にやってきた。

深い谷を眼下に臨み、地上十四メートルの高さで張り渡された長い吊《つ》り橋《ばし》。森はその中央にひとり立ち、みずからの身を囮《おとり》にしたのだ。

「ここしばらく、化け物蛾《が》の噂《うわさ》が広まり、夜間に出歩く人間はいない。妖しどもも血に飢《う》えているだろう。ここで待っていれば、必ず来る」

そんな彼の読みは当たり、今まさに森は、蛾の姿をした妖しの大群に、その長身を覆《おお》い尽《つ》くされようとしていた。それでもなお一言も発しない森に、敏生は焦《じ》れたように叫んだ。

「天本さんッ！」

そのとき、もはや蛾《が》の塊《かたまり》にしか見えない黄色くけぶったタワーから、鋭《するど》い声が迸《ほとばし》った。

「今だ。敏生、結界を！　小一郎《こいちろう》、結界の外に逃れたものを仕留めろ！　一匹たりとも逃がすな」

「はいッ」

——御意《ぎょい》！

口々に答え、敏生と、森の忠実な式神《しきがみ》小一郎は、ただちにそれぞれ行動に移る。敏生は両腕を夜空に向かって広げ、胸一杯に清浄な空気を吸い込んだ。いつもは鳶色《とびいろ》の瞳《ひとみ》が微光を放つ菫色《すみれいろ》に変じたとき、その唇《くちびる》からは、高い声が放たれた。異国の歌のような、耳慣れない、しかしどこか懐《なつ》かしく胸を締め付けるようなその歌声が、木々の枝を震わせる。

不思議な歌声に誘われるように、谷川の水面《みなも》から次々に、蛍《ほたる》のようなささやかな光が現れ、敏生のもとに集う。それは、古《いにしえ》の召喚の歌に引き寄せられた、水の精霊たちだった。

「お願い。……僕の小さな友達。力を貸して」

祈りを込めて敏生が両腕を森のほうへ差しのばすと、無数の精霊たちは、みるみるうちに橋をすっぽり覆《おお》う巨大な結界を形作る。その上空を、鳶の姿に身を変えた小一郎が、高く一声鳴いて飛んだ。

それを準備完了の合図と受け取ったのか、蛾《が》の大群の襲撃に黙然と耐えていた森は、すっと左手をポケットから出した。小さな銀の五芒星《ごぼうせい》が縫《ぬ》い取《と》られた黒の革手袋《かわてぶくろ》。その手には、何かが握られている。

右手がビッシリ全身につきまとった蛾を払いのけ、早九字《はやくじ》を切る。そして左手は、高く天に突き上げられた。その手に握られていたものが、風に煽《あお》られ、吹雪《ふぶき》のように宙を舞う。

それは、強い霊力が込められた無数の符《ふ》であった。まるでそれ自体が意志を持った生き物の如《ごと》く、森の手を放れた符は蛾を捕らえ、包み込んだ。その瞬間、蛾は赤い炎を噴き上げる。逃げまどう蛾たちを、符は容赦《ようしゃ》なく捕らえ、浄化の炎で焼き尽くした。

（……凄《すご》い……）

敏生は瞬《まばた》きすら忘れ、その光景を見つめていた。暗闇《くらやみ》の中で、真言《しんごん》を唱えながら真っ直《まっす》ぐに立つ森の姿が、宙を舞う炎に照らされ、断続的に浮かび上がる。それは凄惨《せいさん》でありながら、どこか幻想的な光景だった。

やがて、すべての炎が消え、周囲は再び静寂《せいじゃく》に包まれる。

「……小一郎」

——結界を逃れた輩《やから》は、すべて仕留めました。

「ご苦労。下がっていい」

――はっ。

式神《しきがみ》の報告を聞いて、森はようやく左手を下ろした。敏生も、ホッと息を吐き、目に見えない友人たちを労《ねぎら》う。

「ありがとう、僕の友達。……あなたたちが安らかに暮らせますように」

――お安いご用だよ、蔦《つた》の童《わらべ》。

――またおいで。……次は花の美しい季節に。

口々にメッセージを伝えながら、精霊たちは結界を解き、それぞれの住《す》み処《か》へと帰っていく。感謝を込めてそれを見送ってから、敏生は森のもとに駆《か》け寄《よ》ろう……として、橋の上に一歩踏み出したところで硬直した。

昼間、下見を兼ねてここに来たときも、二人して橋を渡ってみた。そのときですら、敏生は十分すぎるほど腰が引けていたのである。何しろ、昔ながらの吊《つ》り橋《ばし》だけに、風が吹けば容赦《ようしゃ》なく揺れる。しかも、足元が、敏生の言葉を借りれば「スカスカ」なのだ。

足場を形成するのは丸太だが、その間隔はかなり広く、下手をすると足がズボリと抜けてしまいそうである。しかも丸太の隙間《すきま》から遥《はる》か下の谷底が見えて、怖《こわ》さ倍増だ。そのスリルが観光客の人気を呼んでいるらしいが、敏生は昼間でさえ手摺《てす》りにしがみついてへたり込み、森に笑われながら手を引いてもらったのだ。

ましてや、今は深夜。いくら目が闇《やみ》に慣れていても、足元がおぼつかないことは昼以上である。

「どうした？　妖魔《ようま》を恐れない君なのに、吊《つ》り橋《ばし》ごときで腰を抜かしたのか？　昼間に教えてやっただろう。かずらの中心部に鋼鉄線を編み込んでいるから、この橋はそう簡単に落ちはしないと」

淡い微笑を浮かべ、足元など微塵《みじん》も見ずに、森は橋を渡り、敏生のほうへとやってきた。その涼《すず》しい顔を、敏生は恨《うら》めしげに見上げた。だが、森の首筋から細く血が幾筋も流れているのを見て、彼はたちまち顔色を変えた。

「天本さん！　大丈夫ですか、血が……」

「……ああ」

森は、手袋を外した手でそっと首筋に触れ、指についた血に眉《まゆ》を顰《ひそ》めた。

「マフラーを忘れたせいで、少しやられたな。せいぜい牛乳瓶《ぎゅうにゅうびん》一本か二本分、血を吸われただけだ。心配ないよ。やつら、毒を持っていなかったのが、不幸中の幸いだった」

「またそんなこと言って。天本さんは、自分の身体《からだ》のことをかまわなさすぎですよう。妖《あやか》しに献血したって、何の役にも立たないんですからね！」

「それはまた手厳しいな」

優しい眉を逆立てて小言《こごと》を言う敏生を軽くいなして、森は再び現れた月を仰《あお》ぎ見《み》た。敏生は不思議そうに首を傾《かし》げる。

「だけど……どうしてあんな妖《あやか》しが、急に出てきたんだろう」

「この国は火山列島と呼ばれているだろう。それと同じことだよ」

　森は静かに言った。

「同じこと……って？」

　敏生は何とか踏みしめても安心な丸太の上に立ち、森が指さす谷底をこわごわ見下ろした。森の長い指が、谷底にゴロゴロしている大きな岩を指さす。

「地表がある日突然割れて、そこから溶岩や湯気が噴き出す。そのときまで、人は自分たちが踏みしめている地面の下に、生きとし生けるものを溶かし尽くす灼熱《しゃくねつ》の奔流《ほんりゅう》が存在することなど気にもしない。……それと同じことだ」

　敏生は、今はもう鳶色《とびいろ》に戻った澄んだ瞳《ひとみ》で、森の端整な横顔を見つめた。森の薄い唇《くちびる》が、苦い笑みをはく。

「それって……妖しは、いつだって人間に近いところにいるってことですか？」

「そうさ。妖したちのいる世界を冥府《めいふ》と呼ぶなら、冥府と現世はいつも隣《とな》り合《あ》わせに存在している。そして、二つの世界を隔てる壁は時に脆《もろ》く、思いもよらない場所にほころびができる。……そこから妖しが入り込んでくれば怪奇現象、そこから人間が冥府へ迷い込めば神隠しと呼ばれる。簡単なことだ」

　どこまでも理路整然とした説明に、敏生はちょっと困ったように頭をポリポリと掻《か》いた。

「何だか天本さんにかかると、何もかも凄《すご》く単純なことみたいに聞こえちゃいますね」

「単純なことだよ。……さあ、仕事は終わった。宿に戻ろう」

森はそう言って、敏生の肩を抱いた。寒空の下、二時間近くじっと座ったままだった敏生の身体《からだ》は、凍《こご》えて小さく震えている。

「寒いのか」

「少し。もう一枚重ね着すればよかったんですけど、動きが鈍《にぶ》くなったら困ると思って」

「術者の心構えができてきたようだな。……だが、風邪《かぜ》を引いては元も子もない。宿へ帰って、温泉で温まって、ひと寝入りしよう。まだ夜明けまでには十分に時間がある」

「ですね。それに、天本さんは何か食べなきゃ！　寝てる間に血はできるんだそうですよ。妖《あやか》しに吸われた分、補充しないと」

「やれやれ、無茶を言うなよ。君じゃあるまいし、眠る前にものが食えるものか」

そんな他愛《たわい》ない会話をしながら、白い息を吐き、寄り添って誰もいない夜道を歩く。そうして張りつめた緊張の糸をほぐしながら、二人はゆっくりと宿へと戻った。

　エージェントの早川から連絡が入ったのはそれから二時間後、二人が宿に帰り着き、凍えた身体を温泉で温め、部屋で一息ついているときだった。

寝ぼけ声のフロント職員が電話を繋《つな》ぐと、丑三《うしみ》つ時《どき》をすぎた時刻とは思えないほど、いつもと変わらない穏やかな早川の声が受話器から聞こえてきた。

『そろそろ、お戻りの頃かと存じまして』

そんな言葉に、受話器を耳に押し当てた浴衣姿《ゆかたすがた》の森は、眉間《みけん》に浅い縦皺《たてじわ》を刻《きざ》んだ。

「不自然なほど絶妙のタイミングだな。朝にこっちから連絡するつもりだったんだが」

疲労も手伝って、森の声にはあからさまな棘《とげ》がある。だが、早川はあくまでも柔和な声音で答えた。

『あるいはお邪魔かと思いましたが。して、調伏《ちょうぶく》のほうは。お二人ともご無事ですか』

「上首尾だ。俺も敏生もぴんぴんしているさ。そんなことは訊《き》くまでもないんだろう。お前の『眼《め》』が、すべて見ていたんじゃないのか」

『滅相《めっそう》もない。……えー、こんな夜半にご連絡いたしましたのは、朝からのご予定についてお伺《うかが》いしたかったからなのですが。何かもうお決まりですか？』

そう問われて、森はチラリと敏生を見た。布団《ふとん》に寝そべって足をプラプラさせていた敏生は、頰杖《ほおづえ》をついて不思議そうに森を見返す。

「予定というほどのものはない。明日、宿をチェックアウトして、自宅へ戻ろうかと思っていた。……まさか、もう次の仕事を」

『いえいえ。そうではございません。予定がおありでないなら、ちょうどよろしゅうございました。今回は無理を聞いていただきましたので、報酬にプラスしてボーナスをご用意いたしました』

「ボーナスだと？」

『はい。といってもキャッシュではなく、ささやかな小旅行をプレゼントさせていただくつもりなのですが』

「小旅行……」

その言葉を聞いて、敏生はぴょこんと跳《と》び上《あ》がった。布団《ふとん》の上に正座して、熱心に森を見つめる。その何より雄弁な敏生の瞳《ひとみ》を見遣《みや》り、森は心の中で嘆息した。

『お気に召すかどうかはわかりませんが、香川県琴平《かがわけんことひら》温泉の宿をお取りいたしました。よろしければ、琴平様と骨休めをなさってください。ああ、あるいは龍村《たつむら》様をお誘いなさるかと思いまして、宿には一応、三人で予約を入れておきました。詳細は、朝までにそちらにFAXをお送りしておきます』

今度こそ、森は本当に大きな溜《た》め息《いき》をついた。

「あまりに手抜かりがないのもかえって嫌味《いやみ》だぞ、早川」

『恐れ入ります』

さらりと言って、早川は『それではごゆっくりお過ごしください』と電話を切った。

「ねえ天本さん、ボーナスって、小旅行って何ですか？　お電話、早川さんからでしょう？」

　森が受話器を置くや否《いな》や、敏生はノソノソと森のもとに這《は》い寄《よ》った。その大きな目は、早くも期待で輝いている。森は苦笑いでそれに応《こた》えた。

「君が喜びそうな話だよ。早川が、早く仕事が終わった褒美《ほうび》に、旅行をプレゼントしてくれるそうだ。といっても、同じ四国の香川県……琴平温泉だが」

「琴平温泉！　僕と同じ名前の温泉だ！」

　敏生の顔全体が、ぱあっと明るくなる。森はそのまだ湿《しめ》った髪をくしゃりと撫《な》でた。

「そんなに嬉《うれ》しいのかい？」

「はいっ。僕、小学生の頃からずっと、地図帳で琴平町っての見るたびに、行ってみたくて仕方なかったんですよ。わあ、嬉しいなあ。早川さんってやっぱりいい人ですねえ」

「そうか。……よかったな」

　手放しで大喜びの敏生を見遣《みや》り、森は急に複雑な気持ちになる。自分は敏生のことを大切にしているつもりだが、こんなことがあると、早川のほうがよほど敏生のことを理解していて、彼を喜ばせる術《すべ》に長《た》けているような気がしてきたのだ。

　何となくへこんだ森は、ゴロリと布団《ふとん》に横になってしまった。満面の笑顔だった敏生は、そんな森の異変に気づき、森の枕元《まくらもと》にぺたりと座った。

「天本さん？　どうしたんですか」

「……べつに」

森は、仏頂面《ぶっちょうづら》で布団《ふとん》の中に潜《もぐ》り込《こ》もうとする。しかし掛け布団を両手で引っ張ってそれを阻止し、敏生は森の顔を真上から見下ろした。

「天本さんってば。変ですよ。もしかして、琴平温泉行きたくないんですか?」

「ことさらに行きたいわけじゃないが、行けばそれなりに楽しいだろうと思うよ」

「うー」

中途半端《ちゅうとはんぱ》な答えを返されて、敏生は口を尖《とが》らせた。

「あ。もしかして、さっきの調伏《ちょうぶく》で妖《あやか》しに血を吸われたせいで、具合悪いんじゃないですか? だから、早く家に帰りたいとか」

「違う。そんなことは気にしなくていい」

「じゃあ、どうしてなんですか」

「何が?」

「どうしてそんな怖《こわ》い顔してるんです。普通、行くのが嬉《うれ》しいなら、嬉しい顔をするでしょう? お腹空《なかす》いたんですか?」

「……君じゃあるまいし」

「じゃ、どうしてですか」

こういうときの敏生はしつこい。きちんとした答えが得られるまで、小一郎ばりの執拗《しつよう》さて、追及を続けるのだ。それをこれまでの日々で学習済みの森は、ついに降参して、自分を覗《のぞ》き込《こ》む敏生の額《ひたい》を、指先で軽く押して遠ざけた。そして半身を起こし、正直に告白した。

「本当に、旅行に行くのは嫌《いや》じゃない。ただ、軽い自己嫌悪《じこけんお》に陥っていただけだ」

「自己嫌悪？　どうしてそんな……」

「君があんまり嬉《うれ》しそうにするからさ」

非難するような森の口ぶりに、敏生は困惑の面持《おもも》ちになる。

「う、嬉しそうにって……だって僕、嬉しかったから……。天本さんってば、何わかんないこと言ってるんですよう」

「だからだ。……俺は仕事のことばかり考えていて、君がそんなところに行きたがっていることなんか、思いつきもしなかった」

「それは……だって天本さん、僕たちここには仕事で来たんだし。そんなこと……」

「それでもだ。早川のほうが君の望みや好みをよく知っている……なんてことは、我慢できない」

「……え」

ふてくされたようにそう言い捨ててそっぽを向いてしまった森の頬《ほお》が少し赤いのは、温泉のせいだけではなさそうだ。あまりにも予想外の言葉にぽかんとしていた敏生の顔に、ゆっくりと悪戯《いたずら》っぽい笑みが広がった。

「天本さんってば」

「子供みたいな駄々をこねているのは、わかってるんだ。……だから、放《ほう》っておいてくれれば……ッ」

冷静を装《よそお》った森の台詞《せりふ》は、完結されることはなかった。そうっと両腕を伸ばした敏生が、森を背後から思いきり引き倒し、自分の膝《ひざ》の上に、森の頭をのせてしまったのだ。

「と、敏生」

森は慌《あわ》てて起き上がろうとしたが、敏生は両手で森の胸元を優しく押さえ、それを制止した。そして、はにかんだ笑顔でこう言った。

「ほっとけるわけないじゃないですか。確かに僕、早川さんが琴平温泉の宿を取ってくれたって聞いて凄《すご》く嬉《うれ》しかったし、今も楽しみでワクワクしてますけど、でも……」

「でも？」

開き直ったように、森は敏生の膝枕《ひざまくら》に頭を預け、皮肉っぽい表情で問いかける。敏生は、森の風呂上《ふろあ》がりでも冷たい陶磁器《とうじき》のような頬《ほお》にそっと触れた。

「でもね、それは天本さんと一緒に行けるから嬉しいんだし、楽しみなんだし。それに僕、調伏《ちょうぶく》が無事に終わって……天本さんはちょっと血を吸われちゃったけど、でも大怪我《おおけが》せずにすんで、それだけでとってもホッとしてたんです」

「敏生……」

「天本さんが元気で傍《そば》にいてくれるのが、僕のいちばんの幸せです。だから、そんな顔しないでください。でないと、僕が……ええと、困ります」

返事の代わりに、森は頬《ほお》に当てられた温かな敏生の手を取った。滑《なめ》らかな手の甲《こう》に、小さな音を立ててキスする。温泉がバラ色に染めた敏生の頬が、さらに上気した。

「悪かった。……だったら、明日の朝、香川県に向かって出発しよう。暇《ひま》かどうかは知らないが、龍村さんにも声を掛けてみるかい？」

「龍村先生にも？　わあ、楽しそう。来られるといいですね」

「ああ。龍村さんも多忙だから、どうだかわからないが。……まあ、無理なら二人でゆっくり過ごせばいいさ」

いかにも「べつに龍村抜きでもかまわない」と言いたげな森の口ぶりに、敏生はクスリと笑った。森の白い首筋に痛々しく散らばる小さな傷にそっと触れる。

「痛いですか？」

敏生の膝《ひざ》に頭を預けたままで、森は緩《ゆる》くかぶりを振った。だが敏生は、黙ってその指先で、傷の一つ一つに触れた。森は、触れられるたびに感じる熱に、軽く眉《まゆ》を顰《ひそ》める。

「敏生。こんな傷は放《ほう》っておいていい。君だって疲れているはずだろう」

だがその咎《とが》めるような声に、敏生は笑ってかぶりを振った。

「ううん。疲れてなんかないです。……それに、僕が治したいから」

そんな言葉のとおりに、敏生の細い指が触れると、まだ生々しい妖《あやか》しの噛《か》み痕《あと》が、みるみるうちに塞《ふさ》がっていく。敏生の癒《いや》しの力がもたらす心地よい熱の波動に、森はそっと目を閉じた。緩《ゆる》やかに指を動かしながら、敏生は森に話しかけた。

「ねえ、天本さん」

「どうした？」

「僕の膝枕《ひざまくら》、硬《かた》くないですか？」

笑いを含んだ声でそう訊《たず》ねられ、森は目を閉じたまま答えた。

「比較対照物がないから、そう訊《き》かれても答えようがないな。何故《なぜ》そんなことを」

「だってこないだ、河合《かわい》さんが僕の膝枕は硬くて駄目だって……あ」

敏生はハッと口元を押さえたが、後の祭りである。パチリと開いた森の目は、さっきまでの気怠《けだる》く甘い雰囲気はどこへやら、完全に追及モードに入ってしまっている。

「……河合さんが？」

「あ……えと、あの、それは……」

「いつ、どこで、河合さんが君の膝枕を評価するような機会があったんだ？」

森は片手を布団《ふとん》につき、ゆっくりと身を起こした。かなり本気の眼差《まなざ》しに、敏生は蛇《へび》に睨《にら》まれた小ネズミのように、ギュッと身体《からだ》を小さくする。

「えと……あの、天本さんが京都《きょうと》に行ってるとき……。あ、でもでも、何でもなかったんですよっ?」

「……何かあってたまるものか」

「あの……あ、ほらっ。早く寝ないと、明日寝過ごしちゃいますよ。ね、寝ましょう!」

じり、と膝《ひざ》を進める森から逃げるように、敏生は目を見張るほどのスピードで自分の布《ふ》団《とん》に逃げ込んだ。頭からガバッと掛け布団を被《かぶ》り、やどかりのように丸くなる。

「…………」

しばらく憮然《ぶぜん》として盛り上がった布団を睨んでいた森は、やがて溜《た》め息《いき》混じりに立ち上がり、部屋の灯《あかり》を消した。そのまま何も言わず、自分の布団に横たわる。広い室内は、突然の静寂《せいじゃく》に包まれた。

先に沈黙に耐えかねたのは、敏生のほうだった。幾度も寝返りを繰り返した後、小さな声で囁《ささや》く。

「あのう……。ホントに、膝枕《ひざまくら》だけ、ですよ?」

だが、それに答える声はない。起きているかどうかすらわからない相手に向かって、敏生は一生懸命説明を試みた。

「僕、もちろん、天本さんがいちばん好きだけど、河合さんのことだって好きだし、だから……。あ、でも、天本さんが嫌《いや》だったら、もうしませんから。……だから、あのう」

「もういい」

ようやく返ってきた声からは、森がどんな顔をしているかまったく推測できず、敏生は困惑の目を、闇《やみ》の中で見開く。じっと息をひそめて次の言葉を待つ耳に、低い声が聞こえた。

「少しからかっただけだよ。本気で腹を立てたわけじゃない」

「ええっ！　酷《ひど》いや天本さん。僕、もうどうしようかと……」

敏生は思わずガバッと起き上がった。隣《となり》の布団《ふとん》からは、くぐもった笑い声が聞こえる。それまで半泣きだった敏生の顔が、膨《ふく》れっ面《つら》に変わり……。

「天本さんなんか、もう知らないですッ」

そう言い捨てて、敏生はまた布団に埋もれたのだった……。

＊　　　＊

そんなわけで、朝になり、二人して眠い目を擦《こす》りながら朝食の膳《ぜん》に向かったときも、敏生はまだ少しむくれていた。

だが、囲炉裏端《いろりばた》で供される美味《おい》しい郷土料理のおかげで徐々に機嫌《きげん》は直り、さらに森が数時間前の埋め合わせのつもりか、朝から朗《ほが》らかに……とまではいかないが、敏生を手こずらせず起床し、朝食の間も自分から話しかけるという彼にしては破格の気遣《きづか》いを見せたおかげで、宿を出発する頃には、敏生はすっかりいつもの笑顔に戻っていた。

少し寄り道して大歩危《おおぼけ》で観光船に乗ったり、観音寺《かんおんじ》市《し》で巨大な銭形砂絵を見たりしてから、二人は宿のチェックイン時刻に合わせて、琴平町《ことひらちょう》にやってきた。

金刀比羅宮《ことひらぐう》の門前町であるこの町のメインストリートは、すなわち金刀比羅宮の参道である。早川が予約した宿「琴一閣《こといちかく》」も、参道近くにある、町では有数の大旅館だった。

チェックインのとき、フロントで館内地図を渡された理由を、すぐに二人は悟《さと》った。増築を繰り返したらしく、旅館はやけに複雑な造りで、確かに最初は地図なしには遭難しそうな雰囲気なのだ。

館内のあちこちにはふんだんに花が飾られ、どこもかしこも華やいだしつらえだった。客室もそこそこの広さで、調度品もあっさりしたものでまとめられている。窓からは、古そうな家並みの向こうに金刀比羅宮のある山が見えた。

「龍村先生、まだ着かないですよね」

ホテルの宿泊ガイドを眺《なが》めながら、敏生は待ち遠しそうに言った。読みかけの本を持って窓際《まどぎわ》の椅子《いす》に掛けた森は、苦笑して答える。

「急な話だったからな。仕事をすませて駆《か》けつけると言っていたから、夕飯にギリギリ間に合うくらいだろう」

「どうせなら、一緒にお風呂《ふろ》行きたいですよねえ。うーん」

　ガイドを放《ほう》り出《だ》して、敏生は畳の上にバタンと倒れ込み、両腕を広げた。もの言いたげな顔つきで、森を見る。

「風呂ぐらい、何度でも入ればいいだろう」

「だって、最初の感動ってのがあるじゃないですか！　どうせなら、最初は三人一緒に行ったほうが楽しそうでしょう。ね、天本さん。本は、夜になってからでも読めますよ」

「……わかったわかった」

　森は笑いながら、本を諦《あきら》めてテーブルに置き、腰を上げた。

「だったら、近くを一回り散歩してみるかい？　金刀比羅宮参詣《さんけい》は、龍村さんが合流してからのほうがいいだろう。千段近い石段を、二度も登るのはごめんだ」

　敏生が元気よく頷《うなず》いてピョンと立ち上がったのは、言うまでもない。二人は、到着したばかりの団体客でごった返すロビーを抜けて、外に出た。

　参道の両脇《りょうわき》には、土産物屋《みやげものや》や食べ物屋、それに宿屋がずらりと並んでいる。二人は、民芸品や菓子を眺《なが》めながら、のんびり散歩を楽しんだ。敏生は、ふと思い出して、森の首筋をチラリと見た。ほとんどの傷は敏生によって治療され、消え去っていたが、それでもまだ三つ四つ、赤い小さな瘡蓋《かさぶた》が残っている。

（昨夜《ゆうべ》、中断しちゃったもんなあ。……僕がうっかり膝枕《ひざまくら》のことなんか喋《しゃべ》ったから）

思い出して、敏生は複雑な表情になる。すべて綺麗《きれい》に消し去ってやればよかったと後悔する一方で、そもそもどうしてあんなに森がムキになったのか、今さらながらに不思議なのだ。冗談だと笑っていたが、「河合に膝枕した」と口を滑《すべ》らした直後の森の顔は、絶対に本気で怒っていた。

「あれはマジだったよなあ」

うっかり心の呟《つぶや》きが声になってしまい、傍《かたわ》らで熱心に名物饅頭《まんじゆう》のチラシを見ていた森は、訝《いぶか》しげに問いかける。

「何か言ったか？」

「え？　あ、えと、な、何でもないです」

敏生は笑ってごまかし、店の外に視線を逸《そ》らした。だが律儀《りちぎ》にそれを追った森は、口元を緩《ゆる》める。

「……何だ、腹が減ったのか」

「え？」

敏生は吃驚《びっくり》して目の前の風景を初めてちゃんと見、そして目を丸くした。土産物屋《みやげものや》の筋向かいにあったのは、うどん屋だったのだ。店の入り口に、「讃岐《さぬき》うどん」と鮮やかに染め抜かれた暖簾《のれん》がはためいている。

森は、敏生の柔らかな髪にポンと手を置き、笑いながら言った。

「そうか、龍村さんに合わせて、夕飯をいちばん遅い時刻にしたものな。軽く食っていくか？　うどんくらいなら、君にはおやつレベルだろう」

「あ……えと……はい」

とんでもない誤解……と言いたいところだが、実際、昼食を早めに摂《と》ったので、夕食まで何も食べずに我慢する自信がない敏生である。昨夜《ゆうべ》の話題を蒸《む》し返《かえ》すのは避けたい事態だったので、ここはひとつ、誤解を訂正せずにいたほうがよさそうだと敏生は咄嗟《とっさ》に判断し、素直に頷《うなず》いた。

そこで、二人は土産物屋《みやげものや》を出て、向かいのうどん屋に入った。店構えはやけに新しく見えたが、暖簾《のれん》と店名を記した木製の大きな看板の古さで、どうやら店舗を改装したばかりの老舗《しにせ》らしいと推測できる。

店内も、壁や床はまだ真新しい木の匂《にお》いがしたが、並べられた机や椅子《いす》は、黒光りしていかにも古そうだ。中途半端《ちゅうとはんぱ》な時間なので、店の中はガランとしていた。森たちのほかには、三組ほど参詣《さんけい》帰りらしき客がいるだけだ。

「俺も何か軽く食っておくかな。君の忠告に従って、血液の補充に励むことにしよう」

そう言って、森は気怠《けだる》げに品書きを開いた。やはり、昨夜妖《あやか》しに襲撃されたせいで、いくぶん疲労しているのだろう。

「そうですよ。だいたい天本さん、ふだんから食が細いんですから。旅行中くらい、ガンガン食べなきゃ」

　そう言って、敏生も身を乗り出し、品書きを覗《のぞ》き込《こ》んだ。その瞳《ひとみ》があまりにも真剣なのに、森は笑いを禁じ得ない。

「ねえ天本さん、ガイドブックには、しょうゆうどんや釜揚《かまあ》げうどんが美味《おい》しいって書いてありましたよねえ。ああでも、肉うどんとか美味しそう……」

「早川が奮発して三泊も予約を入れているんだ。まだ、うどんを食べる機会はあるだろう。順番に一つずつ試してみればいいじゃないか」

「だって。お風呂《ふろ》と一緒で、これもやっぱり最初に食べるのが、いちばん感動が大きいじゃないですか。そこに何を持ってくるかは、大問題ですよう」

　敏生が迷っているうちに、暇《ひま》そうにカウンターの椅子《いす》に腰掛けていた従業員が、お茶を運んできた。まだ若い男で、パリッとした調理服を着ている。短く刈り込んだ頭に白い帽子をかっちり被《かぶ》り、高校球児によくいるような素朴だが精悍《せいかん》な顔立ちのその青年は、二人のテーブルに来て、きちんと頭を下げた。

「いらっしゃいませ。ご注文、お決まりですか」

「ああ。俺はしょうゆうどんを。君は、敏生」

「うーん……どうしようかな」

　敏生はまだ注文を決めかねて、唸《うな》っている。と、それまでピンと背筋を伸ばして立っていた店員の青年が、奇妙な顔をして腰を屈《かが》めた。俯《うつむ》いたままの敏生の顔を、下から覗《のぞ》き込《こ》む。

「敏生って……もしかして、琴平敏生……？」

「え？」

いきなり店員にフルネームで呼びかけられ、敏生はギョッとして顔を上げた。青年も、ただまじまじと敏生の顔を見る。森はとりあえず成り行きを見守ることにしたらしく、口を噤《つぐ》んでじっと座っていた。

最初キョトンとしていた敏生の顔に、徐々に驚きと喜びが広がっていく。

「あの……まさか、ヒロ君……？　一瀬《いちのせ》……弘和《ひろかず》君……なの？」

青年は、白い歯を見せて笑った。

「おう。……驚いたわ、こんなとこでお前に会うなんて。全然変わらへんから、すぐわかった。元気にしとったか？」

「信じられない……ホントにヒロ君なんだ！　ヒロ君いなくなったの、僕が中二の夏だったから……うわあ、凄《すご》く久しぶりだよね」

敏生は、店じゅうの人が注目するほどの大声でそう言って立ち上がり、嬉《うれ》しそうに青年の両手を摑《つか》んで振り回した。青年も、少し困惑しつつも嬉しそうに笑っている。

森に小さく咳払《せきばら》いされて、敏生はハッと我に返り、傍《かたわ》らの青年を紹介した。

「あの、天本さん。この人、一瀬弘和君です。寄宿舎で僕と同じ部屋だった、二学年上の……」

「ああ。では君が、敏生が学校でいろいろと助けてもらっていた先輩の……」

「一瀬です。……ええと」

訝《いぶか》しげに見られ、森は軽く頭を下げて自己紹介をした。

「天本です。小説家をしていて……敏生には、俺のアシスタントとして、住み込みで仕事を手伝ってもらっています」

「へえ……俺、アホやから本とか全然読まへんのですけど……そんな凄《すご》いとこで仕事してるんや、敏生。偉なったんやな」

「えへへ。僕はちっとも偉くないよう。天本さんは凄いけど」

青年……弘和に感心しきりの口ぶりで言われ、敏生は照れくさそうに首を竦《すく》める。久しぶりの再会に、話したいことがたくさんありすぎて、混乱したのだろう。弘和は、何度も口を開きかけて結局何も言えず、帽子を持ち上げて、短い髪を片手で撫《な》でつけた。

「あー。あの、ここへは旅行か？　どっか宿取ってるんか？」

「あ、うん。すぐそこの琴一閣ってとこ」

「ええとこやな。そしたら……俺、ほら今仕事中やし、あんまり油売ってたらオヤジさんに怒られる。せやから上がってから、宿に行かしてもらってもええかな。……ちょっと遅なく、俺も歓迎するよ」

最後の一言は、森に向けての問いかけである。森は、口の端に微笑を浮かべて頷《うなず》いた。

「三日ほど滞在予定だから、いつでも君の好きなときに来ればいい。敏生ばかりではなく、俺も歓迎するよ」

「天本さん……」

初対面の人間には、たいていこれでもかといわんばかりの無愛想《ぶあいそう》ぶりを発揮《はっき》する森である。どう見ても破格の返答に、敏生は目を見張った。だが、森は涼《すず》しい顔でこう続けた。

「何しろ敏生の奴《やつ》、俺の掃《は》いて捨てたいような昔話は根ほり葉ほりあちこちから聞き出すくせに、自分のこととなるとやけに口が堅くてね。俺も、こいつの子供時代の話をいろいろ聞きたいものだ。……君さえよければ」

「あ、天本さんっ」

敏生は大慌《おおあわ》てで両手を振る。弘和は、そんな二人の様子にホッとしたように笑うと、敏生の注文も「しょうゆうどんにしとけ。安うて旨《うま》いから」と手早く決定し、一礼して調理場に戻っていった。

その姿が見えなくなってから、敏生はプウッと丸い頬《ほお》を膨《ふく》らませる。

「天本さんってば。僕、そんなに秘密主義じゃありませんよう」

ほほう、と森は鼻で笑う。

「そのわりに、寄宿舎時代のことを訊《き》いても、あまり喋《しゃべ》りたがらないじゃないか。俺の高校時代の話は、河合さんや龍村さんからさんざん聞いて知っているんだろう？」

「うっ……それは……」

口ごもる敏生に、森は薄く笑った。

「冗談だ。久しぶりに会ったんだし、ゆっくり話せばいいさ。俺や龍村さんのことは気にしなくていい。……しかし、彼は君が中学二年のときにいなくなった、とさっき言ったが、それは、学校を退学したということかい？」

敏生はコクリと頷《うなず》いた。

「あのね、寄宿舎って、高校になると希望すればひとり部屋が貰《もら》えるんですけど、それまでは、上級生と下級生が二人で一部屋を分け合う規則だったんです。ヒロ君は、僕より二学年上で、ヒロ君と同室だった上級生が高校に上がって個室に移ったから、僕がその後に入ることになって」

森は、軽く眉《まゆ》を顰《ひそ》める。

「二学年上なのに、君は彼のことをそんなふうに呼んでいたのか」

敏生は上目遣《うわめづか》いに森を見て、言い訳した。

「だって……。初対面のとき、ヒロ君が言ったんですよ……」

――一緒に寝起きすんのに、そんなガチガチに怖《こわ》がられとったら、やりにくうてしゃーないわ。な、友達になろや。俺がお前の、この学校でひとりめの友達や。な？

「最初の日、父さんは僕を校長先生に引き合わせてすぐ帰っちゃって、僕もう、怖いし心細いし寂《さび》しいし、どうしていいのかわかんない状態だったんです。知らない人と一つ部屋で寝起きするのも初めてだったし。夜になって、僕が寂しくて泣いてたら、ヒロ君は自分のベッドに入れて、慰《なぐさ》めてくれました」

「君に優しくしてくれたんだな」

「ええ。それからはずっと同じ部屋で暮らしてたし、僕が心配だからって、高校に上がっても……いなくなるまでは、ひとり部屋に移らずに一緒にいてくれたし。……僕、ヒロ君がいなかったら、とてもあそこの生活に耐えられなかったと思います」

敏生は遠い記憶を辿《たど》るように、虚空《こくう》に視線を泳がせた。そこへ、老女がうどんを運んでくる。調理場のカウンターから、弘和がちょっと顔を覗《のぞ》かせ、チラリと笑ってすぐ引っ込んだ。

森と敏生は、大根下ろしをたっぷりのせたうどんに生醬油《きじょうゆ》をかけて味わった。森にとっては十分すぎる量だったが、敏生はペロリと一杯平らげ、もの足りなそうにした挙《あ》げ句《く》、森のうどんまで半分貰《もら》ってようやく満足顔になった。

「まったく。その小さな身体《からだ》のどこにそれだけの食べ物が入るんだか」

森は今さらながら呆《あき》れ返《かえ》ったように、目の前の相棒の笑顔を見遣《みや》ったのだった……。

一瀬弘和が宿に訪ねてきたのは、その夜十時過ぎだった。擦《す》り切《き》れたジーンズにコットンシャツとスタジアムジャンパーを羽織ってやってきた彼は、まだ学生のように見えた。それでも彼は、開けたふすまの手前にきちんと正座し、森と、数時間前ようやく到着した龍村に、深々と頭を下げた。

「お言葉に甘えて、伺《うかが》いました。一瀬です。遅うからすいません」

敏生は、そんな弘和の手を取り立たせると、いそいそと自分の布団《ふとん》の上に座らせた。もう三人分の床が延べてあるし、窓際《まどぎわ》の椅子《いす》は森と龍村が占領しているので、そこしか場所がなかったのだ。

龍村は、簡単な自己紹介をすませると、こう言った。

「二人で積もる話もあるだろう。僕と天本は、ラウンジで一杯やってこようか」

森も頷《うなず》いたが、弘和は、ちょっと慌《あわ》てたように両手を振った。

「あのう、そんなこと仰《おっしゃ》らずに、どうぞお二人ともいらしてください。そないに気ぃ遣《つか》われると、俺が困りますし」

「そうですよう。べつに内緒の話するわけじゃないんですから、いてください。一緒に話しましょうよ」

敏生も言葉を添える。龍村は、にっと笑って立ち上がり、冷蔵庫を開けた。缶ビールを出して、各々《おのおの》の前に置く。

「なら、僕と天本も控えめに交ざるとしようか。とにかく、まずは二人の再会を祝して乾杯、だな。琴平君も、一口くらいなら飲めるだろう」

「はい。あんまり味は好きじゃないけど、形だけ。あとは引き受けてくださいね、龍村先生」

敏生はそう言って、龍村と弘和の顔を見比べ、照れくさそうに笑った。

それぞれが缶を掲《かか》げて乾杯と言ったあと、ビールをぐっと一口飲み、弘和はつくづくと敏生の顔を見た。

「せやけど、何や不思議な気がするわ。お前があんまり昔と変わらんから、昨日別れたばっかしみたいな気がするな。ほら俺、いきなり学校やめたやろ。お前に何も言わんと」

「そうだよ！　朝起きたら、ヒロ君いなくなってて……。いったい、どうしたのさ。あれからどうしてたの？」

敏生は布団《ふとん》の上に膝《ひざ》を抱えて座り、咎《とが》めるような口調で問いかける。弘和は、失礼します、と一言呟《つぶや》いてから正座していた脚を胡座《あぐら》に組み直し、そして敏生だけではなく、森と龍村にも聞こえるように、少し大きな声で話し始めた。

「俺んちは、代々大阪でうどん屋をやっとったんです。で、親父《おやじ》の代になって、店大きくして、支店増やして……手広う商売するようになりました。で、貯《た》まった金で親父は俺を学校に……敏生と同じ全寮制の学校に入れてくれました。親父《おやじ》はいつも言うてたんです。『俺は商売人の子供やからて、中学までしか行かれへんかった。けどお前は、学のある、人の上に立てる人間にならなアカン。お前はイチノセフーズの二代目社長なんやから』って」

それまではハキハキ爽《さわ》やかだった弘和の語り口に、急に苦い響きが混じる。

「俺が寄宿舎に入る頃までは、親父、まだ自分でうどん打ってたんです。凄《すご》い好きやったんですよ、親父のうどん。旨《うま》くて。……けど、いつの間にか親父は、店を人に任せて、いかにも偉い人ですって感じで、会社の社長室におるようになってしまったんです」

何も言えない敏生の代わりに、龍村が彼にしてはずいぶん抑えた声音で問いかけた。

「ふむ。お父さんは、職人より実業家の道を選ばれたんだな」

弘和は、子供のように白目が青っぽく見える目を、そっと伏せた。

「そうです。……けど、向いてへんかったんです、親父には。手ぇ広げすぎて、それぞれの店に目が届かんようになって、いろんなことが人任せになってしもたんやと思います。寄宿舎におって何も知らんかった俺には、偉そうなこと言う資格はないんですけど。……いつの間にか、店の味が落ちて、客足が遠のいて、会社も上手《うま》くいかんようになって」

「……ヒロ君……」

「ある日、親父が学校に来たんです。会社が潰《つぶ》れて、無一文どころか借金まみれになってしもたって。『もう、お前を学校に行かせる金なんかどこにもないんや』、そう言って親父《おやじ》は泣いてました。それで俺……」

「それで、あんな急に学校やめたんだ。でも、どうして僕に何も言ってくれなかったのさ。せめて新しい住所くらい……」

敏生は初めて知った弘和退学の理由に驚いた顔で、しかしまだ少し責めるような口調で言いかけた。だが弘和は、優しい苦笑いでかぶりを振った。

「俺も自分の中でまだ、ショックを受け止めきれてへんかったんや。俺自身にもあれこれ夢があったし……お前のことも、せめて高校上がるまで、面倒みたりたいと思ってた。けど、ゆっくり考えてる暇《ひま》なんかなかった。俺は一人っ子やから、親の借金は俺の借金みたいなもんや。せやし、とにかくすぐ学校やめて、働きに出んとアカンと思た」

弘和は、当時のことを思い出すように、敏生の顔をじっと見た。

「ごめんな。部屋に帰ってお前の顔見とったら、どうしても言い出されへんかった。せやから、お前が寝てる間に黙って出ていったんや。新しい住所を知らせようにも、あちこち転々と逃げ回って暮らしてるような状態やったし」

「そっか……そうだったんだ。大変だったんだね」

「まあな。で、親のほうも何とか仕事見つけて頑張ってきたし、何年か前から、ようやく俺も自分の将来のこと、考えられるようになった。そんとき、やっぱし俺もうどんを打ってみたいと思たんや。親父《おやじ》は途中で間違《まちご》うてしもたけど、俺は頑張って、親父みたいな旨《うま》いうどんを打てる職人になったろと思て。そんで、とりあえず調理師学校へ行った」

「凄《すご》いなあ。ヒロ君は、いつだって目標決めたらまっしぐらだったもんね」

「ああ。それが俺の唯一の取《と》り柄《え》やからな。で、調理師免許取って、そっから何軒かうどん屋回って、修業させてもろてるねん。親父のうどんは関西風やったけど、俺はまず、いろんなとこのうどん食って、自分のいちばん好きなうどんを見つけたろと思てな。今の店には、半年前から世話になっとる」

「へえ……」

敏生はもう、感心して目をぱちくりさせるばかりである。森は薄く笑ってこう言った。

「敏生。君がのんびりしているのは校風のせいかと思っていたが、どうやらそうではないようだな。ずいぶんしっかりした先輩が、ここにいるじゃないか」

「もう、天本さんの意地悪！　あー、龍村先生まで笑ってるし！」

敏生はむくれて丸い頬《ほお》をぷうっと膨《ふく》らませる。片手で口元を押さえて笑みを隠しながら、弘和は敏生に問いかけた。

「それで？　お前はあれからどないしとったんや。虐《いじ》められたりせえへんかったか？　俺、それだけが心配やったんや」

ハッとしたように弘和のほうに向き直り、敏生は寂《さび》しい笑みを浮かべた。

「うん……まあ、いろいろあったけど、でもちゃんと卒業まで頑張った」

敏生は立ち上がってクローゼットを開け、ハンガーに掛けてあったジーンズのポケットを探った。そして、何かを持って戻ってきた。

「ほら、見て」

開いた手のひらにのっていたのは、古びた守り袋だった。敏生はその口紐《くちひも》を丁寧《ていねい》に解き、中から小さく折りたたんだ紙片を取り出し、弘和に差し出した。

「何や、これ」

それを受け取り、訝《いぶか》しげな顔で開いてみた弘和の目が、ハッと見張られる。それは、乱暴にちぎったノートの切れ端で、縁《ふち》は黄色く変色し始めていた。そしてその紙には、鉛筆で走り書きが一行。

敏生は、少し潤《うる》んだ目で言った。

「覚えてる？　ヒロ君がいなくなった朝、僕の枕元《まくらもと》に置いてあったんだよ、その紙。ヒロ君が書いてくれたんでしょう」

もう掠《かす》れて判読が困難になりつつあるその下手くそな文字を、弘和は懐《なつ》かしそうに目を細めて見つめた。「がんばれ！」とただ一言書き残したその紙切れを、敏生はずっと守り袋に入れて持ち歩いていたらしい。

「敏生、お前これ……」

「ずっと持ってた。どんなときも、これがあったから、ヒロ君が頑張れって励ましてくれてるような気がして。もうボロボロになっちゃってるんだけど、手放せなくて」

くすんと笑って、敏生は紙片を受け取り、また丁寧《ていねい》に守り袋に納めながら話を続けた。

「高校卒業して、美大を受験するつもりだったんだけど失敗して……やけっぱちになって行き倒れたところを、ここにいる天本さんに助けてもらったんだ」

弘和は、視線を森に滑《すべ》らせる。それまでじっと片肘《かたひじ》をついて耳を傾けていた森は、弘和のもの問いたげな視線に、無言で頷《うなず》いた。

「それからずっと、天本さんの助手として、家に置いてもらってる。美大には行かずじまいだけど、画家の先生の弟子にしてもらって、少しずつだけど、僕の描《か》きたい絵に近づいていってると思う。……大丈夫、僕は凄《すご》く幸せに暮らしてるよ、ヒロ君」

龍村はその言葉に目を細め、森を見遣《みや》る。森は、小さく肩を竦《すく》めて目を伏せた。

「お前が幸せなんは、見たらわかる。学校では、今みたいにのびのびしてるお前、部屋におるときしか見られへんかったもんな。よかったな、ええ人たちに会《お》うて」

そう言って、弘和はおもむろにきちんと正座し、改めて森と龍村に深々と頭を下げた。

「あの……他人の俺がこんなん言うんは変ですけど、敏生のこと助けてくださって、ありがとうございました。……俺、途中でこいつのこと放《ほう》り出《だ》してしまって、遠くで心配してることしかできんかったんで……その」

弘和の真《ま》っ直《す》ぐな眼差《まなざ》しに、森はついと席を立った。弘和の前に端座し、その意志の強い目を真っ直ぐに見返す。敏生がドキドキして見守る中、森はこう言った。

「俺のほうこそ、敏生がいちばん苦しいときに助けてやってくれて、感謝している。君の支えがなければ、敏生が俺のところに辿《たど》り着《つ》くことはなかっただろうから」

「天本さん……」

「敏生のことで俺たちが互いに感謝しあうというのも、他人から見れば不思議な光景だろうがね」

照れ隠しのようにそう言って、森はシニカルな笑みを浮かべた。弘和も、決まり悪そうに笑って頭を掻《か》く。

「ホンマですね。……けど、マジでホッとしました。こいつがこんなに楽しそうにしてるとこ、俺初めて見たから。……けど、敏生」

弘和は、ふと心配そうに真っ直ぐな眉《まゆ》を顰《ひそ》め、敏生の顔をつくづくと見た。

「お前……その、今そんなあっけらかんとしてるとこ見たら、アレ、治ったっちゅうか、見えんようになったんか？」

森に遠慮するように低い声で問われて、ちょっと戸惑《とまど》ったらしい敏生は、すぐに彼の意図するところを理解し、笑って首を振った。森は、訝《いぶか》しげにそんな二人を見る。

「何の話だ？　治ったただの見えなくなったただの……」

「ほら、僕の精霊と話せる力のことです。僕、その能力を隠すことを知らないまま寄宿舎に入ったから、ほかの生徒たちに気味悪がられちゃって……。そこで初めて、父さんの反応が普通だったんだって気づいたんです。みんなは精霊が見えないから、僕がいくら本当だって言っても信じてくれなくて、僕はいつだってみんなからのけ者にされてました。気持ち悪いって」

敏生は弘和を見ながら、言葉を継いだ。

「でもヒロ君だけが、信じてくれたんです。ヒロ君には精霊は見えないけど、それが見えて、彼らと話せる僕のことは信じてくれるって。……だから僕、みんなの前では、精霊が見えても知らんぷりして過ごして、寄宿舎の部屋にいるときだけ……」

「そう、お前窓開けっぱなして、ベッドの上で見えない相手と楽しそうに喋《しゃべ》ってたもんな。俺も最初は疑ったけど、お前がホンマに優しい顔で喋ったり笑ったりしとったから……。ホンマんとこ、精霊とやらがおるんかどうかは俺、未《いま》だにわからへん。けど、それでもお前が楽しいんやったらそれでええ、そう思ってたんや」

「ヒロ君……」

「せやけど、そしたらこの人たちには、お前のその……」

弘和の驚きの表情に、森は敏生の代わりに答えた。

「ああ、知っている。龍村さんも俺も……今、敏生の周囲にいる人の多くは、こいつのその能力のことを知っているよ」

「そして、そういう琴平君のことが、みんな大好きなんだ。安心したまえよ、一瀬君」

龍村もそう言いながら、缶ビール片手に椅子《いす》から立ち上がり、布団《ふとん》の上に移動した。布団の上で、自然と四人は車座になる。

「そっか……ホンマにええ人らに会《お》うたんやな、敏生。よかったな」

弘和は、片手を伸ばして敏生の頭をポンと叩《たた》いた。その兄めいた仕草に、敏生もくすぐったそうに頷《うなず》く。しかし、弘和の表情には、安堵《あんど》と共にどこか不安と躊躇《ちゅうちょ》のようなものが浮かんでいる。

それに気づいた敏生は、怪訝《けげん》そうに弘和の顔を覗《のぞ》き込《こ》んだ。

「ヒロ君？　どうかした？」

「ああ……うん。せやったら……お前に聞いてほしいことがあるんやけど」

弘和は、初めて曖昧《あいまい》な口調で返答する。森と龍村も、顔を見合わせた。

「……今度こそ、俺と龍村さんが邪魔な話なんじゃないか？」

森は探るように言ったが、弘和はかぶりを振り、やはりまだどこか躊躇《ためら》いながらこう言った。

「いえ……敏生の不思議な力のこと、信じてはるお二人やったら、きっと馬鹿《ばか》にせんと聞いてくれはると思いますし……。ああ、でもせっかく旅行に来てはるのに、こんな話聞かせたら俺……」

龍村は、どこか自分に似通ったところのある弘和の顔を見ながら、いかにも医者が患者に対するような口調で問いかけた。

「うむ？　つまり、何か精霊というか、超常現象に関《かか》わる悩みでも持っているのかな」

弘和は、無言で頷《うなず》く。龍村は、弘和のがっしりした肩を叩《たた》いて、人好きのする笑顔で言った。

「だったら、君は最高の聴衆を三人、前にしているぞ。天本も琴平君も、その手のことには慣れっこだし、巻き添えを食って、僕も少しはそういうことに免疫《めんえき》がある」

「は？　慣れっこって」

「とにかく、話してみないか。君は敏生にとって大切な人だ。俺や龍村さんが力になれるなら、それは我々にとって嬉《うれ》しいことだよ」

龍村の言葉に不思議そうに首を傾《かし》げた弘和だが、森の言葉にハッと顔を引き締め、頭を下げた。

「ありがとうございます。……実は、ここ一か月、俺、ずっと気になってることがあって。せやけどあんまり不思議な話なんで、誰にも言われへんままでおったんです。今日、敏生に会って、俺の知り合いで、敏生がたったひとり、そういうこと信じてくれそうな気がして……」

敏生は、ずいと膝《ひざ》を進めた。

「僕でよかったら、何でも聞くよ。いったいどうしたの？　天本さんも龍村先生も僕も、どんな話だって笑ったり馬鹿《ばか》にしたりしないから。話してよ、ヒロ君」

「ああ。……わかった。すいません、お二人も、聞くだけ聞いてもらえますか、俺の話」

森と龍村は、真顔で頷《うなず》く。弘和は、ゴクリと生唾《なまつば》を飲んでから、正座の膝で拳《こぶし》を揃《そろ》え、思いきったように口を開いた。

「実は……俺、さっき言うたみたいに今働いてるうどん屋の二階に住み込ませてもろてるんですけど、店の裏庭で、ここんとこ毎晩、犬の幽霊を見るんです」

「犬の幽霊？」

敏生が目を丸くする。弘和は、一段低い声で、こう続けた。

「それも……首のない、犬の幽霊を」

二章　少しでも誰かのために

それは、一瀬弘和《いちのせひろかず》が琴平町《ことひらちょう》のうどん屋「さぬき庵《あん》」に住み込み店員として働き始めて、五か月が経《た》った頃だった。

店の営業が終了し、翌日の仕込みをしていた弘和は、客席のほうから店主の坂井《さかい》に呼ばれ、手を止めた。

坂井は、小柄で痩《や》せぎすの老人である。ずっと、妻と二人で店を切り盛りしており、二人の息子はどちらも遠方で会社員をしていて、店を継ぐ気はないらしかった。

そのせいか、坂井も妻も、知り合いのつてを頼って修業にやってきた若い弘和のことをとても気に入り、何くれと世話を焼いていた。

彼らは、仕事ぶりが真面目《まじめ》なだけでなく、人柄も裏表なく誠実な弘和に、理想の息子像を見いだしたのかもしれない。だからこそ坂井夫婦は、自分たちが帰宅した後、赤の他人の弘和が店の二階に寝泊まりすることを許したのだろう。

弘和もまた、朴訥《ぼくとつ》な坂井夫婦の人柄に、いつしか深い愛情を抱くようになっていた。自分が来たことによって店がどれほど活気を取り戻したかは、常連客がそっと教えてくれた。まるで実の息子に接するように親切にしてくれる坂井夫婦のために、何か恩返しがしたい。自分の修業期間は一年の予定だが、もし彼らが望むなら、それよりもっと長くいて、店を助けていきたい。弘和はそんなふうに思い始めていた。

「はい、何ですかオヤジさん」

前掛けで手を拭《ふ》きながら調理場を出た弘和を、ガランとした客席に向かい合って座った坂井夫婦は、笑顔で手招きした。

「おう、ヒロ。こっち来てちょっと座んな」

「はい。……何ですか、それ」

坂井の妻の隣《となり》に腰を下ろした弘和は、卓上に広げられた大きな紙を見て、目を丸くした。それは、図面……家の設計図であった。坂井は嬉《うれ》しそうに揉《も》み手《で》しながら、落ちくぼんだ目尻《めじり》にたくさん皺《しわ》を寄せて笑った。

「この店の設計図やわ。来週一週間、店閉めるきんな、ヒロ」

「はあ？　店閉めて、何しはるんですか」

「改装じゃ、改装。江戸《えど》時代からの店やきんの。ちょっとずつ手ぇ入れていっきょったけど、どうにも仕事がしづらいやろ。思いきって、店の入り口と壁を綺麗《けっこ》にして、あと、調理場を広うにしようと思てな」

「か……改装ですか」

急な話に唖然《あぜん》とする弘和に、坂井の妻も嬉《うれ》しげに言葉を添える。

「お父さんがな、せっかく弘和君来てくれたんやし、思いきって店の改装しようゆうて。そしたら、弘和君、長いことここにおってくれるかもしれんいうて……。いや、迷惑かもしれんけど、そなん思うてな」

「おかみさん……」

「まあ、あれや。調理場広うしたついでに、二階の畳も入れ替えて、あんたのねぐらを少しマシにしようかと思うとるんじゃわ」

「オヤジさん、おかみさん……」

老夫婦の心遣《こころづか》いに、弘和は胸がいっぱいになって、咄嗟《とっさ》に言葉が出てこなかった。しかしようやく我に返った彼は、深々と頭を下げた。

「あの。ありがとうございます。……俺なんかのために、そこまで」

「何言よんな。あんたのためだけやない。ワシらにとっても、嬉しいことやきんな。ずっと前から考えとったんが、あんたが来てくれて踏ん切りがついたわ。あんたはいつかまたよそへ行くんやろうけど、それができるだけ先のことやったらええ、そう思てな。年寄りの勝手な言いぐさやけど、ま、考えとってくれんのな」

「オヤジさん……」

弘和の返事を聞かないうちに、坂井は設計図をゴソゴソと丸めてしまった。

「とにかくそういうわけやきん、日曜の夕方は早めに店閉めて、店のもん片づけて、軽トラに積んで貸し倉庫まで持っていかないかんで。大忙しや。頼りにしとるで。その代わり、店の改装中はまとまった休みがあげれるけんな。実家に帰ってきたらええわ」

寄せられた素直な期待と信頼に、弘和は嬉《うれ》しく誇らしい気持ちで、バンと勢いよく自分の胸を叩《たた》いた。

「まかしといてください。力仕事は、全部俺の仕事です」


そんなわけで、店の改装準備をすっかり調えてから、弘和はいったん大阪の実家へ帰った。両親と会い、久しぶりに親子水入らずの時間を過ごしてから、彼は「さぬき庵」に戻ってきた。

店は、わずかの間に見違えるように綺麗《きれい》になっていた。立て付けが悪く狭かった店の入り口は、真新しい木材をふんだんに使い、広く開放的な雰囲気に造り変えられている。

「すげえ……」

驚きの声を漏《も》らしつつ、弘和は引き戸をカラリと軽やかに開けて、店内に入ってみた。

まだ家具を戻していない店の中は、ガランとしていた。客席自体は壁を塗り替え、床を修繕しただけらしく、さして変化がない。だが、調理場のほうは、かなり劇的な変化を遂《と》げていた。

　これまで物干し場に使われていた裏庭の一部を潰《つぶ》したせいで、調理場がこれまでよりずっと広くなっている。据《す》え付《つ》けられた調理機器も、半分くらいが新しいものに取り替えられていた。

「気合い入ってんなあ……」

　まだビニールカバーがかかったままの新しい調理台に触れて、弘和は溜《た》め息《いき》をついた。今の師匠《ししょう》である坂井老人の、自分に対する期待がそのまま形になって現れたような調理場の光景に、胸が詰まるような思いがした。

　二言目には、「あんたが来てから店やるんがまた楽しなった」と言ってくれる坂井の気持ちを裏切らないよう、ここで一生懸命修業して、いい職人にならなくては。まだ真新しい器具のどこか粉っぽい匂《にお》いが残る調理場で、弘和はそんな決意を新たにしたのだった。

　その夜、坂井夫婦と弘和は、改装のすんだ店で、ささやかな祝いの膳《ぜん》を囲んだ。貸し倉庫に預けていたテーブルや椅子《いす》、それに調理器具を戻し、調理場をピカピカに掃除し、仕込みもあらかたすませて、翌日の改装オープンの準備はすっかり調っていた。

「うどん屋が寿司《すし》の出前取るゆうんも何やけど、まあたまにはええわな」

　照れくさそうな嬉《うれ》しそうな顔で、坂井老人は店を見回し、満足げに何度も頷《うなず》いた。

「どうなヒロ。新しい調理場は気に入ったんな」

午後に戻ってきて以来、何十回聞いたかわからない問いをまた口にして、坂井はグラスになみなみと注《つ》いだ焼酎《しょうちゅう》をぐびりと飲んだ。

「はい、凄《すご》い気に入りました。頑張らしてもらいます」

これまた同じ答えを繰り返して、弘和は頭を下げ、にぎり寿司《ずし》を口に押し込んだ。坂井の妻は、耳にたこができるくらい聞いた二人のやりとりに、クスクスと笑う。夫とは対照的に、小柄ながら堂々とした体格の彼女は、ふと思い出したように、「そういえば」と調理場のほうに首を巡らせた。

「調理場なあ、初めの設計図より、ちょびっとだけ狭《せも》なったんやわ」

思いがけない言葉に、弘和は寿司を頬張《ほおば》ったままで首を傾《かし》げる。

「狭く？　何でです？」

「おお、古井戸が出たんやがな」

「古……井戸？　裏庭に、そんなもんがあったんですか」

「あったんや。ずいぶん昔に埋められたもんみたいでの。昔は、その井戸から水汲《く》んで、うどん打っちょったんやろなあ」

アルコールで鼻の頭を赤くした坂井は、感慨深げに腕組みした。弘和は、興味をそそられ、身を乗り出した。

「へえ。そうですね、前に夏は渇水《かっすい》で大変やから、昔から井戸水使《つこ》うてたて、テレビで言うてましたもんね」

「そうや。ほんだけど、うちの裏庭にも井戸があったんや、知らんかったわ。ワシが子供の頃には、もうなかったなあ。すぐ近所に共同で使える井戸があって、そこに汲《く》みに行っとったけん」

「どうして埋めちゃったんですかね。大事な井戸やったやろに」

坂井の妻は、こともなげに答えた。

「そら、井戸を埋めるゆうたら、井戸が涸《か》れたしかないやろ。涸れて使えんようになったけん、子供が落ちて死んだりせえへんように、埋めてしもたん違《ちゃ》うかな」

「はあ、なるほど……。じゃあ、井戸の跡が見つかっても、もう使われへんのですか」

弘和の問いに、坂井は当然だといわんばかりに大きく頷《うなず》いた。

「そらそうや。もうしっかり埋めてしもとるきんな。掘り直してもいかんやろ」

「それやったら、そんなん無視して予定どおり調理場を広げればよかったやないですか」

「うん。まあ、それでもよかったんやけど」

坂井は、片手で鼻の下を擦《こす》りながら言った。

「まあ言うたらあの井戸は、たぶんうちのご先祖が代々うどん打つんに使うてきた、店の宝物みたいなもんやろ。大したうどん屋でない言うても、歴史だけはほれ、江戸の昔に遡《さかのぼ》るきんの」

「ああ、なるほど。……そしたら、掘ったら出てきた井戸、そのまま残したんですか」

「うん。まあ、誰かに見せるもんとは違《ちゃ》うけど、せっかく出てきたもんを、そのまま埋めて調理場の下に隠してしもたら、もうおしまいや。それも井戸にすまん気がしてな。そんで、設計士さんに頼んで、急遽《きゅうきょ》、計画変更してもろたんやがな。そのうち、井戸の石組みだけでも、こつこつ造り直したろうと思ってる。それでも、調理場の広さはようけあるやろ?」

弘和は、カウンターの向こうの調理場を見遣《みや》り、笑顔で頷《うなず》いた。

「十分ですよ。俺とオヤジさんが並んで働けたら、それで十分やないですか」

「……ヒロ」

「弘和君」

さりげなく言った弘和の言葉に、坂井夫婦はハッと顔を見合わせる。そのまま二人の視線は、弘和に向けられた。

弘和は、照れくさそうに笑いかけ、しかし顔を引き締めると、背筋を伸ばして坂井夫婦にぺこりと頭を下げた。

「俺、要領悪いし、真面目《まじめ》なんだけが取《と》り柄《え》やと思てます。……愛想《あいそ》尽かさんと、よろしゅうお願いします」

坂井夫婦は、また互いの顔と弘和の顔を何度も見比べる。しばらくの沈黙の後、頭を下げたままの弘和の耳に届いたのは、坂井の年老いていても張りのある声だった。

「こっちこそ。おがんとこの息子や思て、これからもビシビシしごくきんな、ヒロ。頼むわな」

「……はい！」

顔を上げた弘和は、屈託ない笑みを浮かべたのだった。


そして、その夜遅く……。

坂井夫婦は、「明日の朝は、いつもより早く開店準備に来る」と言い残して、自宅へ帰っていった。そして、ガランとした店には、弘和ひとりが残された。

坂井の知り合いの小さな宿でいつものように温泉に入らせてもらって店に戻ってきた弘和は、自分のねぐらとして与えられた二階の物置へ入った。

広い物置には、使っていない食器や調理器具などが置いてあり、弘和が生活に使えるのは、せいぜい六畳分ほどのスペースだけである。もともと人が住むように造られた場所ではないので、洗面所すらない。店の流しと、客用のトイレを使うしかないので不便だが、弘和はどちらかというと「寝る場所があればそれでいい」タイプの人間なので、何ら不満はなかった。

もはやすっかり「自分の部屋」になったその狭いスペースに一歩入った弘和は、気持ちよさそうにクンクンと鼻をうごめかせた。坂井夫婦の心尽くしで、古びた部屋には似つかわしくない、真新しい畳が敷かれている。歩くと床が軋《きし》むのは前のままでも、やはりしっかりした青畳の感触は、足の裏に心地よかった。

片隅《かたすみ》に畳んであったマットレスを広げ、布団《ふとん》を敷いてしまうと、弘和は枕元《まくらもと》の目覚まし時計を見遣《みや》った。午前一時半。いつもならとうに床に入っている時刻だったが、今日は坂井と食後も延々と酒を酌《く》み交《か》わし、すっかり遅くなってしまったのだ。

「歯ぁ磨《みが》いて、とっとと寝んとな。明日は新装オープンの日やし、寝過ごしたらえらいこっちゃ」

そんな呟《つぶや》きを漏《も》らし、弘和は部屋を出て、狭くて急な階段を下りた。調理場の裏庭側に、真新しいシンクが据《す》えられている。そこで歯を磨きながら、弘和はしみじみと嬉《うれ》しく、調理場を見回した。

自分ひとりのためだけにあかあかと照明をつけることははばかられて、調理場は暗く、しんと静まりかえっている。それでも暗がりに目が慣れてくると、窓から入ってくる外灯の光だけでも、ピカピカ輝くシンクや調理台のシルエットが十分に識別できた。

(オヤジさんとおかみさんの気持ちに応《こた》えて、頑張らんとな)

そんなことを思いつつ歯を磨いていた弘和は、ふと違和感を感じて振り返った。まる

で、背後に誰かが立っているような感じがしたのだ。だが、背中に触れているのは、冷たいステンレスシンクの縁《へり》だけである。

「何や……ひやっとしただけか」

今さら暗がりに怯《おび》える年齢でもあるまい、と自分で自分を笑って、弘和は身震いするほど冷たい水を手で受け、口を漱《すす》いだ。しかし、蛇口《じゃぐち》を捻《ひね》って水を止めた弘和は、ゆっくりとシンクの脇《わき》……裏口の扉《とびら》を見ずにはいられなかった。いや、彼が本当に見たかったのは、その向こう、裏庭である。

(……おかしいな)

弘和は首を捻った。さっきから、裏庭に何かがいるような気がするのである。最初は、まだ馴染《なじ》まない新しい調理場の雰囲気がそう感じさせるのだと思っていた。だが、どうも違うらしい。

愛想《あいそ》のないアルミサッシの扉の向こうに、何かが立っている。自分のほうを見ている。そんな背筋がチリチリするような感覚が、どうしても去らないのだ。

「……まさか……泥棒、とかやないよな」

低く呟《つぶや》いて、弘和はシンクの縁に、歯ブラシをそっと置いた。よもや金刀比羅宮《ことひらぐう》のお膝《ひざ》元《もと》で泥棒騒ぎなど起こるまいと思いつつも、やはり全身に緊張感が走る。

弘和は、冷たい金属製の扉に、耳をつけてみた。物音はカサリとも聞こえない。それでも、不思議なくらい確かに、「何か」の気配が弘和には感じられた。

（……何やねんいったい……）

躊躇《ためら》いつつも、弘和は傍《かたわ》らに立てかけてあったアルミの柄杓《ひしゃく》を手に取った。素手より少しはましだろうと思ったのだ。それから、できるだけ音を立てないように解錠し、ドアノブに手を掛けた。

開ければ大変なことになるような気がする一方で、開けて確かめなくてはとても眠れないとも思う。

（……いや。開けて何もおらんかったら、それですむ話や。泥棒おったら警察や！　簡単なことやないか。怯《ひる》むな弘和！）

弘和は、ノブを摑《つか》む手に、ギュッと力を込めた。深呼吸を一つして、思いきり勢いよく扉《とびら》を開け放った。先手必勝とばかりに、それと同時に大声を上げる。

「誰やッ！」

しかし。

数秒の沈黙の後、弘和は詰めていた息を、ゆっくりと吐いた。冬の空気に、呼気が白い靄《もや》になって立ち上る。

目に入ったのは、すっかり狭くなった裏庭の風景だった。白っぽい地面と、柿《かき》の木と、数個の植木鉢と、物干し竿《ざお》。どこにも、侵入者らしき人影は見えなかった。

「な……何や……気のせいか」

裸足《はだし》で大股《おおまた》に一歩踏み出した姿勢のまま、弘和はガックリと肩を落とした。べつに泥棒にいてほしいと思ったわけではないが、誰もいないと今度は何故《なぜ》か少しがっかりしたような気分になる。じっとり冷や汗の滲《にじ》んだ手のひらをジャージのズボンで拭《ふ》きながら、弘和は裏庭の真ん中に出てみた。

まだほんの少し温泉の火照《ほて》りが残った頰《ほお》に、冬の澄んだ冷たい空気が心地よい。弘和は、柄杓《ひしゃく》を右手に持ったまま、うーんと大きく伸びをした。仰《あお》ぎ見《み》た空には、星が明るく光っている。

「ええ気持ちやな。……と。そういや、掘り出した井戸跡ってどんなやろ」

ふと坂井夫婦の話を思い出し、弘和は裏庭をぐるりと見回した。調理場の壁際《かべぎわ》に、少し地面を掘り下げたまま放置されている場所があり、そこに、井戸らしき古い石組みがあった。坂井の言葉どおり、石組みはかなり崩壊して、上縁《うわべり》がガタガタになっている。

そして、その前に……。

「……あれ？」

弘和は目を丸くした。円柱形の石組みの前に、何か白っぽいものがいることに気づいたのだ。弘和は、注意深くそちらに近づいた。

それは、大きな犬だった。小さな子供なら、楽に跨《また》がることができそうだ。こちらに尻《しり》を向けているので、クルンと巻き上がったふさふさした尾が目についた。

「何や。さっきの気配、お前やったんか」

弘和は、用心しながら、しかし安堵《あんど》の滲《にじ》んだ声で、その大きな犬に呼びかけた。

「どっからどうやって、いつの間に入り込んだんや、お前。近所の飼い犬か？　それとも、出汁《だし》の匂《にお》いに誘われてきた野良犬《のらいぬ》か？」

返事はない。迂闊《うかつ》に触れて噛《か》まれてはたまらないので、弘和は一定の距離を置いたまま、辛抱強《しんぼうづよ》く犬の背中に話しかけた。

「おい。腹減ってるんか？　せやけどうちの店、明日開店やからなあ。なんもお前にやるようなもんはないねん。……せや、かまぼこくらいやったらやれるけど。それ食うたら、出ていってくれや。うち食い物売る店やから、動物はアカンのや」

言葉の意味がわかったのか、大きな犬は、ようやく弘和のほうを向いた。あるいは自分に立ち向かってくるかと身構えた弘和は、次の瞬間、文字どおり凍《こお》りついた。

白く短い体毛に覆《おお》われた犬の体……そのたくましい四本の足と太い胴の上にあるはずの頭部が……その犬には、なかったのである。

「アホな……そんなアホな」

弘和はゴシゴシと目を擦《こす》ってみた。だが、犬の頭はやはりない。どこにも見あたらない。ちょうど飼い犬なら首輪をはめるあたりで、頭部がすっぱりと切り落とされているのだ。

切り口はまだ生々しく見えた。ついさっき断ち切られたばかりのような、瑞々《みずみず》しい筋肉と骨の断面が見える。しかし奇妙なことに、血は滴《したた》っていないようだ。

「首が……あらへん……。何でや……」

呆然《ぼうぜん》と呟《つぶや》き、弘和はその場に立ち尽くす。頭のない犬は、まるで目が見えているかのように、弘和のほうに体を向けた。一歩、また一歩、ゆっくりと近づいてくる犬の姿を、弘和は身動きばかりか、瞬《まばた》きすらできずに凝視《ぎょうし》していた。

犬の足は確かに動いているが、足音はまったく聞こえない。

「……う……あ……」

金縛《かなしば》りに遭《あ》ったように硬直していた弘和は、表通りに響き渡った自動車のクラクションに、ハッと我に返った。

「わああッ！」

ぎゅっと絞《しぼ》り込《こ》まれていた喉《のど》から、悲鳴が迸《ほとばし》る。それと同時に、弘和はクルリと踵《きびす》を返し、駆《か》け出《だ》した。裏口の扉《とびら》に体当たりするようにドアノブに取りつき、扉を開けて調理場へと飛び込む。

震える手で鍵《かぎ》をかけ、何度もガチャガチャと失敗しつつもチェーンまで下ろしてから、弘和は二階へ駆け上がった。蛍光灯に照らされた明るい物置に駆け込んで、布団《ふとん》の上にへたり込む。

息がゼイゼイと弾《はず》んでいた。額《ひたい》から、やけにぬるついた汗が流れ落ち、頬《ほお》を伝う。

「何やったんやあれは……」

答える者のない室内で、そんな言葉は空《むな》しく宙に消える。音もなくあの首なしの犬が背後に忍び寄ってくるような気がして、弘和は思わず階段へにじり寄った。下を見下ろし、犬が家の中に入ってこないことを確認して、ようやく彼は肩の力を抜いた。それでも何となく不安で、いつもは開けっぱなしにする物置の引き戸をきっちり閉める。

「首のない犬……そんなん、おるはずあらへん……。せやけど俺……」

暗がりの中、それ自体が淡い光を放っていたような、あの白い毛並み。綺麗《きれい》な円弧《えんこ》を描いた太い尾。……そして……。

「首……切れてたやんな……。うん、絶対切れてた。切り口見えとったもん」

自問自答して、弘和はゴロリと布団《ふとん》に仰向《あおむ》けになった。まだ、心臓がドキドキと口から飛び出しそうな勢いで脈打っている。今頃になって、驚きより恐怖が勝《まさ》ってきたらしい。

弘和は、落ち着きなく室内を見回しつつ、ブツブツと呟《つぶや》いた。

「……アホか。首のない犬が、生きて歩いてるわけあらへんやろ。まだ酒残っとるんや。絶対そうや。何か、庭に置いてある白っぽい何かを、犬と見間違えたんや。絶対、絶対そうや！」

そう言うなり、布団に潜《もぐ》り込《こ》む。頭から掛け布団を被《かぶ》り、灯《あかり》を煌々《こうこう》とつけたままで、弘和はギュッと目をつぶった。

「寝よう。寝たら忘れる。起きたらおらんようになっとるわ」

どうやら睡魔《すいま》をさっき裏庭に落としてきてしまったらしく、目をつぶっていても、眠りはいつになっても訪れなかった……。


結局弘和は、まんじりともできないまま、朝を迎《むか》えてしまった。

晴れの日を迎え、まだ暗いうちに大張り切りで店にやってきた坂井夫婦は、調理場で先に準備にかかっていた弘和の顔を見て、揃《そろ》って驚いた顔をした。

「どしたんな。何な、目の下黒いで。昨夜《ゆうべ》、そんなん飲みすぎたんな」

「……いや。そうやないです」

弘和は少し逡巡《しゅんじゅん》したが、結局昨夜自分の見た不思議なもの……首のない大きな犬のことは、口にしないことにした。

まだ気にはなっていたが、心の中で、あれはきっと酒が見せた幻《まぼろし》に決まっていると一晩じゅう繰り返し、ようやく自分自身を丸め込むことに成功しつつあったのである。言葉にして、それをまた現実世界に引っ張り戻すことは避けたかった。

それきり何も言わずに葱《ねぎ》を刻み続ける弘和に、坂井夫婦はやや困惑したようだった。しかし、坂井の妻は、

「新装開店やもんなあ、興奮してよう寝れんかったんやろ」

と訳知り顔で言い、笑いながら店の前に水を打ちに行ってしまった。坂井も、妻の言葉に納得がいったらしく、

「そうな、そんな気合い入っとったんな。ワシも頑張らないかんな」

と弘和の背中をポンポンと叩《たた》き、昨夜《ゆうべ》作って寝かしておいたうどんの生地の仕上げに取りかかった。

象牙色《ぞうげいろ》の生地を木の台にのせ、打ち粉を振り始めた坂井の手つきを、弘和は近くでじっと見つめる。適度に体重をかけ、ぐっぐっと手のひらで弾力の強い生地を延ばす。そんな無造作《むぞうさ》に見える動作も、上手《うま》くやらなくては生地を傷めてしまうのだ。

坂井はあまり「手取り足取り」教えてくれるタイプの職人ではない。だが、自分の技を惜《お》しげなく弘和に見せ、そして時折ボソリとポイントを口にするのが常だった。

「ヒロ、あんたこないだ、手のひら全部使って押っしょったやろう。あれではいかんやろ。こう、手のひらの付け根んとこを上手いこと使わんとな」

「はいっ」

いつまでもあんな馬鹿《ばか》げた幻覚に囚《とら》われていては、せっかくのめでたい日にヘマをして、師匠《ししょう》に恥をかかせてしまう。弘和は、ブルブルと頭を勢いよく振り、坂井の言葉に大きく頷《うなず》いた。そして、

「今日は特別やきん。一つ目の生地、延ばすんな？」

そんな嬉《うれ》しい言葉と共に差し出された長い麵棒《めんぼう》を、両手でしっかりと受け取った……。

新装開店初日は、目の回るような忙しさのうちに終わった。店の前に置かれた祝いの花飾りに誘われ、近所の人たちや観光客がひっきりなしに訪れた。店は終日満席状態で、坂井と弘和は調理場で働き続け、坂井の妻は肉付きのいい身体《からだ》を弾《はず》ませるようにして、店の中をミツバチのように飛び回っていた。

そして、その夜。

坂井夫婦はとっくに帰宅してしまい、店にはまた弘和だけがいた。

初めて客に出すうどんを打たせてもらい、その緊張と喜びから、弘和はすっかり昨夜《ゆうべ》の「首のない犬の幻《まぼろし》」のことなど忘れ去っていた。一日じゅう息つく暇《ひま》もない忙しさで、そんなことを思い出しもしなかったのだ。

坂井夫婦を見送ったあとは、身動きするのも気怠《けだる》いほど疲れていた。しかし「職人はいつでも清潔にしとらないかんきんな」という坂井の口癖《くちぐせ》を思い出し、疲れた身体を引きずって風呂《ふろ》に行き……そして、戻ってくるなり、文字どおりボロ切れのように布団《ふとん》の上に倒れ込んだ。掛け布団に潜《もぐ》り込《こ》む余裕すらなく、まるで変死体の如《ごと》き格好で、弘和はそのまま瞬時に熟睡してしまっていた。

もともと眠りは深い弘和である。いつもなら、そのまま朝までぐっすり眠り続けるはずだった。だが……。

「……う……ん？」

誰かに呼ばれたような気がして、弘和は唐突にパチリと目を覚ました。灯《あかり》をつける間もなくダウンしたので、物置の中は真っ暗である。しかも、布団《ふとん》を被《かぶ》らないまま暖房のない部屋で寝ていたので、全身がガチガチに冷えきっていた。

「う……寒ッ」

掠《かす》れた声で呻《うめ》きながら、弘和はゆっくりと俯《うつぶ》せの身体《からだ》を起こした。枕元《まくらもと》の目覚まし時計を見ると、時刻はまだ午前二時過ぎだった。

「くそ、何でこんな時間に目ぇ覚めるんや」

中途半端《ちゅうとはんぱ》な睡眠のせいで、頭が鈍《にぶ》く痛む。それに加えて、起き抜けだというのに妙な胸騒ぎがした。

「さっき……誰か俺のこと呼んどったような気がしたんやけど。……夢でも見たんかな」

腫《は》れぼったい瞼《まぶた》をゴシゴシ擦《こす》りながら、弘和は階下へトイレに立った。

用を足して手を洗いながら、弘和は大きく身震いした。それは、寒さのせいではなく、背筋がムズムズするような、項《うなじ》の毛が逆立つような、異様な感覚のせいだった。しかもそれは、彼にとって初めての経験ではなかった。

（あれは……中学一年くらいのときやったかな……）

弘和は、目の前の小さな鏡に映った自分の顔を見ながら、そのときのことを思い出していた。

（あれも……こんな寒い夜やった）


寄宿舎の自室でぐっすり眠っていた弘和は、やはり誰かに呼ばれた気がして、夜中ふと目が覚めた。彼はベッドの上に身を起こし、室内の気配を窺《うかが》った。

そして弘和は、そろりとベッドを降り、二段ベッドの梯子《はしご》に足を掛けた。上のベッドを覗《のぞ》き込《こ》む。しばらく様子を窺っていた彼は、無言で毛布に手を掛け、バッと半分ほどめくり上げてみた。

「……やっぱり泣いてるんか」

頭から毛布を被《かぶ》り、小さな身体《からだ》を胎児のように丸くしていたベッドの主は、ルームメイトで下級生の琴平敏生《ことひらとしき》だった。

敏生はいきなり毛布を剝《は》がされて小さく息を呑《の》み、そしてすぐにしゃくり上げた。暗がりの中、敏生の大きな鳶色《とびいろ》の目から、幾筋も涙が流れているのが見える。

「ヒロ……君……。ごめん、起こした？」

敏生は嗚咽《おえつ》しながら、か細い声でそう言って、のろのろとベッドの上に起き直った。弘和は、無言で敏生のベッドに上がり、胡座《あぐら》をかく。

　ずいぶん長い間、毛布の下で声を殺して泣き続けていたのだろう。敏生の丸い頬《ほお》は、涙でベタベタになっていた。弘和は、困惑しつつも、小声で訊《たず》ねた。

「何も聞こえへんかったけど、誰かに呼ばれた気がしたんや。そんで、覗《のぞ》いてみたらお前が泣いとった。……どないしてん」

「ん……何でもない」

　敏生は大きすぎるパジャマの袖《そで》でゴシゴシと顔を拭《ぬぐ》い、首を横に振ったが、弘和はその手首を摑《つか》み、敏生の顔を覗き込んだ。

「何でもなくてそんなに泣くわけないやろ。誰かに虐《いじ》められたんか」

　敏生は、ビー玉のような目から、新しい涙をボロボロこぼしつつ、かぶりを振る。

「それやったらどないしてん？　言わんとわからんやろ」

　何度も促《うなが》され、敏生はようやく答えた。

「母さんのこと……思い出したら悲しくなっただけ」

「また、お母《か》んか……。しゃーないやっちゃな」

「……ごめんなさい。起こしちゃいけないと思って、我慢してたんだけど。でも、ちょっとだけ、ヒロ君起きてくれたらいいなって思っちゃったから、そのせいでヒロ君、目が覚めちゃったのかなあ。ごめんなさい」

敏生は身体《からだ》をギュッと縮こめて詫《わ》びる。その鳥の巣のような頭を乱暴に撫《な》でて、弘和は勢いよく毛布を伸ばした。そして、「寝ようや」と言って、敏生のベッドにゴロリと横になった。

「一緒に寝たるから、もう泣かんとけ。な？」

「うん。……ありがと、ヒロ君」

泣き笑いの顔で頷《うなず》き、敏生も弘和の隣《となり》に潜《もぐ》り込《こ》んだ。狭いシングルベッドではあるが、子供二人が並んで眠るくらいのスペースはある。弘和のパジャマの裾《すそ》をギュッと握って、敏生はすぐに寝息を立て始めた。

泣いたせいか、赤ん坊のように体温の高い敏生の身体を傍《かたわ》らに感じながら、弘和もようやくホッとして肩の力を抜いた。

この学園に入ったばかりの頃、敏生は毎晩のように母親を恋しがって泣いていた。最近はすっかり落ち着き、もうそんなことはなくなったのだと弘和は思っていたのだが……。

(きっとこれまでも、隠れて泣いとったんやな。俺を起こさんように、心配かけんように)

安らかな敏生の寝顔をすぐ近くに見ながら、弘和は思った。

(さっきのあの変な感じ、あれはやっぱり、こいつが心の中で俺を呼んどったんや。助けてくれて言うてたんや。……気がついてやれてよかった)

今はもう遠くに消え去った、あの首筋がチリチリする感覚を思い出しながら、弘和は安《あん》堵《ど》の溜《た》め息《いき》をつき、目を閉じた……。

(そうや……。あんときと同じ感じや。誰かが、俺を呼んどる。気がついてくれ、助けてくれて言うてる感じがする)

半ば無意識に項《うなじ》を片手で撫《な》でながら、弘和は心の中で呟《つぶや》いた。

二階から一階に下りてきて、その感覚はさらに強くなっていた。弘和はトイレから出て、暗がりでそっと気配を窺《うかが》った。

(まさか……呼んでるんはもう、敏生とは違うよな)

あの頃弱々しい子供だった敏生も、今はもう自分と同じように成長して大人になっているはずだ。別れて何年も経《た》っているのに、今さら自分に救いを求めることはないだろう。ならば、今のこれは……。

(それやったら、これは……やっぱり、アレか)

認めたくはないと思った。だが、自分を呼ぶその気配は、裏庭から来ていることに、弘和は気づいていた。

見に行きたくない、だが気になる。そんな葛藤《かっとう》に数十秒逡《しゅん》巡《じゅん》したが、どう考えてもこのまま布団《ふとん》に戻って寝直すことなどできそうもない。

「ええい……気のせいかそうやないか、見たらわかるやないか！」

自分で自分を叱《しか》りつけ、弘和はズカズカと裏口に向かった。そして、思いきり扉《とびら》を開け放ち、そのままの勢いで裏庭へと飛び出す。

「……やっぱりお前か」

弘和は、強張《こわば》った顔で呻《うめ》いた。例の崩《くず》れかけた古井戸の前にいたのは、昨夜《ゆうべ》見たのと同じ、首のない犬だった。月の光を寄せ集めたように、白く短い体毛が淡く輝いている。

「気のせいと……違ったんやな」

一度だけなら、幻覚だと自分を言いくるめることもできただろう。だが、二度までも同じものを見てしまえば、どんなにそれが奇想天外でも、正体が何かわからなくても、それがそこに「いる」ことを認めざるを得ない。

不思議なことに、弘和は、自分を呼んでいたのがその首なし犬であるのではないかと心のどこかで思っていた。そして、その姿を目の当《ま》たり《あ》にした今、昨夜感じたような凄《すさ》まじい恐怖感は、少し薄れていた。

頭がないせいで、犬は声が出せない。どこを見ているかもわからない。だが、その大きな体は、真《ま》っ直《す》ぐ弘和のほうを向いていた。

「お前が、俺を呼んだんか?」

弘和は、注意深く一歩ずつ、犬に近づいた。よくよく見ると、犬の体は、時折ふうっとシルエットがぼやけ、向こう側が透《す》けて見える。頭を落とされて生きている犬がいるとは思えないので当然といえば当然なのだが、やはりこれは実像ではないらしい。

「お前……　幻《まぼろし》なんか？　それとも幽霊か？」

答えが返ってくることは期待できなかったが、黙って接近するのは心持ちが悪いので、弘和は小さな声でそんな問いかけをしながら、犬に指先が届くほどの距離まで歩み寄った。

そのとき、ただ立ち尽くしているばかりだった白犬が、突然動いた。いともたやすく弘和の身体《からだ》を通り抜け、裏木戸に向かって歩き出したのである。確かに犬が自分の身体を突き抜けたのに、弘和は何も感じられなかった。

「……あ」

弘和が呆然《ぼうぜん》と見守る中、首のない犬は、裏木戸をもすうっと通り抜けた。

「やっぱりあいつ、幽霊やったんや。……って、待て、どこ行くんや」

ハッと我に返った弘和は、慌《あわ》てて後を追った。裏木戸を開け、細い路地に出る。街灯が疎《まば》らで暗い路地を、滑《すべ》るように歩いていく犬の姿が、微妙にぼやけて見えた。

犬はふと足を止めて、じっとしている。それはまるで、弘和についてこいと促《うなが》しているようだった。

「何やねん。……俺にどこへ行ってほしいんや」

少し迷ったが、犬がいつまでも身動き一つしないので、弘和は諦《あきら》めて、犬のいるほうへ歩き出した。弘和が一定距離まで近づくと、犬はゆっくりと歩みを再開する。

人通りのない細い路地を、足音も立てずに歩く首のない犬。そして、それを無言で追いかける青年。

犬は、頭がないにもかかわらず、何もかもが「見えて」いるようだった。何の迷いもない足取りで、真《ま》っ直《す》ぐ夜道を歩いていく。そしてとうとう、金刀比羅宮の表参道の長い石段を登り始めた。

「……おい……幽霊がこんぴらさんに参るっちゅうんか」

半ば呆《あき》れ、半ば困惑しつつ、弘和は犬から一定距離をおき、ずっとついていった。ジャージしか着ていないので、冬の寒さがジワジワと肌に沁《し》みる。身体《からだ》も疲れていたし、本心を言えば、こんな不気味な犬の幽霊の尻《しり》など追いかけまわさず、とっとと店に帰って寝直してしまいたい。

だが、うんざりするほど延々と続く石段に疲れて弘和が足を止めると、首のない犬も歩みを止め、弘和がまた登り始めるまで、じっと待っている様子なのだ。

「おい……お前、サンダルでどこまでつきあわせる気やねん」

相手には頭がないのだから、あるいは自分の声など聞こえていないのかもしれない。それでも、ほかに愚痴《ぐち》る相手もいないので、そんな文句を口の中で転がしながら、弘和はゼイゼイ喉《のど》を鳴らし、膝《ひざ》に手を添え、ゆっくりと石段を登っていった。

やがて彼らは、旭社《あさひのやしろ》の前を通り過ぎ、本宮《ほんぐう》への最後の上り坂に差し掛かった。最初は路地より幅が広かった石段も、そこまで来るとかなり狭くなっている。

犬は……生きていないのだから当然といえば当然なのだが、疲れた様子さえ見せず、ひたすら石段を登っていく。一方の弘和は、吐く息に血の臭《にお》いが混ざるほど、疲労困憊《ひろうこんぱい》していた。途中、ほとんど休まず登り続けたせいで、膝がガクガクしてふくらはぎが痺《しび》れたようになっている。

「ええ加減に……お前どこまで……っ⁉」

階段の下で、弘和はついに両膝に手を当て、上体を屈《かが》めてしまった。掠《かす》れた声で、ゼイゼイと喉を鳴らしながら吐き捨て、顔を上げる……と、弘和は驚きの目を見張った。

幻影でありながら、それまでは暗がりから浮き上がるようにハッキリ見えていた大きな犬の姿が、石段の途中で、すうっと消えたのである。

「消え……た……？」

冷たい石の上に思わずへたり込んだ弘和は、呆然《ぼうぜん》と犬の消えたあたりの石段を見上げるばかりだった……。

「それから……毎晩、あの犬は、真夜中過ぎにあの古井戸の前におるんです。それでやっぱり、石段延々登って、本宮の直前あたりで消えてしまうんです」

これまでの経過を語り終えて、弘和はふう、と肩を上下させて大きな息を吐いた。敏生は、つくづくと弘和の顔を見て、こう訊《たず》ねた。

「じゃあヒロ君、ここ一か月くらい、毎晩千段近く石段登ってるの？」

「ああ……まあな。おかげで、足腰異様に強うなったけど。ってか、敏生。俺が聞いてほしかったんは、そこ違うぞ。相変わらずやな、お前は」

「え……えへへ。だって気になったんだもん」

照れ笑いする敏生をちらと見てから、森は探《しん》るような視線を弘和に向けた。

「それで？」

敏生につられて苦笑いを浮かべていた弘和は、森の冷徹な声に、ハッと顔を引き締める。

「あの……それで、って」

「その話を俺たちに聞かせた君の望みは何か、と俺は訊《き》いたんだが」

「の、望み、っちゅうか」

森の鋭《するど》い目に見据《みす》えられ、弘和は戸惑《とまど》って口ごもる。森は、淡々と言葉を継いだ。

「今の君の話を、ここにいる三人は誰も疑いも笑いもしないだろう。この世に心を残していれば、人であろうと動物であろうと、死後に幽霊の姿で現れることはある。君が、自分の正気を証明してほしいのであれば、それはたやすいことだと思うが」

「……ってことは、信じてくれはるんですか？」

弘和は、驚いた様子で、目の前の三人の顔をぐるりと見遣《みや》った。森は瞬《まばた》きで、敏生は大きく首を上下させることによって、龍村《たつむら》は低く呻《うめ》きながら、それぞれ弘和に頷《うなず》いてみせる。弘和は、複雑な表情で唇《くちびる》を噛《か》んだ。助け船を出すように、龍村が口を開く。

「すまないな、一瀬君。天本《あまもと》はこう見えて、人見知りなうえに口下手なんだ。つきあいの長いこの僕が完璧《かんぺき》に翻訳《ほんやく》すると、こういうことだ。君は琴平君の大事な友達だし、君が僕らに何か助力を求めているなら、言ってみないか。どうも今の話を聞く限りでは、ただ物珍しい首なし犬の幽霊目撃談を語りたかっただけではないんだろう。少なくとも僕はそう感じた。天本も同じように思ったからこそ、今君に敢《あ》えてすべてを語るように促《うなが》しているのさ」

その言葉を裏打ちするように、敏生も笑って頷く。弘和は、気恥ずかしいのか明後日《あさって》を向いてしまった森のシャープな頬《ほお》を見ながら、遠慮がちに話を再開した。

「あの……じゃあ、もう少し喋《しゃべ》らしてください。あの犬が出るんは毎晩のことですし、何かこれは意味があることなんやろうと思て、オヤジさんに訊《き》いてみたりしたんです」

「首のない白い犬を知りませんかって？」

目を丸くする敏生に、弘和は困った顔でかぶりを振った。

「アホ。そんなんいきなり訊いたら、頭おかしゅうなったと思われるやろ。オヤジさん年やねんから、寿命縮めるようなことはできへん。せやから、遠回しに『昔、ここで白くて大きな犬飼ってませんでしたか』て訊いてみたんや」

「それで？　お店の人、何て言ってたの？」

「そんなもん、オヤジさんが知る限り、いてへんて。おかみさんも知らんて言うてた。近所にも、そんな大きな犬飼《こ》うてる家はなかったやろて」

「そうなんだ。……でも、その首のない犬、毎晩古井戸の前に出るんだよね？　それで、毎晩同じように、こんぴらさんの本宮の近くまで行く……」

「おう」

敏生はちょっと考えて、「じゃあさ」と少しトーンを上げて言った。

「知らんぷりしたらどうなるんだろ。もしヒロ君がついていかなかったら……」

弘和は、即座に答える。

「何度か無視しようと思ってみたんやけどな。やっぱり気になって一晩じゅう眠られへんのや。で、見に行ったらやっぱりじーっと俺のこと待っとるみたいでな。歩き出しても、俺がついていかへんかったら、明け方までずっと突っ立っとるし……あたりが明るくなる頃には、すうっと消えるんやけどな」

「ひ、ヒロ君……。この寒いときに、明け方まで立ってたの？」

「ん……まあ、一晩だけやけどな。……とにかく。俺の話、信じてくれはるんやったら、お願いしたいことがあるんです」

弘和は、さっきからずっと崩《くず》さずにいた正座のままで、布団《ふとん》に両手をついた。森はようやく、弘和に向き直った。

「何だ？」

「もしよかったら、俺と店行って、あの犬を見てもらえませんか？　俺以外の人に見えるかどうかもわからへんし、皆さんを見てあいつがどうするかもわからへんのですけど」

森は能面のように感情を消した顔で、静かに訊《たず》ねた。

「さっきから同じ質問ばかり繰り返すようで悪いが、何故《なぜ》だ」

「天本さんってば」

敏生はどこか恨《うら》めしげに森を見る。だが弘和は、今度は悪びれず答えた。

「何か、ほっとかれへんのです、あの犬のこと。何であそこに毎晩現れるんか、何で首がないんか、何でこんぴらさんへ行くんか……。何もかもが気になるんです。顔がないから、あいつの表情とかは全然わからんのですけど、何か俺に言いたいことがあるん違《ちゃ》うか、そう思うんです」

「何か……君に言いたいことが？　君に縁もゆかりもない犬の幽霊がか？」

龍村の太い声に、弘和は首を傾《かし》げるようにして頷《うなず》く。

「はい。理由はわからないんですけど、どうしても気になって。今日、ホンマ偶然《ぐうぜん》に敏生に再会できたんも、運命って言うんは大袈裟《おおげさ》かもしれませんけど、何か意味があるような気がして。……だからこそ、厚かましいお願いとは思いましたけど、言わせてもらいました」

「ヒロ君……」

「お前と別れてから、そういや昔、お前は目に見えんもんと喋《しゃべ》ってたなあ、もしかしたらあの犬、お前にも見えるん違うかなと思ったんや。ごめんな敏生。久しぶりに会えたのに、俺、自分のことばっかかしで」

敏生は笑って「いいよ、そんなの」と言った。そして、訴えるような眼差《まなざ》しで森を見た。

「天本さん……」

「わかってる」

短く言って、森はすっくと立ち上がった。途方に暮れた犬のような顔つきで自分を見ている弘和を見下ろし、口の端だけで薄く笑う。

「さすがに敏生の友達だけのことはある。お人好《ひとよ》しは君たちの学校が与《あた》え給《たも》うた性質なのかな」

「そ、それじゃ」

森は軽く頷《うなず》く。

「俺たちに何ができるかはわからないが、まずはとにかくその古井戸へ行ってみよう。それでいいな、敏生」

敏生も、ピョンと蛙《かえる》のように勢いよく跳《と》び上《あ》がる。

「もちろんです！」

「僕も行こう」

龍村も、よいしょと腰を上げた。

「龍村さん、あんたは……」

制止しようとする森に、龍村は片目をつぶって言った。

「おいおい、僕ひとりをのけ者にする気か？　僕も、霊感の乏《とぼ》しい人間代表としてついていくさ。何より、医者としては『首なし』ってところが引っかかる。ぜひお目に掛かってみたいもんだ」

「まったく、あんたも物好きだな」

「そうでなければ、お前の友達を延々やり続けていられるものか。なあ、一瀬君。こいつらにかかれば、どんな怪奇現象も日常茶飯事レベルなんだぜ」

「あ……は、はあ」

森と敏生が霊障解決業の術者だとは知らない弘和は、目を白黒させて三人を見比べるばかりである。それ以上よけいなことを言うなと龍村を睨《にら》んで黙らせ、森は場の雰囲気をまとめるようにこう言った。

「では、これから皆で君のその店に行ってみることにしよう。やれやれ、深夜の金刀比羅宮参拝になりそうだな」

それから数十分の後。弘和と敏生、それに天本と龍村は、弘和の仕事先「さぬき庵」の前にいた。

「あ、どうぞ中へ。すぐ電気つけ……」

入り口の引き戸を開け、照明のスイッチに手を伸ばした弘和を、森は低い声で止めた。

「いや、いい。暗がりに目を慣らしておいたほうがいいからな。……犬の気配を感じるか？」

しばらく首を傾《かし》げてじっとしていた弘和は、首を横に振った。

「いや、まだです。……いつも、一時くらいですから、あいつ出てくるの。まだ少し間があります。あの、よかったらここに掛けててください。今、ストーブ焚《た》きますし」

弘和は一同を店内に招き入れると、慣れた仕草で、テーブルの上に片づけられていた椅《い》子《す》を下ろし、店の中央にある石油ストーブに火を入れた。しんしんと冷え切った暗い店内に、青い火がわずかに揺らめき、石油特有の臭気が鼻をついた。

暗い調理場でも、てきぱきと茶を淹《い》れる弘和を手伝いながら、敏生はちょっと悪戯《いたずら》っぽい口調で言った。

「ねえヒロ君。ここの二階に住んでるんだよね？」

「ああ。見るか？　何もないけど」

弘和は森と龍村に茶を出してから、敏生を二階に誘った。敏生は弘和について、狭くて急な階段を、壁に手をつきながらそろそろと登る。

「やっぱ電気つけたらアカンのやろな。せやけど見えるやろ」

物置に入ると、弘和はそう言って、すでに敷いてあった布団《ふとん》の上に敏生を座らせた。ちょこんと小猿のように胡座《あぐら》をかいて、敏生は興味深そうに室内にあるものを見回す。

「へえ。こんなとこに住んでるんだ。窓から外の灯《あかり》が入るね」

「うん。そもそも人が住むようなとこ違うからな。カーテンもついてへん。せやけど、畳新しゅうて気持ちええやろ」

「うん。そっか。ヒロ君、こんなとこに住んでるんだ。よけいなものがなくて、ヒロ君らしい」

「……何？」

その言葉を聞いて、弘和は笑いながら、じっと敏生の顔を窺《うかが》い見《み》た。

「いや。お前が幸せそうでよかったなって、改めて思っててん。実はな、東京で修業終わって、次どこに行こうか考えてたとき、『琴平』っちゅう文字見て、お前思い出して、ここにしようって決めたんや」

「えっ。ホント？」

「うん。嘘《うそ》に聞こえるかもしれへんけど、お前のこと忘れたわけやなかった」

「……嬉《うれ》しいよ。僕だって、ヒロ君が急に学校やめてから、ずっと気にしてた。僕が頼りないからか、あのあと、誰も下級生入ってこなくてさ。あの部屋に僕ひとりだったし」

弘和は、窓から入るわずかな光に照らされた敏生の頬《ほお》を、しみじみと見た。

「なあ、敏生」

「うん？」

「あの天本って人……その、どういう人やねん」

その問いに、敏生は澄んだ目を見張った。

「天本さん？　小説家だよ。僕の大家さんで……」

「それは聞いたけど。それだけやないんやろ？」

気遣《きづか》わしそうな弘和の目の色に、敏生は彼の言いたいことを察し、ふわりと笑った。

「僕のいちばん大事な人だよ」

「大事な人て……お前……」

敏生は暗がりでも眩《まぶ》しく見える真《ま》っ直《す》ぐな笑顔で、ハッキリと言った。

「僕の家族になってくれた人なんだ。それに、抱きしめられたら幸せな気持ちになれる人。僕も、ぎゅって思いきり抱きしめてあげたい人。ヒロ君だから、隠さずに言うよ」

しばらく黙ってまじまじと敏生を見つめていた弘和は、まだ少し疑わしげな顔つきで、それでも「そうか」と言った。敏生は元気よく頷《うなず》く。

「うん。天本さんと会えて、僕ホントに幸せだよ」

「そっか。……せやけど、何か怖《こわ》い顔の人やな。さっき『何が望みだ』て訊《き》かれたとき、背筋が寒くなったわ。目つき怖くて」

「あはは、天本さん、龍村先生が言うみたいに、凄《すご》い人見知りなんだよ。きっとヒロ君に初めて会って、緊張してるんだ。許してあげて」

「いや、俺こそ初対面の人に、こんな我《わ》が儘《まま》言うてるのに、わざわざ夜中に来てくれて。それだけでもええ人やってことはわかる。……お前からもよう礼言うといてくれ」

「わかった。……それにしても、こんな夜遅くにヒロ君とこうして布団《ふとん》の上で話すのって、ほんと久しぶりだね。懐《なつ》かしいや」

「ホンマやな。ようどっちかのベッドの上で、喋《しゃべ》ったり隠れて菓子食ったりしたもんな」

「うん。舎監《しゃかん》さんに見つかって、よく怒られたね」

二人は顔を見合わせて、遠い日の二人の子供のように笑い合った。

……と。弘和はふと笑いを引っ込め、精悍《せいかん》な顔を引き締めた。その様子に、敏生もハッと姿勢を正す。

「ヒロ君……これが、ヒロ君の言う、首なし犬の気配？」

弘和は、掠《かす》れた声で「ああ」と呻《うめ》いた。

「お前にもわかるんか？」

「何となく……感じる。人じゃなくて、動物の気配」

敏生は小さな声で言って、立ち上がった。

「行こう、ヒロ君」

「わかった」

弘和と敏生が階下に行くと、森と龍村も、いったん脱いだコートに袖《そで》を通しているところだった。どうやら森も、ただならぬ「気」を感じ取ったらしい。二人の姿を見ると、森はビールの酔いなど微塵《みじん》も感じさせない厳しい声で言った。

「行くぞ。……敏生。とりあえずは何もするな。様子を見る」

「はいっ。……裏口開けて、ヒロ君」

「お……おう」

敏生の傍《かたわ》らに、黒いロングコートを着た森と、象牙色《ぞうげいろ》のトレンチコートを着こんだ龍村が歩み寄る。弘和は、そっと裏口の冷たいノブを回した。

四人は、静かに裏庭へと踏み出した。それなりにストーブで暖まっていた室内から外に出るなり、冬の冷気が顔を刺した。

「……いた。あそこです」

弘和が、白い息を吐きながら、庭の一角を指さした。

そこにあるのは、なるほど半ば崩《くず》れかけた井戸の跡。……そして、四人の目には等しく、首のない大きな白い犬の姿が映っていた……。

三章　だから今はまだ

「……犬、だな。確かに」

そんな龍村《たつむら》の呟《つぶや》きが、闇《やみ》に吸い込まれて消える。森《しん》も敏生《としき》も弘和《ひろかず》も、一言も発さずそこに立ち尽くしていた。

井戸の石組みを前にいるのは、立ち上がれば敏生の顔に手が届くほど大きな犬だった。白く密な体毛が、闇からぼんやりと浮き上がって見える。そして……やはり犬の太い首はすっぱりと断ち落とされた状態で、頭部はない。滑稽《こっけい》なほど見事に巻き上がった豊かな尻尾《しっぽ》が、ゆらりと一度だけ左右に揺れた。

弘和は、見えるかと目で森と敏生に問うた。二人は無言で頷《うなず》く。

最近では、弘和の姿を見る……といっても頭がないので、どこで見ているかはわからないのだが……と、すぐに外へ出ていっていた白犬だが、突然の乱入者たちに警戒しているのか、井戸の傍《そば》から動こうとしない。

「……いつものようにしてくれ」

木枯《こが》らしのような声で森に囁《ささや》かれ、弘和は犬に語りかけた。

「よう。また、夜の散歩につきあいに来たったで。今日は、お前の言いたいことがわかるかもしれへん人を、三人連れてきたんや。……お前、頭ないから、俺の言うてることわかるかどうか知らんけど。もしわかるんやったら、行こう」

諭《さと》すような弘和の声に、犬はゆっくりと体の向きを変えた。悠々とした足取りで、裏木戸のほうに歩いていく。

四人は、犬の後をついて暗い路地に出た。表通りを走る自動車の音が時折するだけで、あたりは静かである。月のない夜なので、空はいよいよ黒く、小さな星も澄んだ空気を通してハッキリと見えた。

ともすれば闇《やみ》と見分けがつきにくい黒いアスファルトの地面を、首のない犬は、ゆっくりしたスピードで真《ま》っ直《す》ぐ歩いていく。

「ふうむ。あの犬には、君の声が聞こえていたようだな」

寒そうにトレンチコートの襟《えり》を立て、龍村は興味深そうに唸《うな》った。弘和は、犬から目を離さずに頷《うなず》く。

「はい。不思議ですけど、そうみたいです。それに、目も見えてるみたいに迷わず歩くし。幽霊だからなんですかね」

「どうだかな。僕は法医学をやっていてね。死体の医者ではあるが、幽霊は守備範囲外なんだ。天本《あまもと》なら、納得いく答えを君にくれるかもしれないぜ」

龍村にそう言われ、弘和はチラと背後を振り返った。森は相変わらずの厳しい顔で、敏生はどこかワクワクした顔つきで、並んでついてくる。

「俺、やっぱ厚かましいこと頼んで、怒らせてしまったですかね」

小声で訊《たず》ねた弘和を、龍村は豪快に笑い飛ばしかけて、ハッと口を押さえた。だが、いかつい仁王《におう》の眼《まなこ》が、どうしようもなく笑ってしまっている。

「ははは、そんなことは気にしなくていい。さっきも言ったが、天本は無愛想《ぶあいそう》がデフォルトなんだ。君が気にくわないわけでも、腹を立てているわけでもないさ」

「……あの人と、いつからつきあってはるんですか？」

そう訊ねた弘和の顔に浮かんだ微妙な表情に、龍村はニヤリと笑った。

「高校時代からだ。中断期間はあったが、ずいぶん長いつきあいになるよ。さては琴平《ことひら》君から、何か聞いたかな」

「……少し。敏生はずいぶん、あの人のことが好きみたいですね」

「ああ。天本も琴平君のことがとても好きだ。あの二人は、出会うべくして出会ったんだと僕は思っているよ、一瀬《いちのせ》君」

龍村は、少し足を速めて犬のほうへ近づきながら言った。それは、犬を見失わないようにではなく、後ろの二人に弘和との会話を聞かれないようにという配慮からだった。

「出会うべくして……。そこまで、ですか」

「うん。天本は琴平君に出会ってから、だんだん頑《かたく》なさがなくなってきたような気がするんだ。会ったばかりの君には信じられないだろうが、昔は今の千倍くらい愛想《あいそ》が悪かったんだぜ」

想像することすらできないと顔じゅうで語る弘和にニヤリと笑ってみせ、龍村は言葉を継いだ。

「琴平君も、出会った頃は無邪気な子供そのものだったが……今の彼は、見かけよりずっと大人になったよ。純粋さはそのままに、芯《しん》が強くなったというのかな」

「……そう……ですか？」

疑わしげに言って、弘和は敏生のほうを振り向いた。森に寄り添って歩いている敏生は、弘和の視線に気づくと、にっこりして手を振ってみせる。首のない犬の幽霊を追跡しているという異常な状況であるのに、緊張感の欠片《かけら》も感じられない。

「……敏生はやっぱり、昔と同じほっとかれへんガキみたいに見えます。いや、昔は俺もガキやったんですけど」

そう言って眉根《まゆね》を寄せる弘和に、龍村はニヤニヤ笑いながら耳打ちした。

「まあ、元保護者としては、琴平君の行く末が気になって仕方がないんだろうが、そう心配することはないよ」

「そう……ですかね」

幅の広い石段をしっかりした足取りで登りながら、龍村は頷《うなず》いた。

「琴平君がどうしてそんなに天本が好きなのか、この数日の間に、君も理解するだろうさ。天本が、どれほど琴平君を大事にしているかもな。おっと、犬に後れすぎちゃいかん。少しスピードアップしよう」

「あ、はいっ」

弘和は慌《あわ》てて、彼にとってはもはや見慣れた犬の後ろ姿に視線を戻した。


犬は、毎夜の如《ごと》く、少しも休まず石段をどんどん登っていく。三百段を過ぎ、四百段を過ぎ、五百段を過ぎる頃には、敏生は惨《みじ》めなほどに息を切らしていた。最初はジャンパーを着ていても寒かったのに、今はそれを脱ぎ、腕に掛けていても、まだ暑いくらいだ。

「ちょ……ま、待ってくださいよう、天本さん」

力尽きた敏生にコートの背中を摑《つか》まれ、森はムッとした表情で振り向いた。こちらは、汗の一滴もかかず、呼吸も乱さず、憎《にく》らしいほどに涼《すず》しい顔をしている。

「だから日頃から鍛えておけと言っているだろう。それに、俺が待ってもあの犬は待ってくれないぞ」

「それは……わかってますけど、もう、足がガクガクでこれ以上登れませんよう」

「甘えてるんじゃない。ほら、行くぞ」

「無理ですって。ちょっとだけ休憩……」

「だったら、君ひとりで休んでいろ」

森は敏生の手を振り払い、先を行く弘和と龍村を追いかけようとした。だが敏生の情けない「天本さーん」の声に、深く嘆息しながら引き返す。そして森は、敏生に背中を向けて、石段に膝《ひざ》をついた。

「ほら」

「……え？」

思わぬ森の行動に、敏生は目を見張る。森は、苛《いら》ついたように敏生を促《うなが》した。

「彼らに後れを取るわけにいかないだろう。少しの間、背負ってやる。早くしろ」

「でも、そんなの恥ずかし……」

「うるさい。背負われるかここに放置されるか、どちらかを選べ」

「……うー。じゃあ、お言葉に甘えます。ちょっとだけ」

本気で足が限界だったらしい。敏生は、丸い頰《ほお》を羞恥《しゅうち》で真っ赤にしつつも、おとなしく

森の背中に負《お》ぶさった。絹糸のような森の髪に頰を押し当て、冷たい首筋に両腕を回す。

「……君は、あの首のない犬から、何を感じる？」

敏生の重みが加わっても、石段を踏みしめる森の足取りは、少しも乱れない。その体力

に感服しつつ、敏生は考え考え答えた。

「確かにもう実体を失って長い時間が経《た》ってる気がします」

「それから？」

「僕や天本さんに見えるだけじゃなくて、龍村先生にもハッキリ見えてるんですよね。それに、ヒロ君がさっきあの犬の気配を感じたとき、僕もほとんど同時に感じることができました。だから……」

「あの首のない犬は、一瀬君だけに何かを訴えようとしているわけではない。そういうことだな。確かに俺も、君たちが下りてくる直前に気を感じた。龍村さんは鈍《にぶ》いから、そうはいかなかったようだが」

「ですよね。たぶん、たまたまあの店にヒロ君がひとりでいたから、あの犬はヒロ君に何かを伝えようとしただけで……。本当のところは、あそこに居合わせた誰でもよかったんじゃないかな」

「俺もそう思う。そして今のところ、あの犬に、一瀬君に害を与えようとするつもりはないようだな」

「ええ、そうですね」

敏生が森の言葉に同意したとき、ふと振り向いた弘和が、森に負われている敏生を見て、目を丸くした。

「どないしたんや、敏生。足でも挫《くじ》いたんか」

いかにも心配そうに問われた敏生は、慌《あわ》てて手足をばたつかせ、森の背中から下りた。

「だ、大丈夫。ちょっと疲れたから……えへへ」

幸い、少し休んだので足の痛みは軽減している。ことさら元気に歩き出した敏生に、弘和は呆《あき》れたような顔つきをしてこう言った。

「もうすぐ旭社《あさひのやしろ》です。そこを過ぎたら、本宮《ほんぐう》までの最後の階段になります」

森はコートの皺《しわ》を伸ばしながら頷《うなず》く。

「そこで、あいつは消えるわけだな」

「はい」

龍村は、太い腕をぶんぶんと振り回した。

「いよいよだな。行こう。琴平君、大丈夫かい？」

「大丈夫ですよう」

そこで四人は、長い石段のせいで散漫になりかけた意識を、再び首のない白い犬に集中させた。

やがて、闇《やみ》の中に黒く佇《たたず》む巨大な建物が、四人の前に現れた。弘和が、短く説明する。

「これは、旭社です。あんまり立派やから、本堂と間違う人多いんですけど。……あっちです」

指さすほうを見れば、犬は、旭社の前を通り過ぎ、鳥居《とりい》の下で立ち止まっていた。まるで、四人が後をついてくるのを確かめているような様子だ。

「いつもああやって待ってるんです。……行きましょう」

弘和は先に立って歩き出した。後の三人も、その後に続く。四人が接近すると、犬は闇《やみ》の中を滑《なめ》らかに歩き、そして最後の石段に足を掛けた。

四人とも、犬の後をついてゆっくりと幅が狭くなった石段を登りつつ、無言で犬の姿を見守る。

「もうすぐや……」

弘和が呟《つぶや》く。それに呼応するように、それまでハッキリと見えていたむっくりした犬の姿が、長い石段の途中で、ぶわりと揺れた。

「あ……っ」

敏生が掠《かす》れた驚きの声を上げる。足を止めた四人の見守る中、白い犬の姿は、ジワジワと靄《もや》のように闇と混ざり、薄れ、拡散し……そして、消え去った。

「小一郎《こいちろう》!」

「お側《そば》に」

森が鋭《するど》い声で呼ぶや否《いな》や、闇の申し子のような黒衣の青年が、森の前に跪《ひざまず》く。森の忠実な式神《しきがみ》、小一郎である。

「跡を追え。だが、居場所を探るだけでいい。ほかには何もするな」

「御意《ぎょい》！」

森の命令に応《こた》え、式神《しきがみ》はたちまち鳶《とび》に姿を変えて夜空高く飛び立っていく。

「い……今のは……」

呆然《ぼうぜん》とする弘和の顔を見て、敏生は初めて、森がわざと小一郎を弘和の前に呼び出したことに気づいた。

（でも、どうして……。「組織」の決まりで、依頼人じゃない人に僕らの仕事のこと、教えちゃいけないはずなのに）

敏生のもの問いたげな視線に気づいているのかいないのか、森は龍村と共に、首なし犬が消えたあたりへ向かった。龍村の小さな懐中電灯で周囲を照らさせ、石段に膝《ひざ》をついて、何かを感じようと冷たくざらついた石に手のひらを這《は》わせる。

「と……敏生……い、い、今のは……」

「あの……小一郎っていうんだ。天本さんの式神で、僕にとってはやっぱり家族。……って言ってもわかんないよね。あとで説明する」

裂《さ》けんばかりに目を見開いたままの弘和に、敏生は早口でそれだけ言うと、逃げるように森と龍村のほうに向かって石段を駆《か》け上《あ》がった。

「天本さんっ」

「ああ。何か感じるか？」

最後に犬が触れた石段に手のひらを這《は》わせつつ、森は顔を上げないまま敏生に訊《たず》ねた。敏生も、そのすぐ上の段にちょこんと座り、さっきから感じ続けていた犬の気を捜そうとした。だがしばらくして、力なく首を横に振る。

「駄目です。綺麗《きれい》サッパリ消えちゃってます。天本さんは？」

「俺も何も感じない。……どうやら、ここに何かあるわけではないようだな」

森は服の埃《ほこり》を払いながら立ち上がった。龍村は、懐中電灯を森の顔に向ける。

「ここに何もないなら、何故《なぜ》ここで消えたんだ、あの犬っころは」

「俺を照らすな。眩《まぶ》しいじゃないか。……一瀬君」

「あ、はいッ」

まだ魂《たましい》が半分抜けた状態だった弘和は、森に名を呼ばれ、ハッと我に返って石段を二段飛ばしでやってきた。

「あの犬が消えるのは、いつもこの辺か？」

弘和は左右を見回し、ハッキリと頷《うなず》いた。

「ええ。決まってこのあたりです。……あの、さっきのは」

思いきった様子で訊ねようとした弘和を、森はジロリと見た。睨《にら》んだわけではないのだが、ただでさえ鋭《するど》い刃物のような切れ長の目である。弘和は、ほとんど反射的に口を噤《つぐ》んだ。

森は、頭上でざわめく木々の梢《こずえ》を見上げ、さらりと言った。

「あれは、俺の式神《しきがみ》だ」

「しき……がみ？」

「元は妖魔《ようま》、今は俺の忠実な僕《しもべ》だよ。妖魔はわかるだろう？」

弘和は目を白黒させて、森を凝視《ぎようし》している。森は夜空から弘和に視線を戻し、まるで世間話のような調子で言った。

「敏生が精霊を見て、彼らと語るように、俺は妖魔と戦い、彼らを調伏《ちようぶく》するか、あるいは力でねじ伏せて従わせるんだ」

「そんな……ことが？　ああでも、さっき確かにあの男、俺の目の前で鳥になって飛んでった……」

「そう、君は式神というものを見た。いいかい、一瀬君。その目に映ったものはすべてが真実なんだ。どれだけ不思議でも奇怪でも、それは確かにそこに存在している。そして彼らがこの世に姿を現すのには、必ず理由がある」

「存在する理由……。じゃあやっぱり、あの犬も、何か理由があってあんな姿でここに出てきたんですか」

「おそらくはな。だがそれについては、もう少しあとで考えよう。とにかく、俺が君に言いたいのは、こういうことだ。これまで君にとって『常ならぬもの』を見る人間は敏生だけだったかもしれないが、そういう人間はほかにいくらもいる。……俺もそうだ」

「あなたも?」

「天本さん……」

敏生はハッとして森を見た。森は、それに淡い微笑で応《こた》える。

(そっか。……天本さん、自分が術者だって言えないから、代わりにこんなふうに遠回しに、自分のことヒロ君に教えようとしてるんだ)

森は、敏生の親友である弘和に、敏生の保護者であり恋人として、できるだけ誠実に対しようとしている。それを悟《さと》って、敏生は胸がほっと温かくなるのを感じた。

「さて。首のない犬は見た。一緒に石段を登った。そして犬は消えた。お前も琴平君も、犬の気配を見失った。小一郎が犬の行方を追ってる。で、僕らはこれからどうする?」

皆の上に落ちようとしていた沈黙を払拭《ふっしょく》するように、龍村は懐中電灯を消し、おどけた仕草で両手を広げて言った。それに対し、森は短く答えた。

「戻ろう。今夜ここでできることは、もうなさそうだ」

そこで四人は、延々登ってきた石段を、今度は注意深く足元を見ながら、ゆっくり下りていった。

「僕、寝て起きたら絶対筋肉痛で死にそうになってると思うな」

敏生は、そんな情けない愚痴《ぐち》をこぼした。弘和は、それを聞いて口をへの字に結ぶ。

「お前、よう考えたらこの中でいちばん若いんやないか。何最初にへこたれてんねん。さっきは天本さんに背負うてもろてたし」

「えへへ。だって、昔から持久力なかったじゃないか、僕。全校マラソンとか、毎年ビリだったよ」

「俺がおらんようになってからも、ずっとか？」

「うん。卒業までずーっとビリ。高三になっても、小学生に抜かされてたよ」

「……胸張って言うことか、それが」

「そこまで徹底してると凄《すご》いと思わない？」

「まあ、ある意味いっそ清々《すがすが》しいとか言わんとアカンのかもな」

「そうだよう」

弘和と敏生の他愛《たわい》ない会話に、龍村はホロリと片頰《かたほお》で笑った。

「学生時代、よほど仲がよかったようだな」

森も穏やかに微笑して頷《うなず》いた。

「ああ、そのようだ。それに、彼は敏生によく似ているよ。……お節介《せっかい》寸前のお人好《ひとよ》しなところや、素直なくせに頑固《がんこ》なところが」

「ははは。違いない。ところで、あの犬のことだが。あれはどういう生物なんだ。いや、生き物じゃなく幽霊か。生物学的に、あの状態で生き続けていられるはずがないものな」

「ああ。無論そうだ」

「だが、かつてはちゃんと頭のついた状態で生きていたもの……そうなんだろう？」

「おそらくは。話を聞いたときは、あるいは誰かの式《しき》かと思ったが、そうではなさそうだ。あれがあの犬が死んだときの姿だと思うのが、妥当《だとう》だろう」

龍村は、不愉快《ふゆかい》そうに鼻筋に皺《しわ》を寄せた。

「ということは、あれは誰かに首を切られて死んだ犬の幽霊ってことか」

「その可能性が高いな。切断したのは故意か過失か事故か、それはわからないがね」

「ふうむ。誰かがわざとやったとすりゃ、残酷《ざんこく》な仕業だな。化けて出たくもなるだろうよ」

筋金入りの正義漢である龍村は、まるで目の前に首切り犯がいるかのように、右の拳《こぶし》を左の手のひらに叩《たた》きつける。森はシニカルな笑みをチラリと唇《くちびる》によぎらせた。

「まだ、そうと決まったわけじゃないさ。とにかく店に戻ろう」

「うむ。宿に帰ったら、もう一度風呂《ふろ》だな。琴平君じゃないが、きちんと筋肉をほぐしてからでないと、ふくらはぎが張って眠れそうにない」

「……年寄りはこれだから嫌《いや》になる」

森はサラリと言い捨て、ロングコートの裾《すそ》を翻《ひるがえ》して石段を下りていく。

「ちぇっ。一歳違いで、人を年寄り呼ばわりするなよ」

龍村も肩をそびやかして、それに続いた……。


「さぬき庵《あん》」に帰り着いたのは、午前二時過ぎだった。まったく休まなかったので、かなりの短時間で石段を上り下りしたことになる。

再び裏庭に戻った四人が見たのは、古井戸の傍《そば》に片膝《かたひざ》をついて畏《かしこ》まる、ひとりの青年の姿だった。

黒い長袖《ながそで》のシャツにブラックジーンズ、金具がたくさんついた黒のレザーブーツ。そして、精悍《せいかん》な顔を半ば隠している漆黒《しっこく》の髪。全身黒ずくめのその青年は、森が近づくと顔を上げた。

「主殿《あるじどの》。お待ち申し上げておりました」

先刻、首なし犬の行方を追って鳶《とび》の姿で飛び去った、森の式神《しきがみ》小一郎である。小一郎は、報告しようとして、ふと弘和を見て躊躇《ためら》った。だが森は、無表情に告げた。

「かまわん。何かわかったか」

「は。仰《おお》せのとおり跡を追いましたところ、やはりこの井戸の中に消えました。……さらに、あの首なし犬のことでございますが……」

「えっ、あの首なし犬の正体もわかったの？　小一郎凄《すご》いや」

思わずそんな声を上げた敏生を、小一郎は吊《つ》り上《あ》がったきつい目で睨《ね》め付《つ》けた。

「この大うつけめが！　黙って最後まで聞いておれ」

「だって、早く聞きたいんだもん。はい、続けて続けて」

叱《しか》られて、敏生はペロリと舌《した》を出す。傍《かたわ》らの弘和は、まるで人間の兄弟のような二人のやりとりに、度肝《どぎも》を抜かれてポカンと口を開いたままである。小一郎は、不機嫌《ふきげん》な顔で、報告を再開した。

「あの首なし犬、我らの如《ごと》き妖魔《ようま》ではないようです」

「というと、やはり元は普通の犬だったということか」

「御意《ぎょい》。おそらく、現世に何らかの事情で想《おも》いを残した犬の霊魂かと存じまする。あまりにも力が弱く……人に害為《な》すことも、あるいはあの仮の姿をあれ以上長く顕《あらわ》すことすら、できはすまいと」

「なるほどな」

森は、親指の爪《つめ》を軽く噛《か》みながら言った。何かを考えているときの、無意識の癖《くせ》である。

「俺にも、ここにいる誰かに遺恨《いこん》や悪意を持っているようには思えなかった」

その言葉に、敏生も同意する。

「僕もです。恨《うら》みとか怒りとか、あの犬からは少しも感じられなかった。だからヒロ君だって、だんだんあの犬が怖《こわ》くなくなって、放《ほう》っておけなくなったんじゃない？」

「ん……たぶんそうやと思う」

弘和は、腕組みして頷《うなず》いた。敏生は、その引き締まった横顔を見ながら、言葉を探すようにゆっくり言った。

「僕があの犬から感じたのは……何か、寄宿舎にいた頃の僕みたいな気持ち」

「寄宿舎にいた頃の、毎晩ぴーぴー泣きよったときの気持ちか？」

弘和にからかわれてプウッと頰《ほお》を膨《ふく》らませつつも、敏生は素直に頷いた。

「悲しさとか寂《さび》しさとか……それからちょっぴりの悔《くや》しさとか。そんな感じ。……何だかね、あの犬の後ろ姿を見てたら、天本さんに会う前の僕を思い出しちゃったんだ」

それを聞いた森と弘和がそれぞれ何か言おうと口を開いたとき、それより先に声を上げたのは、小一郎だった。

「お前の言うことは、相変わらず要領を得ぬな。お前の心持ちなぞ語っても、結局のところお前しか理解できぬではないか」

「そ……そっか、そうだね。ごめん、小一郎」

しんみりしかけていた敏生は、小一郎のしごくもっともな台詞《せりふ》に、笑って謝る。森は、一歩井戸のほうに歩を進めた。

「ともかく、あの犬の魂《たましい》は、この井戸の中に戻ったわけだ。……とすると、そこに犬の魂を包み、守ってきた何かが埋まっている。そう考えるのが妥当《だとう》だな」

そう言って森は、弘和のほうを見た。

「何か、掘る物はあるか。ショベルがあれば申し分ないんだが。あとは、ロープと丈夫な袋が必要だな」

「あ、はいっ。すぐ物置見てきます」

弘和は打てば響くように店の中へ駆《か》け込《こ》んだ。龍村と敏生は、思わず顔を見合わせる。

「掘るって天本さん……」

「まさかお前、この時間から、あの古井戸を掘り返すつもりじゃあるまいな」

「ほかに何ができる？　俺たちだって、ここにいつまでもいるわけじゃない。善は急げだ。……この場合、俺たちの行動が善とは限らないがね」

いかにも彼らしい台詞《せりふ》を口にして、森は井戸のすぐ近くに歩み寄った。

「まあ、四人がかりで死ぬ気を出せば、店主夫婦が出勤してくるまでに、成果を上げられるかもしれないぞ。幸い、ある程度工事のときに掘り返してくれているようだし」

「そう願いたいものだな。……と、四人、だと？」

「ええと、僕と龍村先生とヒロ君と……小一郎？」

「ほかに誰がいる」

「えー。だって、天本さんは何するんです？」

不満げな敏生の声に、森は彫像のように整った涼《すず》しげな顔で言い放った。

「決まってるだろう。現場監督だ」

＊　　　　＊

それから一時間後……。

ザクッ……ザクッ……ザクッ……。


規則的な音が、「さぬき庵」裏庭の古井戸の底から聞こえてくる。そして、崩《くず》れかけた石組みの比較的堅固な部分に手を掛け、身を乗り出して中を覗《のぞ》き込《こ》んでいるのは、弘和と敏生である。そしてその脇《わき》に、地面に胡座《あぐら》をかいて座り込んだ龍村の姿があった。

つまり、小一郎が井戸の中に入り、妖魔《ようま》ならではの限界を知らない体力で土を掘りまくり、セメント袋に詰める。敏生と弘和は袋に取り付けたロープを引き上げ、土を地面にぶちまける。その土を、懐中電灯片手の龍村がほぐし、中に「何か」含まれていないか調べるという寸法なのだ。

そして森はといえば、言葉どおり、一連の作業を決して手伝いはせず、少し離れたところにじっと立っていた。

「まったく。そういうところは高校時代から少しも変わらんな。あの頃も、お前と一緒にいて、僕ひとりが川を掘り返しまくったことがあったろう」

龍村は冗談まじりの愚痴《ぐち》をこぼしたが、森は鼻で笑うばかりだった。ただ敏生だけが、森がポケットから手を出し、コートの陰で動かしたのに気づいていた。森は、この裏庭に結界を張り、井戸から何が出てきても外に逃がさないように、そしてこの騒ぎが周囲の家々に聞こえないようにしていたのだ。

主《あるじ》の命令には絶対服従の小一郎である。人間ならとっくの昔に音《ね》を上げていたであろう単調作業を、目にも留まらぬスピードで、ただ黙々と続けていた。もはや、数メートルも掘り下げ、最初はかろうじて見えていた小一郎の姿も、今は闇《やみ》に溶けてしまった。ただ、土を掻《か》く音と、土が袋に溜《た》まったことを知らせる声だけが聞こえる。

そんな小一郎に、敏生はしょっちゅう話しかけた。両手をメガホンのように口の脇《わき》に当て、声を張り上げるのだ。

「ねえ小一郎。何か出たー？　疲れない？」

「出れば言う。黙って働け、このうつけめが。だいたい、妖魔《ようま》は疲れたりせぬと、何百回言えば理解するのだ。お前のその頭は紙風船か！」

「だってさあ。小一郎、だんだん人間っぽくなってきたから、実は疲れてるんじゃないか、とか思っちゃうんだよ。僕だったら、もうヘトヘトになっちゃってると思うし」

「お前と一緒にするな！　そもそも、俺が万一疲労したと言えば、お前が代わりに掘れるとでも言うのか」

「んー……僕が掘ったら、きっと昼までかかっても三十センチくらいしか掘れないかも。っていうか、そんな深いとこ、怖《こわ》いよ」

「ならば黙っておれ！」

他人が聞けば刺々《とげとげ》しい小一郎の言葉に、敏生はいかにも楽しそうに答えている。弘和は、これまで抱いていた「妖魔《ようま》」のイメージからはあまりに隔たりのある小一郎の言動に未《いま》だ困惑《こんわく》しつつ、ただひたすら作業に従事していた。坂井《さかい》夫婦がやってくるのは午前六時前後である。それまでに、何事もなかったようにこの場を片づけなくてはならないので、彼としては気が気ではないのだろう。

「ふーむ。出るのは小石ばかりなり、という感じだな」

ごつい手からは想像できないほど丁寧《ていねい》な動作で土の山を崩《くず》しながら、龍村が唸《うな》る。敏生と弘和は、それを聞いてそれぞれの顔に落胆の色を浮かべた。

と、龍村が不意に素《す》っ頓狂《とんきょう》な声を上げた。

「おおっ！」

「な、何ですかっ」

「龍村先生？　何か出たんですか？」

長年のブランクをものともせず、かつてのチームワークを取り戻したのか、弘和と敏生は、異口同音に言って龍村の両脇《りょうわき》に駆《か》け寄《よ》った。森も、無表情なままで龍村に歩み寄る。

龍村は、泥だらけの手を土の中に突っ込み、指先で何かを摘《つま》み上《あ》げた。そして、片手で懐中電灯を持ち、それを照らしてみせた。ついでに龍村の顔まで下から照らされ、まさに鬼のような形相《ぎょうそう》になっているのだが、それを笑う余裕は、三人にはない。井戸から、小一郎も身軽に飛び出してきた。

「これを見てみろ」

それは小さな白い珊瑚《さんご》のようなものだった。糸巻きのように、真ん中が少し細くなった円柱形である。

「龍村さん、これは？」

三人を代表して、森が問いかけた。龍村は、ふうむ、と大きな手で顎《あご》を擦《こす》った。おかげで、顎にべっとりと土がついたが、本人は気づいていない様子だ。

「骨だ。骨だよ天本」

「骨⁉」

敏生と弘和は、両側から龍村の手元の、ちっぽけなものを覗《のぞ》き込《こ》んだ。差し出した森の手に、龍村はそっとそれを置く。森は、冷たく固く湿《しめ》ったそれを、手のひらで転がしてみた。

「骨……か」

「うむ。僕は残念ながら人骨しか見たことがないが、基本的に、おおかたの骨は、どんな動物でも、似たような形をしているのだ。大きさは違えど、これは指の骨だな」

「指か。なるほど小さなはずだ」

森はそう言って、龍村の四角い顔を鋭《するど》い目で見た。

「で、これは犬の骨か、龍村さん」

龍村は、少し考えてから、呻《うめ》き声《ごえ》混じりに言った。

「わからん。だが、もう少し掘れば、ほかの骨も出てくるだろう。できるだけ多くの骨を掘り出そう」

「そうだな。……小一郎。聞いてのとおりだ」

「承知　仕《つかまつ》りました」

言うが早いか、小一郎は井戸の縁《へり》に片手を掛け、暗くて深い穴にヒラリと飛び降りる。

敏生と弘和も、張り切って土の引き上げと龍村の手伝いに取りかかった。今度ばかりは、森も土の山の中から、骨を捜し出す作業に参加する。

四人プラス式神《しきがみ》の必死の働きにより、それから短時間の間に、かなり多くの骨が掘り出された。小さな骨もあれば、人間の物ではないかと疑わしく思えるほど大きな骨もあり、それらはまだ薄く泥を纏《まと》ったたまま、ビニール袋に集められた。

龍村は、新しく積まれた土を見て、こう言った。

「土の色が変わったたな。おそらく、もう当時の井戸の底に到達したんだろう。いやはや、式神《しきがみ》の力というのは大したものだ。掘削《くっさく》機械も真っ青だな」

「井戸の底……じゃあ、もうこれ以上は出ないってことですか」

「ああ。そろそろ小一郎のショベルも、岩盤にぶち当たる頃じゃないか。これ以上の収穫は期待できないな」

龍村はそう言って、傍《かたわ》らの土の山を見遣《みや》った。

「さて、もう五時をまわったぞ。今度はこいつを井戸の中に戻さないとまずいんじゃないか」

「あっ。そ、そうや。こんなんオヤジさんに見られたら、大騒ぎになってしまう」

それまで骨を掘り出すことばかり考えていた弘和は、さっと青ざめる。だが森は、落ち着き払った顔つきで言った。

「掘るよりは戻すほうが早いだろう。一瀬君、何でもいい、まだ物置に道具があるようなら持ってきてくれ。全員で土を戻せば、間に合うはずだ」

「はいっ」

よく考えれば、このまま徹夜明けでうどん屋の仕事に戻らなくてはならない弘和なのだが、今はそんなことを考える暇《ひま》もないほど無我夢中である。勢いよく、家の中に駆《か》け戻《もど》った。

井戸から出てきた小一郎は、相変わらずのスピードで、今度は土をショベルですくって井戸に戻し始める。敏生と龍村も、せめてもの手伝いにとセメント袋に土を手で寄せて詰め込み、井戸の中に放《ほう》り込《こ》んだ。森は、ビニール袋から骨を取り出しては、ハンカチで付着した土を落としている。どうやら、あくまで重労働に加担する気はないらしい。

やがて大ぶりの園芸用スコップを持ってきた弘和も参加し、何とか彼らは、土の山を元どおり井戸に戻すことに成功した。冬なので、あたりはまだ暗い。だが、もう三十分もすれば、東の空が白み始めることだろう。

「やれやれ。突貫工事だったな。だが何にせよ、収穫があってよかった」

脱いで裏口のノブに掛けてあったトレンチコートに袖《そで》を通しながら、龍村は大きな口を引き伸ばすようにして笑った。

「ホントですね」

敏生も安堵《あんど》の笑みを浮かべ、弘和は三人に深々と頭を下げた。

「ほ、ホンマにありがとうございました。何か、えらい目に遭《あ》わせてしもて。……あ、あのさっきの……小一郎、さんにも」

弘和は、式神《しきがみ》にも礼を言おうと周囲を見回したが、小一郎はさっさと姿を消してしまっていた。

「きっと、ここにいるよ。照れ屋さんだから、ありがとうって言われるの苦手なんだ。大丈夫、ちゃんと聞こえてる」

　敏生はニコニコして、ジーンズのベルト通しにぶら下げた、タオル地の小さな羊人形を指さした。黙っていろと言いたげに、柔らかな羊の黒い前足が、敏生の指先をペシリと叩《たた》く。

　敏生の言葉の意味がもうひとつ呑《の》み込《こ》めない弘和が何か言い出す前に、森は骨が詰まったビニール袋を持ち上げて言った。

「さて、これが収穫と言えるかどうかはまだわからないが、とにかくこれは俺たちが預かることにする。かまわないかな」

「あ、はい、結構です。……あの、よろしくお願いします」

「できるだけのことはしよう」

　森は簡潔に言い、コートについた土を払った。

「では、俺たちはこれで失礼する。明日……いや、もう今日だな。仕事が終わったら、また訪ねてくるといい」

「はい。そうさしてもらいます」

　弘和は少しも疲れを見せず、やはりキビキビした動作で裏木戸を開け、三人を店から送り出した。

三人は、ぶらぶらと裏通りを歩いて、宿に戻った。すでに、通り沿いの家には灯《あか》りが点《とも》り、新聞配達のオートバイが、狭い路地を器用にすれ違っていく。

「さすがに疲れたなあ。琴平君、朝飯前に一風呂《ひとふろ》浴びようぜ」

龍村は両腕を広げ、早朝の凍《こお》るほど冷たい空気を胸一杯吸い込んだ。敏生も情けない顔で頷《うなず》く。

「大賛成です。くたびれちゃったし、眠いし、お腹《なか》ぺこぺこだし。ねえ天本さん」

「前二つには同意するよ。朝食はパスだ。少なくとも昼まで、布団《ふとん》を上げるのを待ってもらわなくてはな」

森は平板にそう言い、ずっと持っていた骨の詰まったビニール袋を、宿のフロント前を無事通過すべく、コートの下に隠したのだった。

そして、言葉どおり入浴と早い朝食をすませた龍村は、敏生を伴《ともな》い、とても徹夜明けとは思えないさっぱりした顔で、部屋に戻ってきた。そして、その間ずっと布団に潜《もぐ》り込《こ》んだまま微動だにしていない森の脇腹《わきばら》を、軽く蹴飛《けと》ばした。

「……うっ……」

固い枕《まくら》を畳に放《ほう》り投《な》げ、布団を顔に巻き付けて寝ている森は、蛙《かえる》が潰《つぶ》れたような声を上げて、身体《からだ》を曲げる。それがまるで鳥に攻撃された毛虫のようで、一緒に帰ってきた敏生は、自分の布団《ふとん》の上に寝転び、足をばたつかせて笑った。

「ほら。起きろよ。琴平君のキスでなければ目覚めないお姫様のつもりか？」

つま先で森の腕のあたりを軽く突っつきながら、龍村は寝穢《いぎたな》く布団にしがみつく森をからかう。とたんに、森は布団をガバと引き下げ、龍村を充血した目で睨《にら》んだ。

「うるさい。何のつもりだ。俺は昼まで寝ると言っただろう」

「そう剣呑《けんのん》な目で見るなよ。用事があるから起こしたんだ」

「用事？　……俺の眠りを妨げるような、火急の用か」

浴衣姿《ゆかたすがた》の龍村は、森の枕元《まくらもと》にどっかと胡座《あぐら》をかき、まだ濡《ぬ》れた頭を肩から掛けたバスタオルで拭《ふ》きながら言った。

「だってお前、黙ってあの骨を持ち出せば、今の百倍怒るだろうが」

「骨を持ち出す？　あんた何をする気だ」

さすがの森も、それ以上惰眠《だみん》を貪《むさぼ》ることを諦《あきら》めたらしく、布団の上に半身を起こした。寝乱れた前髪を、片手で鬱陶《うっとう》しげに後ろへ撫《な》でつける。

龍村は、こともなげにこう言った。

「いったん、その骨を持って、神戸《こうべ》に戻る」

「神戸に？」

「ああ。僕じゃその骨を鑑定することはできないからな。知り合いに、法医学に愛想《あいそ》を尽かして、文化人類学に走った男がいる。年がら年じゅう遺跡を掘り起こしては、人骨が出た獣骨が出た土器が出た木片が出たと大喜びしている面白い奴《やつ》だ。そいつに、この骨を見せて意見を聞いてみようと思うんだ。……もし、お前が許可してくれればな。なに、職場に顔を出して特に何もなければ、夜には戻る」

「何かあれば？」

「問題ない。報告書をつけて、骨は式神《しきがみ》君に託すことにするさ」

森は、腫《は》れぼったい瞼《まぶた》を長い指で揉《も》みほぐしながら、うんざりした様子で言った。

「あんたも度《ど》し難《がた》い世話焼きだな。わざわざ時間を作って遊びに来てそこまで熱心に協力していては、かえって疲れるだけだろう」

それを聞いて、敏生もすまなそうに眉《まゆ》を曇らせる。だが龍村は、屈託なく「それが性分だ」と笑い飛ばした。

「お前らと一緒にいて、ただの旅行ができるなんて思ったことはないぜ。それに、僕に残念ながら、いわゆる霊能力なんてものはないから、役に立てる範囲は限られてる。頼れるときに頼ってくれよ」

「……では、そうさせてもらう」

森はそっけないが心のこもった感謝の言葉を口にすると、ようやく布団《ふとん》から出た。そして、床の間から骨の入ったビニール袋を取ると、龍村の前に置いた。

「小一郎や敏生が言っていたように、あの犬の幽霊は他者に害為《な》す力はない。この骨があの犬のものかどうかはまだわからないが、少なくともこの骨からは、悪意や怨念《おんねん》は感じない。安心して持ち歩けばいい」

「わかった。なくさないように、せいぜい注意するとしよう。では、僕は着替えてさっそく神戸に戻る。時間をロスしないように……」

「わかっている。小一郎に望みの場所まで送らせよう。帰りも、そうしたほうがよければ連絡してくれ」

そう言いながら、森は早くも布団《ふとん》に逆戻りした。まるで形状記憶合金のように、元の芋《いも》虫《むし》体形になり、それきり動かない。

「やれやれ。寝つきのいいことだ。そういうわけだから、僕は適当に帰るよ。君も今のうちに寝ておきたまえ。どうせ今夜も、あれこれと忙しくなるかもしれないだろう」

「そうですね。少しだけ寝ます。龍村先生もどこかで時間を見つけて、休んでくださいね。来ていただいたせいで、かえって無理をさせてしまってごめんなさい」

敏生は布団の上に正座して、すまなそうにちょこんとお辞儀《じぎ》した。龍村は、クローゼットを開けてスーツに着替えながら、森が寝ていることなど気にも留めない豊かなバリトンで言った。

「気にするなよ。君は僕の弟分なんだから、君の大事な友達も、同じようなものだ。それに、首のない犬なんて、そうそう日常生活でお目にかかれるものじゃないからな」

「龍村先生……」

「ま、珍しい症例を見たところで、学会報告できないところがつらいところだが」

そんなつまらない冗談を口にして笑う大男に、敏生は感謝を込めて、もう一度頭を下げた……。


それから五時間後。午後一時を過ぎた旅館の客室で、敏生は森の枕元《まくらもと》に座り込んでいた。

「天本さん、起きないなあ……」

呟《つぶや》きながら、敏生は布団《ふとん》の間からわずかに覗《のぞ》く黒髪を見遣《みや》った。死んでいるのかと疑ってしまうほど、森は身動き一つせず、熟睡している。

(一昨日《おととい》の調伏《ちょうぶく》の疲れも、まだ残ってるんだろうな)

そう思うと、起こすのはどうにも気が引ける。だが空腹に耐えかねて起き出した敏生は、もうかれこれ一時間もこうして逡巡《しゅんじゅん》しているのである。

(やっぱり、夕方まで寝かせてあげなきゃね)

「……よし」

やはり森はこのままにして、昼食を食べがてら、邪魔をしないよう外出しよう。そう決心して、敏生はそっとクローゼットからジャンパーを取り、部屋を出た。

ところが、エレベーターホールまで来たところで、背後から誰かにいきなり襟首《えりくび》を摑《つか》まれ、敏生はわっと驚きの声を上げた。

「な、何だよ、小一郎じゃないか。吃驚《びっくり》させないでよ」

振り向いた敏生は、そこに仏頂面《ぶっちょうづら》の式神《しきがみ》の顔を認め、ホッと安堵《あんど》の息を吐いた。小一郎はムッとした顔つきで、尊大に腕組みした。

「コソコソとどこへ行くのだ」

「お腹空《なかす》いたから、お昼食べにヒロ君のお店行こうかと思って。そうだ、小一郎も一緒に行こうよ。ヒロ君はもう、小一郎の正体知ってるんだし」

小一郎は、一応渋《しぶ》るふりをした。だが、その狼《おおかみ》のような吊《つ》り上《あ》がった目は、表情より雄弁に、行きたいと敏生に告げている。

「ね、行こう。ひとりでご飯食べたってつまんないからさ」

敏生に再三言われて、小一郎はようやく、不承不承つきあってやるという様子で言った。

「そうだな。お前をひとりでうろつかせておっては、また何ぞ厄介《やっかい》ごとに首を突っ込むに決まっておる。俺が主殿《あるじどの》の名代《みょうだい》として、お前を監視することにするか」

「うんうん。そうしてよ」

小一郎の本心など、とっくにお見通しの敏生である。笑いながら、小一郎の腕を引っ張り外に出た。

ちょうど昼食の頃合いでもあり、弘和の職場「さぬき庵」は、酷《ひど》く混み合っていた。店の外まで、客の列が伸びている。敏生と小一郎はその列の最後尾に加わり、三十分ほど待って、ようやく席に着くことができた。

敏生は、調理場からうどんを客席に運ぶために出てきた弘和をめざとく見つけ、小さく手を振った。敏生に気づいた弘和は、あからさまに驚いた顔で、二人のテーブルまでやってきた。

「何や敏生。もしかして外で待っとったんか。俺に声掛けてくれたら、すぐ席空けたのに。あの、天本さんと龍村さんは？」

「いいんだよ。少ししか待たなかったし。天本さんはまだ寝てる。龍村先生は、いったん神戸に帰ったんだ。そういえばヒロ君大丈夫？　徹夜でずっと仕事してるんでしょう」

「一晩や二晩の徹夜くらい、何でもあらへん。心配いらんて。で、ええと。そちらはさっきの……」

「小一郎だ」

困惑《こんわく》の眼差《まなざ》しで見られて、小一郎はムスリとした顔で名乗る。おそらくそれは覚えていたであろう弘和なのだが、それ以上……つまり本当に知りたいことであった「式神《しきがみ》というのは、幽霊と違って明るい場所でも現れるのか」とか「式神《しきがみ》も人間の食べ物を好むのか」とかいったことは、結局訊《き》けないままで二人から注文を取り、調理場へ引き返していった。

ほどなく、肉うどんが二人前運ばれてくる。うどんを食べるのは初めての小一郎は、箸《はし》で上手《うま》くうどんを摘《つま》み出《だ》すことができず、ずるずるとテーブルにこぼしてしまった。敏生は笑いながら、お手本を見せてやる。

「こうだよ、小一郎。お箸で二、三本掬《すく》って、すうっと持ち上げるんだ。ああ、そんなに指に力を入れたら、お箸が折れちゃうよう」

元来生真面目《きまじめ》な小一郎は、必死でうどんを掬い上げようとするが、何度やっても上手くいかない。

「ええい、何だこの面妖《めんよう》な食い物は！　白くて長くて蚯蚓《みみず》のようではないか。しかもぬるぬる滑《すべ》って、鰻《うなぎ》のようでもあるぞ。このような奇天烈《きてれつ》なものを人間は食うのか！」

癇癪《かんしゃく》を起こした小一郎は、とうとう箸をテーブルに叩《たた》きつけてしまった。そんな二人の様子を離れたところで見ていた坂井の妻が、笑いながら小一郎にフォークを持ってきてくれる。

「外国の人？　日本語は達者やけど、お箸はまだまだやな。これ使《つこ》たらええわ」

丼《どんぶり》までひっくり返しそうな勢いだった小一郎も、血色のいい老女ににこにこ顔で親切にされては、そうそう暴言を吐いてはいられない。おとなしく、差し出されたフォークを受け取った。

「か……かたじけ、ない」

「いいえ、どういたしまして。それにしても、そんな古い日本語覚えてしもて。ボク、このお兄さんに、変な言葉教えたらいかんで」

小一郎の礼の言葉に一瞬ポカンとした坂井の妻は、すぐにケラケラと笑いながら、そんなことを言って立ち去ってしまった。

「あーもう。小一郎が変なこと言うから、僕がわざとそんな言葉教えてると思われたじゃないかあ」

敏生はズルズルとうどんを啜《すす》りながら、不満げに言う。だが小一郎は、さっそくフォークにうどんを巻き付けながら、眦《まなじり》を吊《つ》り上《あ》げた。

「変なことなぞ言うてはおらぬ。礼を言っただけではないか。それが人間の礼儀というものではなかったのか」

パスタをフォークで食べたことはあるので、今度は上首尾にうどんを口に放《ほう》り込《こ》んだ小一郎を見ながら、敏生は眉《まゆ》を情けなくハの字にして唸《うな》った。

「あのね、お礼言うのは凄《すご》くいいことだと思うんだ。それは間違ってないんだけど」

「では何だ。む。もしや、頭を下げるのを失念しておったのがいかぬのか」

「違うよう。今の場合は、軽くお礼言うだけで十分なの。ただ、言葉がね……」

「言葉が如何《いかが》した。かたじけないというのは、礼の言葉ではないのか」

また始まってしまった質問攻撃に、敏生は伸びないようにうどんを平らげながら、内心頭を抱えた。小一郎は、顔の輪郭が変わるほど大量のうどんを口に放《ほう》り込《こ》み、もぐもぐと咀嚼《そしゃく》しながら、答えを促《うなが》すように敏生を睨《にら》む。仕方なく、敏生はこう言った。

「あのね。『かたじけない』ってのは、凄《すご》く古い言葉なんだよ。小一郎は昔、テレビの時代劇で言葉を覚えたって言ってたから、江戸時代の日本語を覚えちゃったんだよね。今は、『ありがとう』でいいの」

「だが、あの女人、俺の言った言葉の意味がわかっておったようだぞ。ならば謝意は伝わっておろうが」

「そうなんだけどさあ。もう『かたじけない』なんて、誰も使わないんだよ。だから、今風にありがとうとか、ありがとうございましたとかさ……」

かたじけないなんて、今どきおかしいよ。そう言いかけて、敏生は危ういところでその台詞《せりふ》を呑《の》み込《こ》んだ。妙な顔つきをしている敏生を、小一郎は訝《いぶか》しげに見る。

「何だ。言いかけたことは最後まで言わぬか。要は、使用頻度《ひんど》の問題なのだな。皆がその、『ありがとう』とやらいう言葉をより多用するというのであれば、それを使《つこ》うたほうが違和感がないと、そういうことであろう」

「ん……そう言おうと思ったけど、やっぱりいいや。だって、人に感謝するときに大切なのは、気持ちだもん」

敏生はそう言って、にっこりした。小一郎は、不快げに鼻筋に皺《しわ》を寄せる。

「また言うか。俺はよ……」

「妖魔《ようま》ゆえ、感情やら気持ちやらはないと言うておろうが……でしょう。聞き飽きたし、昔はそうでも今は違うもん。だってさ、小一郎。さっきあのお婆《ばあ》ちゃんがフォークを持ってきてくれたとき、人間はこういうとき、お礼を言うことになってるから言わなくちゃ、って思って『かたじけない』って言ったの？」

小一郎は少し考えてから、いや、と真面目《まじめ》な顔で言った。

「あの老女、俺と縁もゆかりもない者であるうえ、先刻より見るからに多忙であった。されど、遠くより俺が難儀しておるのに気づいたことに、少々驚かされたのだ。大したものだと思うたら、言葉が勝手に口から出た」

「それが、『感謝する』ってことなんだよ、小一郎」

敏生は、幼子に言い聞かせるような口調で言った。

「誰かが自分のことを気に掛けてくれるのって、とっても嬉《うれ》しいことなんだ。見ててくれて、優しくしてくれて嬉しい、ありがたい、だからありがとうって言うんだよ。その気持ちが伝われば、言葉なんてきっとどうでもいいんだ。……だから、小一郎の口から自然に出た言葉が『かたじけない』だったのなら、それがいちばん正しい言葉なんだよ」

「……それが、お前たちがすでに使わぬ言葉であってもか？」

敏生は、ハッキリと頷《うなず》いた。

「さっきは、僕が間違ってた。ごめん。……だって、心から自然に出た言葉だもん。それがどんな言葉であっても、お婆《ばあ》ちゃんに小一郎の気持ちはちゃんと伝わったんだから、それでいいんだ」

「……そういうものか」

小一郎はすっかりうどんを平らげてしまうと、無造作《むぞうさ》に丼《どんぶり》を持ち上げ、一気に汁を飲み干した。温感がない妖魔《ようま》ならではの離れ業である。敏生は笑ってもう一度頷いた。

「そうか。ならばそれでよい。……が、語彙《ごい》を増やすのも、人間らしく振る舞うには必要なことであろう。『ありがとう』という言葉もあると、覚えておくことにする」

「うん、それがいいね」

日に日に人間味を増していく式神《しきがみ》に、敏生はしみじみと嬉《うれ》しい気持ちで同意した。そして、ふと思い出したように話題を変えた。

「ねえ、小一郎。ご飯食べたらさ、もう一度、金刀比羅宮《ことひらぐう》の参道、登ってみない？」

小一郎は、森そっくりの仕草で、右眉《みぎまゆ》を上げる。

「何故《なにゆえ》だ。お前、またいらぬことを考えておるのではなかろうな」

「違うよう。昨夜《ゆうべ》は、暗がりの中を歩いたから、周りのことにあんまり気が回らなかったんだ。だから、あの首なし犬を追いかけていった道を、今度は明るいときにもう一度歩いてみたいなと思って」

「………」

二人で出かけて何かあれば、森に叱《しか》られるのは自分だ……と思うと、即座に行こうとは言えない小一郎である。だが、好奇心旺盛《こうきしんおうせい》なことにかけては敏生に引けを取らない式神《しきがみ》のこと、敏生に「石段の両脇《りょうわき》は、昼間はびっしり店が並んでいて面白いらしい」と囁《ささや》かれては、湧《わ》き上《あ》がる興味を抑えることができなかったらしい。

「そうだな。あの犬めには昼間から現れる力などないゆえ、この程度のことで主殿《あるじどの》のお手を煩《わずら》わせることもあるまい。我らだけで十分だ。そうと決まれば行くぞ、うつけ」

張り切った口調でそう言うなり、小一郎はすっくと立ち上がった。敏生は慌《あわ》てて、ほんの少し残っていたうどんを啜《すす》り込《こ》み、財布《さいふ》を摑《つか》んで席を立った……。

四章　僕の声を生き返らせて

弘和《ひろかず》に手を振り「さぬき庵《あん》」を出た敏生《とし》と小一郎《こいちろう》は、さっそく金刀比羅宮《ことひらぐう》の石段を登り始めた。最初のほうは、段の間隔が長く、登りは緩《ゆる》やかである。

「ここで楽勝モードだと思ったら、あとが大変だったんだよね、昨夜《ゆうべ》。だからゆっくり行こう」

敏生はそう言って、のんびりと足を運んだ。傍《かたわ》らの小一郎は、顔を左右に忙《せわ》しく動かし、キョロキョロと周囲を観察している。敏生が言ったとおり、石段の両側には、びっしりと店舗が立ち並んでいた。土産物屋《みやげものや》あり、飲食店あり、宿屋ありで、見ていて飽《あ》きない。それらを眺《なが》め、店先を冷やかしたり何か飲み食いしたりしながら登れば、延々続く石段もそうつらくない……という寸法らしい。昼間の参道は賑《にぎ》やかで、たくさんの参拝客たちが、それぞれのペースで金刀比羅宮を目指していた。

「む、うつけ。あれを見よ。誰ぞ高貴な人間が来ているのではないか」

小一郎が指さすほうを見た敏生は、プッと吹き出した。二人の斜め前で、二人の男が駕《か》籠《ご》を担《かつ》いで石段をゆっくり登っていくのだ。男たちは浮世絵に描かれたような人足《にんそく》風の出《い》で立《た》ちだが、駕籠《かご》に乗っているのは、ワンピース姿の老齢の女性だった。脇《わき》に、息子らしき中年男性が歩いており、何やら話しながら、楽しげに登っていく。ただ、一本の轅《ながえ》によって吊《つ》り下《さ》げられている駕籠はかなり不安定らしく、老女の両手は、しっかりと吊り紐《ひも》を握っていた。

「確かに、昔は偉い人のためのものだったみたいだけど、今はお金さえ払えば誰でも乗れるんだよ。だけど……やっぱり、年をとって自分で登れない人のためのものだよね。僕らは自力で登らなきゃ」

「ふむ。お前はともかく、俺は金を払《はろ》うて人間に運ばせるほど、落ちぶれてはおらぬゆえ……。むっ、見ろ。あの店ではせんべいを焼いて売っておるぞ。お前がぜひとも食いたいと言うなら、つきあってやらぬでもない」

「あーはいはい。食べてみたいんだね、小一郎が」

敏生は笑いながら、ジャンパーのポケットに手を突っ込み、財布《さいふ》を取り出した。

空はからりと晴れ、冬の寒さが日光でずいぶんと軽減されている。食事をしたばかり、しかも運動をしているので、石段を登るうちに、敏生の額《ひたい》はうっすらと汗ばんでいた。

「ねえ、小一郎。昨夜《ゆうべ》あの首のない犬を追いかけてここ登ったとき、小一郎も羊人形の中にいたんだよね」

「ああ。それがどうした」

今日は森《しん》のお下がりのネイビーブルーのタートルネックセーターを着た小一郎は、ひょいひょいと軽い足取りで石段を登りながら、無造作《むぞうさ》に頷《うなず》いた。一方の敏生は、途中の土産物屋《みやげものや》で借りた杖《つえ》をつき、すでに息を弾《はず》ませている。昨夜《ゆうべ》、温泉で十分に筋肉をほぐしたつもりだったのだが、やはりどこかに疲れが残っているらしい。

「あの犬、どうして毎晩、この道通るのかな。どうして、あそこで消えるのかな。ねえ、小一郎はどう思う？」

「知らぬ」

小一郎は素っ気なく答える。だが敏生は、それに腹を立てる様子もなく、晴れた空を見上げた。

「僕たち人間がここを登るのは、金刀比羅宮にお参りするため。まあ、観光半分だけどさ、それでもやっぱりお宮さんの前に立ったら、お賽銭《さいせん》あげて神様に願いごとをして帰るもんね。でも、犬はどうなんだろ。犬もやっぱり、金刀比羅宮に来ると、お参りしようって思うのかな」

「馬鹿《ばか》か、お前は。畜生がそのようなことを思うものか。信心は、人間だけが持つ逃げ道だ。妖魔《ようま》にも、そのような心持ちはわからぬ。目に見えぬものに一心不乱に祈って、どうなるというのだ」

やけに哲学的な台詞《せりふ》を吐いて、小一郎はさっき敏生に買わせた大きなせんべいを小気味いい音を立てて囓《かじ》った。

「そうだよね。犬がそんなこと思うわけないよね。……だったら、どうしてここ通るんだろう。飼い主と散歩に来てたのかな」

「知らぬ。犬は行きたいゆえ行くのであろうよ。畜生とはそういうものではないのか」

「どうだろう。確かに、動物はしたくないことをわざわざしないのかもしれないけど……でも、犬ってちょっとほかの動物と違うと思うんだ。人間にとっても近いっていうか、飼い主に忠実っていうか。僕は犬を飼ったことがないから、イメージでしかないけどさ」

敏生は小一郎を見て、真面目《まじめ》な顔で言った。

「あの犬が生きてたとき、野良犬《のらいぬ》だったのか飼い犬だったのかはわかんない。でも、もし飼い犬だったら、やっぱり飼い主のことが関係してるんじゃないかと思って。……その、首がない理由も、幽霊になってこの世に留《とど》まってる理由も、この石段を登る理由も」

小一郎は、ブラックジーンズのポケットに軽く親指を掛けた姿勢で、肩を竦《すく》めただけだった。

それきりしばらく、二人は無言で石段を登り続けた。やがて三百六十五段を登りきり、境内の入り口であるところの大門《おおもん》に至る。

大門を境に、参道の雰囲気は一変した。それまでは、まるで商店街のような賑《にぎ》わいを見せていた参道が、急にしんと静まりかえった厳かな空気に包まれるのだ。

大門のすぐ内側の参道両脇《りようわき》には、左に三つ、右に二つ、計五つの大きな唐傘《からかさ》が立てられ、それぞれの傘の下に五人の女性が座っていた。名物加美代飴《かみよあめ》を売る、五人百姓《ごにんびやくしよう》と呼ばれる飴屋だ。

試食用の飴を貰《もら》って、敏生と小一郎は頬《ほお》を妙な形に膨《ふく》らませながら歩いた。もはや、石段の両側にあるのは、灯籠《とうろう》と玉垣だけである。楽しげに笑いさざめいていた人々も、疲れも手伝ってか、やや静かにゆっくり歩を進めていた。

しばらく歩くと、大きな石造りの鳥居《とりい》の手前左側に、大木と神馬舎《しんめしや》があった。数頭の馬が、のんびりと干し草を食《は》んでいる。そして右側には、何やら神社の境内には不似合いな、コミカルな犬の銅像があった。

「何だろ、これ」

敏生は、像の前に立って首を傾《かし》げた。

「こんなところに、犬の像があったんだ。昨夜《ゆうべ》は暗くて、全然気がつかなかったよ。『こんぴら狗《いぬ》ゴン』だって。変なの」

像の傍《かたわ》らに、その由来を書いた木の立て札がある。それをなにげなく読んだ敏生は、あ、と小さな声を上げた。

そこには、こんぴら狗とは、昔の人が自分が金刀比羅宮にお参りできない事情があったとき、犬の首に旅費と初穂料をくくりつけ、自分の代わりに参拝してくるよう送り出した……というようなことが書かれていたのである。それらの代参犬は、道行く旅人に助けられ、リレーされて、やがて金刀比羅宮に辿《たど》り着《つ》く。ゴンの像は、そういった犬たちの代表として、そこに建立《こんりゅう》されているのだという。

「小一郎、これ……」

「この奇態な犬の像が、如何《いかが》した」

「代参犬……代参犬だよ、小一郎。誰かの代わりに、遠く旅してお参りに来た犬だよ」

急に興奮した声を上げる敏生に、小一郎はきつい目を眇《すが》める。

「それが？　もしやお前、あの首のない犬が、その代参犬とやらであったのではないか、そう思うておるのか？」

「だってその可能性がないわけじゃないよ。ねえ、帰って天本《あまもと》さんに話してみようよ」

敏生はすぐに踵《きびす》を返そうとしたが、小一郎は目にも留まらぬ速さで、敏生の後ろ髪を摑《つか》んだ。

「待たぬか」

「痛ッ。酷《ひど》いや小一郎。何するんだよ」

「お前のその落ち着きのなさは、いったいどこから来るのだ」

小一郎は、後頭部をさすって涙目で抗議する敏生を睨《ね》め付《つ》け、腕組みして言い放った。

「主殿《あるじどの》はまだお休みだ。そのように息せき切って部屋に駆《か》け込《こ》み、主殿の眠りを妨げるほどのことではあるまい。どのみち、龍村《たつむら》どのがお帰りになるのも、夜になってからなのだからな」

「う……そりゃ、そうだけど」

「しかも、石段をあの犬が消えたところまで登ってみたいとぬかしたのは、ほかならぬお前なのだぞ。男に二言はないはずだ。初志は貫徹せぬか！」

「わ、わかったよう」

口調が古風なだけでなく、やけに格言めいた言葉を覚えているのは、主である森の影響なのだろうか。そんなことを思いつつ、敏生は仕方なく代参犬ゴンの像に別れを告げ、足の下に鞠《まり》を踏みしめている不思議な狛犬《こまいぬ》を見ながら、再び幅広くなった石段を登り始めたのだった。

次に目の前に現れたのは、旭社《あさひのやしろ》だった。敏生の言葉で言えば「二階建て」、つまり二層入《い》り母屋造《もやづく》りの立派な社《やしろ》である。これを本宮《ほんぐう》と勘違いし、ここで回れ右して山を下りてしまう人が昔から後を絶たないというのも頷《うなず》ける。屋根を葺《ふ》く銅板が、美しい緑青《ろくしょう》の色に光っていた。

「大きなお社だね、小一郎。昨日は暗かったからわかんなかったけど。天本さんが、ここには九人も神様が祀《まつ》られてるんだって言ってたよ」

「ふむ。それだけ拝《おが》めば、十分多すぎる数だと思うがな。人間というのは欲張りなものだ。ということは、この上にあるという本宮には、より多くの神がいるというわけか？」

「え？　えっと……確か、大物主大神《おおものぬしのおおかみ》と、崇徳《すとく》天皇って言ってたんじゃないかな」

「二人だけか。では、こちらの旭社とやらのほうが、本宮より充実しておるではないか」

「うー。頭数だけ見ればそうかもだけど、きっと本宮の二人の神様は、凄《すご》いビッグネームなんだよ」

「…………」

疑わしそうな小一郎の視線から目を逸《そ》らし、敏生は足早に旭社の前を通り過ぎた。そして、いよいよ昨夜《ゆうべ》首なしの犬が消えた、本宮に続く最後の石段に向かった。

どうやら、本当に旭社で満足して帰ってしまう参拝客が少なくないらしく、石段を登り始めたときに比べれば、人の数がぐっと減ってしまっている。うっそうとした木立に囲まれ、参道は薄暗く、寒さが身に沁《し》みる。敏生は、さっきからずっと脱ぎっぱなしだったジャンパーに袖《そで》を通した。

——おや、よく来たね、蔦《つた》の童《わらべ》。

——昨夜も来ただろう。あの白い可哀相《かわいそう》な犬と一緒に。

二人が石段を登ろうとしたとき、そんな声が敏生の耳に届いた。敏生は驚いて、頭上の梢《こずえ》を仰《あお》ぎ見《み》る。石段の両脇《りょうわき》に生い茂る木々の精霊たちが、自分たちの一族に連なる敏生に、歓迎の挨拶《あいさつ》を投げかけてきたのだ。

「こんにちは。……昨夜《ゆうべ》は、緊張してて挨拶を忘れて、ごめんなさい」

敏生は、誰にも聞こえないくらい小さな声で、そっと挨拶を返した。敏生が精霊たちと話すことには慣れっこの小一郎は、うんざりした顔で、しかし油断なく彼らの会話に妖魔《ようま》の耳をそばだてている。

――いいさ。今どき、我らの血を引く人間に会えるだけでも、我らには面白い。妖魔の小僧を連れて、ここには何をしに来たのだい？

年経た巨木は、面白そうに訊《たず》ねてくる。敏生は、おずおずと、しかし思いきって訊ね返してみた。

「あの。僕たち、あの白い首のない犬のこと、知りたくてここに来たんです。昨夜も、そして今も。……知ってるんですか、あの犬のこと」

ざわざわ、と風もないのに枝が揺れ、乾いた音がした。束《つか》の間《ま》の沈黙の後、敏生のすぐ傍《そば》のクスノキが答えた。

――我らはここでずっとさまざまなことを見守っていたよ、蔦《つた》の童《わらべ》。けれど、あのような奇妙なものを見たのは初めてだ。

それを聞いて、敏生はがっくりと肩を落とした。

「やっぱり……」

敏生の落胆ぶりに同情したのか、少し離れたところに生えたクスノキの精霊が、木枯《こが》らしに吹き上げられる木の葉のような声で笑った。

——我らにわかるのは、あの首のない哀れな犬の魂《たましい》が、深い悲しみによりてこの地に留め置かれていることのみ。……それだけだよ、蔦《つた》の童《わらべ》。

「……深い悲しみ……」

木の精霊は、諭《さと》すように言った。

——いいかい、蔦の童。お前はまだ赤子同然だが、我らもクスノキの長い命を思えば、まだまだ幼子なのだよ。我らに言ってやれるのは、それだけだ。お前の望みに応《こた》えられず、残念だけれど。

中性的な精霊の声に、敏生は笑ってかぶりを振った。

「いいえ、いいんです。……声を掛けてくださって、嬉《うれ》しかったです。ありがとう」

——気をつけて行くんだよ、小さき者。

——またおいで。暖かくなれば、ここは桜が綺麗《きれい》だよ。

精霊たちは、口々に別れの挨拶《あいさつ》をする。敏生は、むっつりした顔で石段に座り込んだ小一郎の肩を叩《たた》いた。

「ごめん、小一郎。退屈だったよね」

「かまわぬ。だが、収穫はなかったようだな」

ぶっきらぼうに答えを返した小一郎は、少し前方を指さした。

「時に、あの白犬が消えたのは、そのあたりではなかったか」

「うん、そうだね。何か、左側に石の柱みたいなのがあったはず……あ、あった」

とんとんと石段を登った敏生は、昨夜《ゆうべ》、龍村の懐中電灯が照らし出した「石の柱」らしきものを見つけ、歩み寄った。そして、あれ、と間の抜けた声を上げた。

「これ、ただの柱じゃないや。百度石《ひゃくどいし》、って書いてある」

敏生に並んで立ち、小一郎も石柱に大きく彫《ほ》り込《こ》まれた「百度石」の文字を読んだ。「百度」が大きく、「石」がアンバランスに小さい。まるで失敗した小学生の書き初《か》め《ぞ》のようだ。

「何だそれは」

「あのね、僕も時代劇で見たことがあるだけだから、詳しくはわかんないけど……。昔はよく、『お百度を踏む』ってのをやってたんだって」

「何？　この石を踏むのか！」

素直な式神《しきがみ》は目を剝《む》く。敏生は笑いながら、かぶりを振った。

「違うよう。あのね、昔の人は、とっても大事な願いごとをするとき、『お百度踏み』って方法でお参りしたんだ。百度石とお宮さんの間を、お祈りしながら百回往復するんだって。それを毎晩毎晩繰り返して、願いごとが叶《かな》いますようにって」

小一郎は、石の塊《かたまり》を呑《の》み込《こ》んだような、複雑な表情で唇《くちびる》を引き結んでいる。敏生は、自分の説明が足りないのかと、慌《あわ》てて記憶から乏《とぼ》しい知識を引っ張りだし、話を続けた。

「お参りしてるところを人に見られないほうがいいから、夜にやることが多かったらしいよ。でね、回数を間違うと困るから、ほら、ここに」

敏生は、百度石の上部を指さした。石をくりぬいてできた空間に金属の細い棒を通し、そこに多くの木片がズラリと二段にぶら下げてある。

「木ぎれをいっぱいぶら下げておいてね、行って帰るたびに、一方からもう一方に、一枚ずつこの木ぎれを動かしていくんだ。そうすれば、自分が何回往復したか、すぐわかるでしょう。きっちり百回、お参りすることができるんだよ」

「……ふうむ。しかし、無駄なことだな」

「何が？」

小一郎は、憮然《ぶぜん》とした顔でこう言った。

「そのような行為には、長い時間がかかるのであろうが。それならば、実在するや否《いな》やもわからぬ神に祈るより、己《おのれ》の力でどうにか道を切り開くよう努めるほうが確実ではないか。いかに人間が非力だといえども、この石段を毎夜百度往復する体力と時間を、より生産的な行為に費やすほうがよほどましだと俺は思う」

「うっ……」

小一郎の言葉は、極端ではあるが正論でもある。敏生は思いきり言葉に詰まった。小一郎は、敏生にグイと顔を近づける。

「どうだ、違うのか」

「うーん……そう言われちゃうと、何て言ったらいいか……」

——人というのは、お前のように強い心を持った者ばかりではないのさ。

必死で言葉を探していた敏生は、突然下のほうから聞こえた嗄《しわが》れ声《ごえ》に、驚いて跳《と》びすさった。小一郎も、ハッと身構える。

二人の視線の下……つまり、百度石を支えているのは、大きな亀《かめ》の彫刻だった。しかも、かなり風変わりな亀である。

爪《つめ》の目立つ太い足を踏ん張り、掃除機のホースのような長い首を右……つまり石段の下のほうにぐいと曲げているその亀には……何故《なぜ》か、耳があった。まるで犬のように、頭の両脇《りょうわき》に丸みを帯びたしっかりした耳がついているのだ。

「あ……あの。今、何か言いました……?」

敏生は百度石の……奇妙な亀の像の前にしゃがみ込み、こわごわ声を掛けた。無論、冷たく硬《かた》い石像はびくとも動きはしない。しかし確かに、像から低く掠《かす》れた声が放たれ、敏生の頭の中に響いた。

——昨夜《ゆうべ》はわたしにも挨拶《あいさつ》なしだったね、蔦《つた》の童《わらべ》とやら。

「ご……ごめんなさいっ。あの、こんにちは。ええと……亀《かめ》さん……ですよね？」

敏生は慌《あわ》ててしゃがんだまま頭を下げた。亀は、紙を丸めたようなかさついた声で笑った。

――いいさ。冗談だよ、可愛《かわい》い子だね。さっきは、下のひよっこたちと話していたようじゃないか。

どうやら、木々の精霊と敏生との会話を聞いていたらしい。敏生は、羞恥《しゅうち》に顔を赤らめ、しかし素直に頷《うなず》いた。

「ええ。何か僕、昨夜《ゆうべ》は犬のことばっかり考えてて、先輩たちに失礼なことしちゃったみたいです」

――おやおや、あんなひよっこどもを先輩だって。だったらわたしは、さしずめ大、大、大先輩だ。

亀は笑った。敏生は目を丸くする。

「そんなに？」

――わたしはもう四百年以上、ここにいるんだよ。亀は万年、と人間は言うから、まだまだわたしも童《わらべ》かもしれないがね。

「……凄《すご》い。じゃあ、うんとたくさんの人を、ここで見てきたんですね」

――そう。数え切れない人間を見、犬を見、そしてさまざまな話をこの耳で聞いてきた。お百度を踏む人間たちの心の声までが、この石の耳には聞こえたものさ。

敏生には、カッと瞠目《どうもく》し、口を波打つほど固く結んだ亀《かめ》の硬《かた》い表情が、ふと緩《ゆる》んだように思えた。

「心の声が……」

——そっちのお前は、妖魔《ようま》なんだね。蔦《つた》の童《わらべ》と妖魔とは、何とも面白い取り合わせじゃないか。

石の亀に話しかけられて、小一郎は腕組みしたままふんと鼻を鳴らした。亀は、気を悪くした様子もなく、こう言った。

——いいかい。お前にはわからないだろうが、人間は弱い生き物なんだよ。だから、自分の力ではどうにもならないことがあると、神様に祈りに来る。それも、一度より十度、十度より百度。それを何日も続けることによって、より大きなご利益《りやく》が得られると考える。そういうものなのさ。

小一郎は、仏頂面《ぶっちょうづら》で口を開いた。

「俺には理解できぬな。だが、それは事実なのか？　神とやらに数多く祈れば、祈った者に利益が与えられるのか？」

——それはさまざまさ。願いが叶《かな》う者もおり、いくら祈っても叶わぬ者もおり。神が本当におわすかどうか、それはわたしにもわからない。願いが叶うのも、あるいは偶然《ぐうぜん》かもしれぬ。けれど妖魔《ようま》よ。時に人の祈りは、強い力になるのだ。いいや、それは人も……畜生も同じこと。祈りが奇跡を起こすことが、確かにあるのだよ。

それを聞いて、敏生はハッと目を見開いた。恐る恐る、亀《かめ》に問いかける。

「それってもしかして……僕たちが昨日追いかけてた白い犬のことですか？　あの首のない犬の……」

――そうさ。クスノキたちは、お前に教えただろう。あの犬を哀れな幽霊の姿に留《とど》めているのは、深い悲しみだと。

敏生は、今度こそと期待を込めて、亀に訊《たず》ねた。

「ご存じなんですか、あの犬のこと。……あの犬、生きているときにここに来たんですか？」

亀は、ともすれば聞き取りにくいカサカサした声で答えた。

――ここしばらく、毎夜訪れるあの犬を見ていたら、昔の記憶が甦《よみがえ》ったよ。古い話さ。わたしがまだ生まれて百年ほどしか経《た》っておらぬ頃の。

小一郎は、キラリと狼《おおかみ》のような目を光らせる。敏生は、勢い込んでせがんだ。

「お願い、教えてください。あの犬、どうしてここに？　そして、ここで何かあったんですか？　どうして幽霊の姿で今もこの世界にいて、毎晩ここに来るんですか？」

――そのように矢継《やつ》ぎ早《ばや》に問われては、目が回る。亀はけして急がぬ生き物なのだよ、立っている。

促《うなが》され、敏生はしぶしぶ亀《かめ》の前に腰を下ろした。小一郎は、相変わらず顰《しか》めっ面《つら》で突っ立っている。

——生きていたときのあの犬を、わたしはただ一度見たことがある。寒い寒い、冬の真夜中のことだった。

亀は、ゆっくりとそう言った。敏生と小一郎は、ハッと視線を交わし合う。

「それが……ええと、今から三百年くらい前、ですか？　あの犬には、ちゃんと首があったんですよね？」

——そう、そのくらい昔だったと思うよ。わたしはまだ若く、この目も耳も風雨に晒《さら》されておらず、よくよく見え、聞こえていた。あれは大きな白犬だった。丸く巻いた尾の形まで、よく覚えている……。

敏生は、亀の頭にそっと触れ、もう一度訊《たず》ねてみた。

「あの犬に、ここで何かがあったんですね？　教えてください」

亀はしばらく沈黙し、そして重々しく言った。

——先刻、わたしはここに本当に神がおわすかどうかはわからぬと言った。だが、それでもここが神聖な結界の中であることは疑う余地もない。そうであろう、蔦の童。

困惑しつつ、敏生は頷《うなず》く。

蔦《つた》の童《わらべ》。まあ、お座り。

――言葉には、言霊《ことだま》が宿る。わたしは、この社《やしろ》に奉納されたものとして、言霊で結界を穢《けが》すことは許されていないのだ。

「言霊で……結界を穢す？」

亀《かめ》の言葉の意味が呑《の》み込《こ》めず、敏生は首を傾《かし》げた。そのとき、小一郎がボソリと言った。

「つまり、あの犬の身に起きたことがあまりに忌《い》まわしきことゆえ、それを語れば言霊に悪《あ》しき力が宿り、この清浄な結界が穢れてしまう。そういうことであろうが」

――そのとおりだ、妖魔《ようま》よ。この小さな頭に甦《よみがえ》った記憶は、できうることならこの閉じられぬ目をこの足で覆《おお》ってしまいたいほどおぞましいのだ。……悪いが、お前たちにそれを語ることはできない。

「そんな……」

敏生は再びの落胆に、悲しげに目を伏せる。そんな敏生に、石の亀はこう続けた。

――ただ、できるなら、自由に動けるお前たちが、あの哀れな犬の魂《たましい》を救ってやってはくれまいか。

「あの犬の……魂を？」

――ああ。何故《なぜ》、今あの犬が甦り、けして叶《かな》わぬ志を遂《と》げようとしておるのかは、ここで身動きひとつできぬわたしにはわからない。だが、首を断ち切られたままのあの姿で毎夜やってくるのを見るにつけ、どうにも哀れでたまらないのだよ。

「何も教えず、ただ救え……とは、ずいぶんと身勝手な話だな」

「ちょっ……小一郎ってば」

——まことお前の言うことは正しいな、妖魔《ようま》。……だが、言えぬものは言えぬ。それが、わたしに課せられた掟《おきて》なのだ。だが、それに触れぬことのみ教えよう。あの白犬は、おそらくこんぴら狗《いぬ》だった。そして真夜中、一組の男女に連れられてきた。まだ若い男女だった。夫婦か兄妹《きょうだい》かはわからない。……旅装束《たびしょうぞく》ではなかった。わたしに言ってやれるのは、それだけだ。

「…………」

小一郎は小さく舌打《したう》ちし、何も言わずに敏生の腕を取った。半ば引きずられるようにして、敏生は立ち上がる。

——約束はしなくともよい。けれど、お前たちが昨夜《ゆうべ》あの白犬と共に来たのは、あの犬と何らかの縁があるからであろう。あの犬に毎夜付き添っておる人間も、なかなかに心正しい男のようじゃないか。……お前と同じにね、蔦《つた》の童《わらべ》。

「亀《かめ》さん……」

——ただ、見聞きし、見守るしかできぬ無力なわたしではあるが、お前たちのために、そしてあの哀れな犬のために祈ろう。気をつけてお行き。お前の行く先が、常に明るいように。

「……ありがとう。さよなら」

敏生は、小一郎に引きずられながら、空いた手を亀《かめ》に向かって小さく振った。だが、石段の下方へ首をねじ曲げた石の亀は、けして敏生のほうを見ることはなかった……。

石段を登りきった敏生と小一郎は、昨夜《ゆうべ》はついに来ずじまいだった本宮に到達した。旭社に比べるとこぢんまりとしているが、標高がより高いだけに、本宮脇《わき》の展望所からは素晴らしい眺望が開けている。

二人は本宮に参り、景色をしばらく眺《なが》めてから、社務所《しゃむしょ》を覗《のぞ》いてみた。そこには、「幸福の黄色いお守り」と銘打《めいう》たれた、本当に真っ黄色の守り袋が売られている。だが敏生の目を引いたのは、社務所の傍《かたわ》らにあった「こんぴら狗《いぬ》」のコーナーだった。

そこには、可愛《かわい》らしい数匹の犬たちの人形が置かれ、おみくじが販売されていた。

「わあ、こんぴら狗のおみくじだって。僕、引いてみよう。ねえ、小一郎は？」

「阿呆《あほう》。妖魔《ようま》がみくじなどに頼るものか。くだらぬ」

さっきからずっと不機嫌《ふきげん》な小一郎は、噛《か》みつくような勢いで言った。だがそんなことには慣れっこの敏生は、小一郎の苛立《いらだ》ちなど気にも留めず、お金を料金箱に入れると、たくさんのおみくじが入った木箱に手を突っ込み、ガサガサと掻《か》き回《まわ》して一つを掴《つか》み出《だ》した。

「こんぴら狗《いぬ》開運みくじ」と書かれた小さな封筒を開けると、中からはおみくじと共に、こんぴら狗の由来を書いた黄色い紙片と、小さな金色のこんぴら狗人形が出てきた。

「この犬の人形、あの白犬にちょっと似てるね。頭はどうだかわかんないけど、このがっしりした体格とか、尻尾《しっぽ》がふさふさくるんってしてるところとか」

「ふん。大きく頑健な犬でなければ、長旅はできなかったのだろう。あの、『ちわわ』だの『ぷーどる』だのという割《わ》り箸《ばし》の如《ごと》き足をした犬では、立派に務めを果たすことなどできはせぬわ」

愛玩犬《あいがん》の飼い主たちが聞いたら激怒しそうなコメントを口にして、小一郎は敏生の手元を覗《のぞ》き込《こ》んだ。

「で、そのみくじには何と書いてあるのだ」

何だかだ言っても、興味があるのである。敏生は、クスッと笑って、おみくじを開き、読み上げてやった。

「ええとね。あ、中吉だ。けっこう控《ひか》えめでいいよね。『あまり一つの物にこげついて、役に立たないことを思っては駄目です』だって。ほかのことは、まあまあかな」

「ふん、つまらぬ」

小馬鹿《こばか》にしたように言って、小一郎はジーンズのポケットに親指を突っ込んだ。

「天本さんにお守り買おうかと思ったけど……ちょっと趣味じゃなさそうだね。そろそろ帰ろうか、小一郎。天本さん、起きる頃かも」

「そうだな。少しは情報が得られた。よけいなことをせず、戻るとしよう」

夕暮れが迫り、あたりは徐々に暗くなっていた。参拝客たちも、寒そうに外套《がいとう》の襟《えり》を立て、次々と山を下りていく。

遠くで鐘《かね》の音を聞きながら、小一郎と敏生も肩を並べ、本宮を後にした。

＊　　＊

「お帰り。どうやら筋肉痛も疲労も、君の行動の妨げにはならなかったようだな。若いというのは羨《うらや》ましいものだ」

敏生が部屋に戻ると、森はもう起きていて、窓際《まどぎわ》の椅子《いす》で本を読んでいた。敏生の姿を認めると、森はそんなことを言いながら、敏生に茶を淹れるために立ち上がった。敏生は笑いながら、敷きっぱなしの布団《ふとん》の上にぺたりと座り込む。

「そんな年寄りみたいなこと言ってたら、早くお爺《じい》ちゃんになっちゃいますよ。それに、さすがに疲れました。でも頑張ってゆっくり、小一郎と今日は本宮まで登ってきましたよ」

「そうらしいな」

さっき、旅館の近くでふいと姿を消した小一郎が、一足早く報告したのだろう。森は驚いた様子もなくそう言って、部屋の隅《すみ》に押しやられた大きな座卓に湯呑《ゆの》みを置いた。

「龍村さんは、向こうで解剖《かいぼう》が立て込んでいたらしくて、少し遅くなるらしい。まあ、今すぐ骨を取り返しに小一郎をやることもないだろうから、持って帰ってこいと言っておいた。……それで？」

自分も熱い茶を啜《すす》りつつ、森はまだ少し眠そうな目で、敏生を見た。敏生は、森に先刻までの一連の出来事を語って聞かせた。

じっと目を閉じ、黙して敏生の話を聞いていた森は、百度石を支える亀《かめ》の石像の話を聞くと、興味深そうに低く唸《うな》った。

「約三百年前……。石の亀の目の前で、あの白い犬に何かが起こったんだな。そして、おそらく……」

「そこであの犬は死んだ……のかな」

敏生は小さな声で言う。森はゆっくりと頷《うなず》いた。

「おそらくは。……そして、何故《なぜ》かは知らないが、あの犬の死骸《しがい》は、『さぬき庵』の井戸に投げ込まれた。その後、井戸は埋められ、犬の魂《たましい》は、井戸の石組みを棺《ひつぎ》代わりにずっと眠り続けていたんだ」

敏生は、温かい湯呑みを両手でくるむように持ち、言葉を選びながら口を開いた。

「だけど、裏庭で工事が始まって、土が掘り返されて……古井戸が地面に出てきたことから、犬の魂《たましい》も目覚めたんですね。そして、生きていたときの願いを叶《かな》えようと、毎晩金刀比羅宮の参道をひたすら登っていく……」

「そういうことなんだろうな。もしあの犬が、君の推測どおり代参犬だったとしたら、望みとは無論、金刀比羅宮参詣《さんけい》のはずだ。それが、何らかの理由で挫折《ざせつ》したままになっている。そういうことなんだろう」

「亀《かめ》さんは、あの犬が若い男女と一緒にいたって言ってました。もしその人たちが犬の飼い主だったら、代参犬って説は消えますよね。……それとも、その人たちがあの犬の死に関係してるんでしょうか」

「どうだろうな」

森は曖昧《あいまい》に言って、窓の外に視線を転じた。その横顔に、深い憂《うれ》いが満ちているのを見て、敏生は不安げに問いかける。

「天本さん……？」

「何だい」

暮れてゆく空を見つめたまま、森が答える。敏生は、森のすぐ傍《そば》までにじり寄った。

「天本さんには、もうわかってるんですか？　あの犬に何があったか。何をしようとしてるのか」

「……わからないよ」

森は幼い子供を宥《なだ》めるように、敏生の柔らかい髪を撫《な》でた。敏生は少し不満げに、森の端麗《たんれい》な顔を見上げる。

「じゃあ、どうしてそんな顔してるんです」

「徐々に、考えられるいくつかの可能性の中で、いちばん陰鬱《いんうつ》なシナリオに近づいていっている気がするからだ。……敏生」

「はい」

あらたまった声で呼ばれ、敏生は思わず背筋を伸ばして正座する。森は、少し躊躇《ためら》うように一度口ごもり、しかし敏生を真っ直《ます》ぐに見て言った。

「今のうちに、しっかり休んで体調を整えておけ。龍村さんが戻って、一瀬《いちのせ》君が合流したら、君の出番になることだろう」

出番、と聞いて敏生の顔が軽く引きつった。

「えっと……もしかしてそれって……」

一度口に出してしまえば、森はもう迷わない。口元に皮肉な笑みを刻《きざ》み、頷《うなず》いた。

「ほかの方法を思いつけない。君さえ異存がなければ、白犬のために憑坐《よりまし》を務めてもらう」

「うわ、やっぱり」

敏生は情けない声を上げて、ばたりと布団《ふとん》にひっくり返った。

「ただ、その耳のある亀《かめ》が言うことが正しければ、三百年地下で眠っていた動物の魂《たましい》だ。昨夜《ゆうべ》の印象でも、かなり力が弱っている。成功するかどうかはわからないが、試してみる価値はあると思うんだ。何とか、俺が君の意識を上手《うま》く沈めさせることができれば、あるいは」

森は淡々と言い、それでも眼差《まなざ》しに気遣《きづか》いの色を滲《にじ》ませて、自分を見上げる敏生の鳶色《とびいろ》の瞳《ひとみ》に見入った。

「ただ、君が気が進まないと言うなら……」

「ううん、大丈夫です。ヒロ君には、寄宿舎時代ほんとにいろいろ助けてもらったし、大事な友達だし。役に立てるんなら、凄《すご》く嬉《うれ》しい。……ねえ、天本さん」

「何だ？」

敏生は、仰向《あおむ》けに寝転がったままで、森の尖《とが》った顎《あご》を見て言った。

「あの、ありがとうございます。ヒロ君のことで、こんなに一生懸命いろいろ考えてくださって。龍村先生にも、ちゃんとお礼言わないといけないですね。二人とも、ヒロ君とはかんけ……」

「関係ないのに、とは言うなよ」

敏生の言葉を遮《さえぎ》り、森は悪戯《いたずら》っぽい目つきで言った。

「俺が以前うっかり、美代子《みよこ》と君は無関係だと口を滑《すべ》らせたとき、癇癪《かんしゃく》を起こして大暴れしたのは誰だった？」

「……あ……」

敏生の顔が、みるみる真っ赤に染まる。森は、敏生の額《ひたい》を指先で軽くつつき、彼にしか見せない優しい顔で微笑した。

「君は、俺の友人である龍村さんや美代子のために精一杯頑張ってくれたじゃないか。美代子には、悪意はないとはいえ、意地悪されて泣きべそをかいていたにもかかわらずな」

「あはは。でも僕、龍村先生のことも美代子さんのことも、今は大好きですから。だから……」

「俺も、あの一瀬という男が気に入っているよ」

森の言葉に、敏生は目をまん丸にする。その正直すぎる反応に、森は苦笑いして片眉《かたまゆ》を上げた。

「俺が誰かに好意を示すのが、それほど意外か？　俺だって人間だぞ。一瀬君は、礼儀正しくてハキハキしていて、感じのいい奴《やつ》じゃないか。それに、どこか気質が君に似ている。嫌う理由など、どこにもないさ」

「そ、それはそうなんですけど……。えへへ、何だか嬉《うれ》しいなあ。天本さんが、僕の友達をそんなふうに褒《ほ》めてくれるなんて」

敏生は心底嬉《うれ》しそうに笑って、顔のすぐ傍《そば》にある森の手に手探りで触れた。そして、冷たく骨張った森の手を取り、自分の頬《ほお》に押し当てた。

「何だかね、凄《すご》く……誇《ほこ》らしいって言葉は、こういうときのためにあるのかな。そんな感じがします」

「……そうか」

森の氷のように冷えた指先が、敏生の温かな頬をいとおしげに撫《な》でる。

「せいぜい、君の友人に安心してもらえるくらいの働きができるよう、努力しよう」

「天本さん……」

森は、伏し目がちに笑って、手のひらで敏生の頬を包み込み、そして言った。

「夕飯まで眠っておけ。ただし俺はこれからここで符《ふ》を書くから、歯軋《はぎし》りと寝言は勘弁してくれよ」

仕事を終えた弘和が、森と敏生の待つ客室を訪ねたのは、午後十一時少し前だった。風呂《ふろ》にも入らず来たらしい。私服にもかかわらず、弘和が部屋に入ってくるなり、出汁《だし》の匂《にお》いがふわりと香った。おそらく、髪や肌に調理場の匂いが染《し》みついているのだろう。

それに気づいた森は、二人に温泉へ行ってくるように勧めた。だが弘和は、律儀者《りちぎもの》らしく頭を掻《か》いて、それでは申し訳ないと言った。

「かまわないさ。龍村さんが帰ってくるまで、ここでぼんやり待っていても仕方がないだろう。それに、これまでの進捗《しんちょく》具合を二度話すのも御免だ。先に、一風呂《ひとふろ》浴びてサッパリしておいで。おそらく、今日も長い夜になる」

森はそう言った。

「そうだよ、行こう、ヒロ君。ここのお風呂、何か広いしいろんな種類あるし、けっこう楽しいんだ。ねえ、天本さんも一緒に行きましょうよ」

敏生は森を誘ったが、森はあとで行くと言った。

「龍村さんが来たとき、部屋に誰もいないでは困るだろう。俺は、彼を待ってあとから行くことにするよ。友達同士、ゆっくりしておいで」

「それもそうですね。じゃあ、先に行かせてもらいます。行こう、ヒロ君」

「すいません。じゃあ、お言葉に甘えます」

弘和は森に頭を下げ、敏生に腕を引っ張られて部屋を出ていった。森は、まるで少年時代に逆戻りしたような楽しげな二人の後ろ姿を見送ってから、座卓に向かってきちんと正座した。

敏生が仮眠している間に書き上げた符《ふ》を、一枚一枚チェックする。それから、部屋の四隅《よすみ》に、一枚ずつ丁寧《ていねい》に貼《は》り付《つ》け始めた。符を柱の上方に押し当て、口の中で低く真言《しんごん》を唱える。すると符は、糊《のり》もついていないのに、ぴったりと柱に密着した。

こうして、部屋の四隅《よすみ》に一枚ずつ符《ふ》を貼《は》り、客室の中を小さな結界に変化させようとしているのだ。

最後の符を貼り終えたとき、森は馴染《なじ》みの気配を感じて振り向いた。それに一瞬後れて、何もない虚空《こくう》から、突然龍村の姿が現れる。

「うおおおっ！」

どうやら迎えに行った小一郎に土壇場《どたんば》で放《ほう》り投《な》げられたらしく、スーツ姿で布団《ふとん》の上に尻餅《しりもち》をつくのも、今となっては見慣れた光景である。

「相変わらず騒がしいお帰りだな、龍村さん」

「そういう小言《こごと》は、お前の式神《しきがみ》君に言え。まったく、僕に何の恨《うら》みがあって、いつもいつもこんな粗略《そりやく》な扱いをするんだ、あいつは」

言葉ほど立腹しているわけではないらしく、龍村は快活に笑いながら、骨の詰まったビニール袋を、床の間に置いた。

「む？　何だその妙てけれんな紙切れは。魔よけの札か？」

「この部屋を、丸ごと小さな結界にしたのさ。よけいな雑霊を閉め出したほうが、敏生の意識を集中させることがたやすくなる」

「琴平《ことひら》君の意識が、何だって？」

「いや、それはあんたの報告次第だが。……俺の予想どおりなら、ということだ。とにかく、準備は万全にしておかなくてはな。ところで、仕事のほうはいいのか？」

龍村は、さっさと浴衣《ゆかた》に着替えながら、こともなげに言った。

「いつものことだ。今日はまだ不慣れな非常勤の先生が担当だったもんでな。顔を出した以上、手伝わないわけにはいかなかったんだ。遅くなって悪かったな。……と、琴平君は？　一瀬君はまだ来てないのか？」

ふと気づいたように室内を見回して訊《たず》ねる龍村に、森はタオル掛けから手拭《てぬぐ》いを取りながら言った。

「敏生は、一瀬君と先に風呂《ふろ》へ行ったよ。せっかく再会できたのに、二人でゆっくり話す暇《ひま》もないようでは可哀相《かわいそう》だろう。さて、骨の話は全員揃《そろ》ってから聞くとして、あんたさえよければ、我々も一風呂浴びに行くかい？」

「うむ、行こう。風呂場が空《す》いているといいが。どうも身体《からだ》じゅうにホルマリンと血の臭《にお》いが染《し》みついて、湯を被《かぶ》るとそれが一気に立ち上るもんでな。何ともたまらん状態になるんだ」

ろくでもないことをハキハキと言った龍村は、ふと意外そうな顔で森を見た。

「何だ。気持ちの悪い目つきで人を見るな」

見られた森は、眉間《みけん》に浅い縦皺《たてじわ》を刻《きざ》む。龍村は、ニヤニヤと嫌《いや》な笑みを大きな口に浮かべ、こんなことを言った。

「いや、予想外にお前が一瀬君に優しいもんでな。よくぞそこまで丸くなったものだと、今さらながらに感心しつつ驚いてみた」

「何を馬鹿《ばか》なことを言ってるんだ。彼は、敏生の大切な親友なんだぞ。どうして俺が冷たく当たらなくてはならないんだ」

「だって、妬《や》けるだろ？」

あまりにもあっさりと言われて、森は不覚にもポカンとした顔つきになってしまう。龍村は、顔の右半分だけに、気障《きざ》な笑みを浮かべた。

「お前の知らない琴平君の子供時代を知ってる存在ってやつは、心を乱さないか？」

「……龍村さん。寝言は寝て言えよ、あんた……」

森は平静を装《よそお》って言い返そうとしたが、その声は微妙に上擦《うわず》ってしまっている。龍村は笑いながら、旧友の肩をポンと叩《たた》いた。

「ま、確かに彼は気持ちのいい男だ。僕も気に入った。それに、彼に冷たくすれば、琴平君を怒らせるか泣かせるかだもんなあ。つらいところだな、天本よ」

「…………」

森は、黙って手拭《てぬぐ》いを龍村の四角い顔に叩《たた》きつける。いかなるときにも端整な森の顔だが、わずかに目元が赤らんでいるところを見ると、どうやら図星だったらしい。だが、それ以上虐《いじ》めると爆発しそうな森の顔つきを見て、龍村は「さて、風呂《ふろ》に行こうぜ」とさっさと部屋を出てしまった。このうえなく不機嫌《ふきげん》な顔つきで、森は後からついてくる。

「冗談はさておき……なあ、おい」

龍村はエレベーターホールでエレベーターが来るのを待っている間、再び森に話しかけた。森は、眉間《みけん》の皺《しわ》をまだ残したまま、無愛想《ぶあいそう》に返事をする。

「何だ」

龍村は、さっきとは違って、予想外に真面目《まじめ》な顔でこう言った。

「お前にも少しはわかったろう。誰より大切な人間の、自分が知らない過去を知る奴《やつ》が近くにいるイライラってやつがさ」

「……何が言いたい」

「美代子のことにしても霞波《かなみ》さんのことにしても、琴平君は、途中で小爆発を起こしながらも、よく頑張ったってことだ。秘密だらけのお前を、不安で押《お》し潰《つぶ》されそうになりながらも、ずっと信じ続けてきたんだからな」

「……わかってるさ」

ようやく来たエレベーターに乗り込む瞬間、森はボソリと低い声で言った。エレベーターは、大浴場のある一階に向かってゆっくりと降りていく。階数表示のランプを見上げたまま、森は言った。

「敏生には心から感謝している。あいつがいなければ、今の俺はなかった。……だからこそ、敏生の過去を支えてくれた一瀬君にも、できる限りのことをしようと思うんだ」

龍村は、森の横顔を見遣《みや》り、ホロリと笑った。

「なるほどな。それを言うなら、僕も琴平君には借りがある。彼がいなければ、再会した後も、お前とこうまで元どおりのつきあいはできなかっただろうからな」

「龍村さん……」

「僕にできることがあるかどうかはわからんが、何でも言ってくれ、天本。微々たる返済だろうが、少しくらいは琴平君に借りを返さなくてはな」

「……ああ」

エレベーターの扉《とびら》が開き、外に出ても、森は真《ま》っ直《す》ぐ大浴場へ向かおうとはしなかった。人気《ひとけ》のないエレベーターホールに、じっと立ち尽くしている。そんな森に、龍村は訝《いぶか》しげに声を掛けた。

「おい。どうした？」

森は壁にもたれ、思いきったように龍村の顔を真っ直ぐ見つめて言った。

「父に会った。いつの間にか、日本に帰ってきていたらしい」

思いもよらないことを聞かされ、龍村は仁王《におう》の眼《まなこ》を見開く。

「親父《おやじ》さんに？　ずいぶんと久しぶりじゃないのか、親子の対面は」

森は、小さく頷《うなず》いた。

「母が死ぬ前に出ていったきりだ。それ以来、つい最近まで音信不通だったのに、俺の身に起きたことを、父はすべて知っていたよ」

「すべてってお前……」

「母や霞波がどんなふうに死んだかも、その後の俺がどうしていたかも。……すべてだ」

森の指が壁をコツコツと叩《たた》く。その無意識の仕草が、森の心の動揺をそのまま示しているようで、龍村は激しい胸騒ぎを覚えた。

「知ってたって……だって、外国に行ってたんだろう、親父《おやじ》さんは。どうしてそんなにいろいろ知ることができたんだ。それにお前、今の住所も知らせてないって言ってたじゃないか」

「どんな手段を使ったかは知らないが、彼は俺の行動すべてを遠くから見ていたと言ったよ。おそらくは本当にそうなんだろう。……そして、俺の敏生に対する想《おも》いも、あの人は知っていた」

「琴平君のことを……何か、言われたのか」

森は、力なく首を振る。

「俺にふさわしい伴侶《はんりょ》だ、とそう言った。だがその言葉を祝福の文句と解釈することは、俺にはできないよ、龍村さん」

「何故《なぜ》だ。琴平君とのことを認めてくれている、って意味じゃないのか？」

「そうじゃない。おそらく父は、敏生が精霊の血を引いていることも知っているんだろう。父は、俺が霞波を愛することをよく思っていなかった。平凡な娘だと、蔑《さげす》むように言っていた……。龍村さん。責任回避をしようとしてるわけじゃないが、俺は、霞波の死に父が関《かか》わっているのではないかという疑念を、この間の再会以来、どうしても消すことができないんだ」

「何だって⁉」

龍村は目を剝《む》く。森は、沈んだ声でこう続けた。

「わからない。おそらく父は……父が敏生を好む理由は、未《いま》だにわからない。だが、もしそうなら……父が敏生を好む理由は、おそらく敏生が『平凡でない』からだろう。そして、母が死の直前に俺に告げたことが真実なら、あの人は自分の好奇心と欲望を満たすために、いつか敏生に接触しようとするはずだ。……それを思うと、じっとしていられない気分になるんだ」

「……天本。お前の親父《おやじ》さんは、いったい何者なんだ。本当に、学者ってだけの人なのか？」

森は、小さく肩を竦《すく》めた。

「俺にもわからない。……あの人が何を考えていて、何をしようとしているのか……それこそが、俺の知りたいことだよ、龍村さん。実の父親をそんなふうに疑う俺を、浅ましい奴《やつ》だと思うかい？」

「ばーか、俺は、親父《おやじ》さんの友達じゃない。お前の、だろ？　だが……」

龍村は森の頭を軽く小突いてから、その手を角張った顎《あご》に当て、唸《うな》った。

「僕には何が何だかさっぱりわからんが、どうも穏やかならぬ展開のようだな。親父さんとの関係修復は、もうありえないのか？」

森は、自嘲《じちょうてき》的な笑みを口元に浮かべ、かぶりを振った。

「再会するまでは……そんな日が来るかもと思ったこともあった。だが今となっては、その可能性はゼロに近いと思っている。……時に、あんたさっき、何でも言えと言ったな、龍村さん」

「ん？　おう、言った」

森は、龍村と正面から向かい合い、静かな口調でこう言った。

「もし、父が何らかの行動に出て、俺が父と本当の意味で対決しなくてはならなくなったとき……あるいは俺ひとりの力では、敏生を守りきれないかもしれない。無様《ぶざま》だとは思うが、あんたに頼んでおきたいんだ。そのときは……あいつを頼む。まだ、敏生には父に会ったときのことを詳しく話してはいない。無闇《むやみ》に不安がらせたくはないから」

「僕は不安にしてもいいのか。薄情な奴《やつ》め」

「……すまん」

龍村は厳《いか》つい顔を引き締め、森の二の腕をぽんと叩《たた》いた。

「馬鹿《ばか》、冗談だ。僕はいつだって、お前と琴平君のためにここにいる。……だから、ひとりであまり思い詰めるなよ、天本。な？」

「……ああ。ありがとう」

やっとのことでそれだけ言って、森は何とか、強張《こわば》った頰《ほお》の筋肉を無理やり緩《ゆる》めてみせたのだった……。

その頃、敏生と弘和は、森と龍村がそんな話をしていることなどつゆ知らず、仲よく露天風呂《ぶろ》に浸《つ》かっていた。

「ふう。やっぱ、大きい旅館は、風呂まで立派やなあ。俺がいつも使わせてもらってる旅館の風呂の、五倍くらい広いわ」

時刻が遅いので、広い風呂場に人影はまばらである。浴槽《よくそう》に浸かるまでが死ぬほど寒いせいもあり、露天風呂に至っては、まったくの借り切り状態だった。

弘和は、気持ちよさそうに、畳んだ手拭《てぬぐ》いを頭にのせた。敏生もすかさず真似《まね》をする。

「そういえば、ヒロ君本当に大丈夫？　眠くてフラフラじゃない？」

心配そうに問われて、弘和は笑って首を横に振る。

「大丈夫やって。朝の仕込み終わってからと、昼の休憩時間にちょっとずつ寝たし。体力には自信あんねん。心配すんな。……それより、お前今日はあれから何してたんや」

「小一郎とね、金刀比羅宮の本宮まで行ってきた。二日連続で石段登ったら、足がパンパンになっちゃったよう。でも、さすが温泉だね。思ったより筋肉痛がマシかも」

敏生はそう言いながら、ふくらはぎの筋肉を、両手で揉《も》みほぐす。そんな敏生の様子に、弘和は躊躇《ためら》いながら口を開いた。

「あんな、敏生……」

「何？」

屈託のない笑顔で、敏生は弘和を見る。その笑顔を眩《まぶ》しいものでも見るように目を細めて見返しつつ、弘和は言った。

「お前、俺がおらんようになってから、ホンマに何もなかったか？　その……お前が中学部に上がったばっかりの頃、一度あったやろ、放課後、高等部の奴《やつ》らに体育倉庫に連れ込まれて、うー、あー、その、無理やりやられそうになったこと」

「ああ……うん、あったね。でも、ヒロ君が助けに来てくれたから、大丈夫だったじゃないか。あのときはありがとう。僕のために、上級生と喧嘩《けんか》してくれて……怖《こわ》かったけど、凄《すご》く頼もしかった」

さんざん口ごもった末、ようやく思いつく限り控えめな発言をした弘和に対し、敏生は驚くほどあっけらかんと答える。未遂《みすい》とはいえ、同性にレイプされかかったというのは、それだけでも深い心の傷になっているのではないかとずっと心配していた弘和は、拍子抜けしてがくりと浴槽《よくそう》の壁面にもたれかかった。

「あ……いや、今さら礼なんか言わんでもええけど」

「何？　それがどうしたの、ヒロ君」

「だからな、そういうことが、もしかして俺が退学したあとにもあったたん違うかと思って」

それを聞いて、敏生はきょとんとした。

「そんなこと、何回もあったらたまんないよ。あのとき一度きりだってば。いったいどうしたの、そんなこと訊《き》いて」

ますます言いにくそうに、弘和は湯を手のひらで叩《たた》きながら小さな声で言った。

「だってお前……お前が大好きだっていう、あの天本って人……。いくら人間離れして綺《き》麗《れい》な顔してたって、男やろ。その、お前、男相手でないとアカンようになってまうことがあったとか、そういうことは……」

しばらく啞然《あぜん》としていた敏生は、無邪気な笑みをその上気した頰《ほお》に浮かべた。

「あはは、そんな心配してくれてたんだ、ヒロ君。……大丈夫だよ。そんなんじゃないから」

「どういう意味やねん」

敏生は軽く首を傾《かし》げ、幸せそうに微笑《ほほえ》んで言った。

「僕だって、天本さんがそういう意味で好きなんだってわかったときは、ちょっと混乱した。男の人にドキドキするなんて変だって思った。天本さんだって、ずいぶん悩んだと思うよ。でもね、あるとき思ったんだ。僕は天本さんの傍《そば》にいたいと思うし、天本さんに抱きしめられたら嬉《うれ》しいし、天本さんと手を繋《つな》いで歩くと胸があったかくなるし……天本さんとキスすると、幸せだなあって思える。天本さんのこと、世界でいちばん好きだし、誰よりも大事だと思えるんだ。どうしてそんな気持ちを、隠したり、否定したり……おかしいと決めつけなきゃいけないのかなって」

「せやけど……」

弘和は、きりっとした浅黒い顔に、困惑の二文字をでかでかと書いて絶句する。だが敏生は、キッパリと言った。

「僕は、天本さんが男だから好きなんじゃないよ。人間として好き。本当に大好きなんだ。……天本さんも、そう思ってくれてたらいいなって思う」

弘和は、ぎゅっと音がしそうなくらい固く唇《くちびる》を結び、むすっと黙り込んだ。もしや自分の言うことを理解してもらえなかったのかと、敏生は不意に不安げな表情になる。

「あの……ヒロ君？　ごめん、僕、何かひとりでベラベラ喋《しゃべ》っちゃって……」

「ああもう！」

突然ブクブクと浴槽《よくそう》に頭のてっぺんまで沈んだ弘和は、イルカのように勢いよく湯から飛び出し、頭をブルブルと振った。敏生はビックリして、片手で飛沫《しぶき》を防ごうとする。

「ひ、ヒロ君、何してるのさ」

「アホくさ!」

大声でそう言うなり、弘和は、片手で敏生の頭をぐいと押さえると、そのまま湯に沈めてしまった。不意を衝《つ》かれた敏生は、四肢《しし》をばたつかせながら、こちらは溺《おぼ》れた犬のような哀れな様子で、咳《せ》き込《こ》みながら起き上がる。

「ち、ちょっと……ヒロ君ってば……ゲホゲホッ……何するんだよう」

露天風呂《ぶろ》の縁《ふち》に腰掛け、腕組みした弘和は、ふてくされたように横を向いて言った。

「ホンマにアホくさいっちゅうねん。お前が寄宿舎で何ぞ酷《ひど》い目に遭《あ》ってホモになってしもたん違うかて、昨夜《ゆうべ》からずっと頭グルグルやったんやぞ、俺は! それを、幸せいっぱいの新妻みたいな顔でのろけやがって……」

「えっ……そ、そんな顔してないって……」

「しとる。あーもう、俺の心配は何やったんや。気が抜けて、のぼせてきたわ」

ふう、と深く嘆息して、弘和はガクリと肩を落とす。敏生は、濡《ぬ》れそぼった髪が半ば目にかかるのも気に留めず、怒った顔の親友に詫《わ》びた。

「ご、ごめん、ヒロ君。まさかそんなことで心配してるなんて思わなかったんだ。大丈夫? もう上がる?」

弘和は、ジロリと敏生を睨《にら》む。少年時代そのままの澄んだ瞳《ひとみ》で自分を気遣《きづか》う敏生に、弘和はフッと脱力した笑みを浮かべてしまった。

「大丈夫や。……てか、お前が今、呆《あき》れるほど幸せなんは、ようわかった。あの天本っちゅう人は、お前のことをホンマに大事にしてくれてはるんやな。お前見る目だけは、吃驚《びっくり》するくらい優しいもんな。……ちょっと安心した」

「……えへへ」

「デレデレ笑ってんな、アホ」

またしても腹が立つほど幸福そうに笑う敏生に、弘和は苦笑いするしかなかった……。

五章　心が灯《とも》した魔法

全員が風呂《ふろ》から上がり、部屋に揃《そろ》うと、森《しん》は真ん中の布団《ふとん》の上に、骨の入ったビニール袋を置いた。全員が、それを中央にして、車座になる。

ほかの三人の視線が自分に集中しているのを確かめ、森は軽く咳払《せきばら》いして言った。

「ではまず、あんたの報告から聞こうか、龍村《たつむら》さん」

温泉に浸《つ》かりすぎてのぼせたのか、浴衣《ゆかた》の胸元を大きくはだけて首からタオルを掛けたままの龍村は、よし、と大きく頷《うなず》き、来るとき持ってきた大きなショルダーバッグを掻《か》き回《まわ》し、一枚の紙片を布団の上に広げた。

それは、何やら四本足の動物の骨格を描いた図だった。

「これ、何ですか？」

「昨夜《ゆうべ》回収した骨をすべて組み立てると、この動物になるのさ。これは、犬の骨格図だよ、琴平《ことひら》君」

きょとんとしている敏生《としき》に、龍村は愉快《ゆかい》そうに笑いながら言った。

「文化人類学をやっている、くだんの友人に、この骨を見せたんだ。おそらく、犬だろうと鑑定してくれたよ。大きさ的には、秋田犬くらい。かなり大形の犬の部類だそうだ。犬の骨格というのは、鎖骨《さこつ》がない以外は、人間とパーツ的にはほとんど同じらしい。ただ、長さや形が違うんだそうだ。……ああ、あと犬には尾椎骨《びついこつ》……つまり、尻尾《しっぽ》の骨があるんだが」

さすがに医科大学や専門学校で教鞭《きょうべん》をとっているだけのことはあって、ハキハキと流れるように説明しながら、龍村は布団《ふとん》の上に風呂敷《ふろしき》を広げ、その上でビニール袋の中身……つまり犬の骨を、元の骨格どおりに配置し始めた。

「残念ながら、すべての骨というわけにはいかなかったが、七割程度は回収できたようだ。小さな骨はもう土に還《かえ》ったものもあるだろうと、奴《やつ》は言っていた」

「へえ……大きな犬ってことは、あの白い犬の骨の可能性があるってことなんですか」

弘和《ひろかず》は、興味深そうに龍村の作業を見守りながら、そう問いかける。龍村は、それなんだがな、と即座に答えた。

「サイズ的には、ちょうど僕たちが見たあの首なし犬君くらいだ。そして、肝心《かんじん》の古さなんだが……友人は、わりに新しい骨だと言っていた」

「えー。新しいんですか」

敏生は落胆の声を上げる。あの亀《かめ》の石像は、白い犬を三百年ほど前に見た、と言っていたからだ。だが龍村は、こう続けた。

「まあそうがっかりするな。文化人類学者の言う『新しい』は、昨日、一昨日《おととい》の話じゃない。何しろ、あいつの『古い』は、縄文《じょうもん》・弥生《やよい》時代に遡《さかのぼ》っちまうからな。極端なんだ」

「え……じゃあ」

「うむ。新しいの意味を聞いたところ、正確に分析《ぶんせき》するには時間がかかるので確かなことは言えないが、大雑把《おおざっぱ》に言えば、江戸中期あたりの印象だということだ」

敏生は、期待の眼差《まなざ》しで森を見る。森は、重々しく頷《うなず》いた。

「詳しくは君の口から説明してもらうとして、敏生。江戸中期といえば、約三百年前にあの犬が金刀比羅宮《ことひらぐう》に来た……という話と時代が合致するな」

「ですね！」

敏生は声を弾《はず》ませる。事情の呑《の》み込《こ》めない龍村と弘和は顔を見合わせたが、森はその話はあとだ、と龍村に続きを促《うなが》した。

「わかったことはそれだけか、龍村さん」

「なんのなんの。ここからが本題だ」

龍村は、すべての骨を大雑把に並べ終えると、楽しくてたまらぬといった様子で揉《も》み手《で》をした。

「まあ、こんな感じで骨を並べてみると、だいたい全身の状態はこれで確認できるが、それでも三割の骨はここにない。その理由はさっきも言ったように、土に還《かえ》ったからだ。……普通に考えれば、な」

「それってどういう意味ですか？」

敏生は不思議そうに首を傾《かし》げた。龍村は、横たわる獣の姿に配置された骨を指さし、にやりと笑った。

「土に還るにも、それなりに順番ってものがある。常識的に考えれば、薄い骨、小さい骨から崩壊《ほうかい》していくはずだ。だが、こいつは……いちばんなくなりそうにない骨が、見つかっていないと思わないか？」

「それって、頭の骨のことですよね。……ここに、頭蓋骨《ずがいこつ》があらへんってことですね」

弘和が、布団《ふとん》に片手をつき、身を乗り出す。龍村は、満足げに頷《うなず》いた。

「そうだ。あれだけ必死で井戸の底まで掘ったにもかかわらず、結局頭蓋骨の欠片《かけら》も見つけることができなかった。……そして、あの白犬の幽霊にも、頭がなかったろう。すっぱり首が断ち切られたようになっていて」

「だが、それは偶然《ぐうぜん》の一致という可能性もあるだろう、龍村さん」

森は醒《さ》めた口調で口を挟《はさ》んだが、龍村は不敵な笑みでそれに応《こた》えた。

「ここまではな。だが、ここからは違う」

「どういうことだ？」

「ここからは、文化人類学者の友人の受け売りではなく、僕自身が法医学者として得た情報をお見せしよう」

芝居《しばい》がかった仕草で、龍村は犬の首のあたりを指さした。

「いいかい。哺乳類《ほにゅうるい》の頸椎《けいつい》、つまり首の骨は、必ず七つなんだ。キリンの首はうんと長いが、それでも骨は七つなんだぜ。人も猫も犬も、当然七つだ。ところが、この犬の場合」

龍村は一連の椎骨《ついこつ》……平たくいえば背骨の、首の付け根あたりの部分に触れて、いかにも医者らしい口調で言った。

「これが、第七頸椎。つまり、いちばん下の頸椎だな。ここから下は、胸椎になる。そこから順番に上がっていくぞ。第六頸椎、第五頸椎……そして第四頸椎。この犬の骨格には、第四頸椎までしか残っていない」

「それが？　単純に、第一から第三頸椎が土に還《かえ》っただけじゃないのか？」

森は疑わしげにすかさず言ったが、龍村はいかにも楽しそうに、両手に一つずつ、第四頸椎と第五頸椎を手に取った。

「ところが、違うんだなあ。いいかい。みんなよく見てくれ。第四頸椎の上端を。これは、本来の骨のシルエットじゃない。わかるだろう？　この部分だけ、骨の中の構造物であるスポンジ状の海綿骨が見えている」

　ほかの三人は、龍村の右手の上にある平たい第四頸椎《けいつい》をしげしげと覗《のぞ》き込《こ》んだ。確かに、骨の上端に、不自然に骨が欠け……というより何か鋭いもので断ち落とされたように斜めに失われた部分があり、その平らな断面からは、半ば崩壊《ほうかい》したトゲトゲとした固い繊《せん》維状《いじょう》のもの……おそらくは龍村の言う海綿骨……がわずかに見えている。

「これは、どういうことなんですか」

　弘和に問われ、龍村はさらに左手の第五頸椎を弘和の鼻先に突き出した。

「それに答える前に、これを見てもらおうか。第五頸椎の椎体、つまりこのカンヅメみたいな形をした円柱形の部分だが、後ろから前にかけてのところに、何かあるのに気づかないか」

　弘和と敏生は頭を寄せ合うようにして骨を見、首を捻《ひね》る。森は、落ち着き払った口ぶりで言った。

「椎骨の、突起があるほうが背中側だろう？　そちらから前に向かって、突起の一部が砕《くだ》け、妙な切れ込みが骨に入っているな」

「ほほう。さすが天本《あまもと》。いい目をしているな」

「ええっ、ホントですか？」

「あ、ホンマや。何や、溝みたいな切れ込みが入っとる」

　龍村は感心したように言い、敏生と弘和は驚きの声を上げた。森は軽く苛《いら》ついて、龍村を急《せ》かす。

「で？　この頸椎《けいつい》の所見が何だと言うんだ、龍村さん」

「つまり、この犬は、おそらくは人間によって、首を切断されたってことだ」

龍村は立ち上がると、鞄《かばん》から三十センチの物差しを取り出した。そして、敏生の肩をポンと叩《たた》いた。

「縁起でもない実験台にして悪いが、ちょっと両手両膝《りょうひざ》を布団《ふとん》についてみてくれないか」

「え？　こう……ですか？」

パジャマ姿の敏生は、不思議そうに首を傾《かし》げつつも、言われたとおり従順に布団の上に獣の姿勢になった。龍村は敏生の脇《わき》に立つ。そして、片手に持ったステンレスの丈夫そうな物差しを、もう一方の手のひらに軽く叩《たた》きつけながら言った。

「いちばん小柄な琴平君に、犬の役をやってもらう。そして、僕は『犯人』だ」

「犯人……？」

敏生は首をねじ曲げ、情けない顔で龍村を見上げる。龍村は、口元を歪《ゆが》めて笑い、物差しを振りかぶった。

「べつに本当に君を殺すわけじゃないから、観念して……もとい、安心して前を向いていたまえ。さて、この定規を刀……いや、この溝の幅からして、もう少し峰《みね》の厚い、どっしりした刃物だな。手斧《ておの》……あるいは鉈《なた》、そうだな、鉈がいい。その類《たぐい》の刃物だと思ってくれ。いいかい」

森と弘和は、二人の様子をじっと見守っている。敏生は、龍村に注意され、しぶしぶ前を向いた。いかにもお決まりな感じの生け花が飾られた床の間をやるせなく眺《なが》める。

「おそらく、犯人は犬の脇《わき》に立っていたんだろう。並んで歩いていたのかもしれないな。そして、そいつは突然犬の首に切りつけた。こんなふうに」

龍村は、高々と振りかぶった物差しを、真上から敏生の項《うなじ》に、背筋とほぼ垂直に当てた。その冷たさに、敏生は思わず首を縮こめる。

「このときできたのが、第五頸椎《けいつい》の椎体《ついたい》に刻《きざ》まれた溝だ。いくら犬といえども、椎骨は硬《かた》い。簡単に切れはしないさ。……それに、思いきりやったつもりでも、やはり殺しに慣れていない人間は直前で躊躇《ためら》ってしまって、十分な力が入らない。ただ、鉈のように重い武器は、本人の意思と関係なく、慣性の法則でかなりの力を持って骨に食い込む。だから、こんな溝ができた」

森は、龍村が紙の上に置いた第五頸椎の溝を確かめつつ、尖《とが》った顎《あご》に片手を当てた。

「ふむ。つまり、あんた扮《ふん》する犯人とやらは、犬の首を切断しようとして切りかかり、しかし刃が骨に当たって失敗した。そう言いたいわけか？」

「ああ。だが、もし普通の状態ならば、こんな大きな犬だ。一撃目で驚いて逃げるか、あるいは怒って犯人に逆襲したことだろう。……お前もそう言いたいんだろ、天本」

森は、肯定《こうてい》する代わりに小さく肩を竦《すく》める。だが、と龍村は太い人差し指をピンと立てた。

「もしこの犬が、極めておとなしく、しかも老齢であったとしたら？　あるいは病気で衰弱していたとしたら、そこまでは抵抗できなかった可能性がある。そこで、もう一撃だ。今度は、最初の攻撃が失敗したことで動揺して、犯人も頭に血が上ってる。人間というのは、得てしてそういうものなんだ。だから、二回目の攻撃は、思いきりのいいものになる。きっと、全力で凶器《きょうき》を振り下ろしただろう」

再び、敏生の項《うなじ》に冷たい物差しが押し当てられる。龍村は、時代劇の侍《さむらい》ばりの芝居《しばい》がかった仕草で、敏生の首を切り落としたようなアクションをしてみせた。そして、第四頸《けい》椎《つい》の欠けた部分を指して言った。

「いいかい。椎骨《ついこつ》と椎骨の間には椎間板《ついかんばん》という軟らかい部分があって、それが我々の背骨の滑《なめ》らかな動きを可能にしているんだ。無論頸椎の間にもそれがある。二度目の打撃は、幸運にもその椎間板にヒットした。今回は、犬の首は見事ポトリと地に落ちたはずだ」

「うええ……」

敏生は、まるで自分が本当に頸部を切りつけられでもしたように、もそもそと座り直し、片手で項を押さえて変な顔をした。

「ただ、椎間板《ついかんばん》を切断するときに、椎体のほうにも少し当たって、それで第四頸椎の一部がこんなふうに欠け落ちたんだろうな。あの白い犬の幽霊の首の断面も、刃物で落とされたような印象だったろう。断面が、それなりに滑《なめ》らかな感じだったからな。……僕としては、あの断面と、この骨の所見は合致していると言っていいだろう。つまり、この骨はあの首なし犬の遺骨だという説に、反対するような所見は、僕にはない。以上だ」

龍村は、満足げに説明を終え、元の場所に腰を下ろした。

「なるほどな。さて、次は敏生、君の番だ。昼間のことを、一瀬《いちのせ》君と龍村さんに話してやってくれ」

「はいっ」

まだ少し犬の気分でいたらしい敏生は、慌《あわ》ててきちんと座り直し、その日の午後、金刀《こと》比羅宮《ひらぐう》であったことを訥々《とつとつ》と話した。

「お、お前……石の亀《かめ》とも喋《しゃべ》るんか、敏生。……何や、パワーアップしてへんか」

敏生が話し終わると、弘和は呆然《ぼうぜん》としたような顔でそう言った。どうやら、着眼点が微妙にずれるのは、敏生といい勝負らしい。敏生は、ちょっと恥ずかしそうに頷《うなず》いた。

「ああいう彫刻や絵はね、作った人が本当に心を込めれば、ちゃんと魂《たましい》が宿るんだ。あの亀さんにも、ちゃんと心があったよ。優しくしてくれた」

「そ……そうなんか……」

腕組みしてじっと耳を傾けていた龍村は、ううむ、と唸《うな》った。

「なるほど。さっき天本と琴平君が言いかけたのは、その石の亀《かめ》が言う年代と、僕の友人が言った骨の古さが、いい感じで合う……って話か。総合して考えると、この骨は、あの白い犬のものだと考えられそうだな」

「ああ。そして、さっきあんたが扮《ふん》した『犯人』が、犬に付き添ってきたという男女のいずれかである可能性もある。……しかし、このままでは、すべては推測の域を出ない。推測を確信に持っていく手段は、一つしかないだろう」

「どんな……手段なんですか？」

弘和がおずおずと訊《たず》ねる。森は、敏生を見て言った。

「さっきは、敏生に犬に扮してもらったが……今度はもう一度、敏生に本当の意味で、あの白い犬になってもらう」

「……は？」

弘和は、森の言うことが理解できず、間の抜けた顔で問い返す。森は、骨の一つを取り、感情のこもらない声で説明した。

「こうした骨の一つ一つに、かつてその骨が支えていた命の……魂《たましい》の痕跡《こんせき》のようなものが残っていることがある。それは新しいものほど強いし、この世に残した想《おも》いが強いほど、長く残るんだ。この骨に関していえば、その魂はもう、俺にすらほとんど感じられないほど弱まっているらしい。……だが俺が上手《うま》くナビゲートしさえすれば、敏生には、わずかに残った犬の意識を探り当てることができるかもしれない。……そういう能力に長《た》けた者を『憑坐《よりまし》』と呼ぶが、敏生は天性の憑坐なんだ」

「より……まし……。俺にはよくわからんのですけど、それって敏生の中に、上手《うま》いこといったら犬の魂《たましい》が入り込むってことですか？」

「そうだ」

森はあっさりと頷《うなず》く。弘和は、慌《あわ》てた様子で敏生の肩に手を掛けた。

「お、おい敏生。そんなことして、大丈夫なんか？　そのまま、犬に身体《からだ》乗っ取られたりせえへんのか？」

「大丈夫だよ。これまで何度も憑坐はやってきたし。今度は犬だからちょっと勝手が違うかもしれないけど、心配いらないって。それに、僕が犬の魂を取り込むことができたら、この骨の持ち主があの犬かどうか、確認することが……ううん、もっといろんなことを知ることができると思うんだ」

敏生は、笑ってそんなことを言う。弘和は、かえって自分が励まされたような気がして、戸惑《とまど》いを隠せない。森は、静かにこう付け足した。

「本来ならば、こういうことには頭蓋骨《ずがいこつ》が適しているんだが、今回はそれがない。だから、成功する確率はどうしても低くなる。……それでも、試してみる価値はあると思うよ。亀《かめ》の石像言うところの、哀れな犬の魂を救うために」

「けど、敏生がそれで危ない目に遭《あ》うんやったら、俺……」

「心配いらないよ、ヒロ君。僕に任せて。……ヒロ君と同じように、僕たちだって、今はもうあの白い犬の……ええと、知り合い、みたいなものなんだ。あの犬に何が起こったのか、今僕たちに何を求めてるのか、僕たちだって知りたいんだよ。だから」

なお心配そうな弘和に、敏生は笑顔で言った。澄んだ鳶色《とびいろ》の目には、幼い頃の敏生にはなかった、強い意志の光が宿っている。弘和の探るような視線に、森と龍村も軽く頷《うなず》いた。

「あの、よろしくお願いします。何か、俺にできることがあったら……」

「残念ながら、何もない。ただ決して声を出さず、じっと座っていてくれ。でないと、敏生の集中が乱れる。いいな」

厳しい声で森に言われて、弘和は少し傷ついた顔つきで、しかし素直に部屋の隅《すみ》っこに下がった。

「では、僕も一瀬君と仲よく退避だな。邪魔しちゃいかん。凡人どうし、仲よくしようや、一瀬君」

緊張感の欠片《かけら》もなく、龍村は陽気にそう言い、弘和の隣《となり》にどっかと胡座《あぐら》をかいた。弘和は、森よりはずっと気安く話せる龍村の耳元に囁《ささや》く。

「あのう、ホンマに大丈夫でしょうか、敏生……」

「心配ない。天本はああ見えて、おそらくは君の千倍心配性でな。危ないと思ったら、すぐにやめさせるさ」

「そ……そうですか……」

迷いのない口調でそう言われ、弘和はようやくほんの少し安心したように、森と敏生の姿を見守った。

森は、犬の骨を抱くような形で、敏生を布団《ふとん》の上に横たわらせた。そして、俯《うつぶ》せで首を横に向け、自分を見上げる敏生の額《ひたい》に、人差し指の先を当てた。

ヒヤリとした感触に、敏生はパチリと瞬《まばた》きをする。敏生の枕元《まくらもと》に端座した森は、気丈に振る舞っていてもやはり不安げな敏生の眼差《まなざ》しに、ごく薄く微笑した。

「動物の憑坐《よりまし》は初めてだから、少し勝手が違うかもしれない。だが、要領は同じだ。ごく微《かす》かな、おそらくは君にしか摑《つか》みきれない残留思念に同調しろ。……あるいは、サイコメトリーに近いものがあるかもな」

「サイコ……メトリー？」

「ある物体に触れると、それに関連する人間や事件の記憶を読み取れるのが、サイコメトリーだ。それと同じように、君はこの骨から、おそらくは断片的ではあるだろうが、この犬の記憶を辿《たど》ることができるかもしれない。……動物は、言葉を持たない。五感で君に語

るだろう。……それを君がキャッチできることを祈る」

「……頑張ります。ナビゲートしてくださいね」

敏生は、微笑《ほほえ》み返《かえ》してそう言った。深呼吸して、身体《からだ》の力を抜く。そして敏生は、乾いた白い骨に、まるで大きな生身の犬に添い寝するように、ふわりと腕をかけた。そして、そっと目を閉じた。額《ひたい》の中央に触れている森の冷たい指先に、意識を集中させる。

「汝之名、汝有五鬼、名曰摂精……吾知汝的、即離此身……太上律令、化汝為塵………急急如太上帝君律令勅……婆珊婆演底、婆羅婆薩那……婆珊婆演底、婆羅婆薩那……婆珊婆演底、婆羅婆薩那………」

夜睡呪《やすいじゅ》を唱える森の声が、最初は耳元で、次第に遠くで低く聞こえる。敏生は次第に自分の意識がどこか深いところに沈み、腕の下の骨から、微《かす》かな波動のようなものが体内に流れ込んでくるのを感じていた……。


瞼《まぶた》の裏に、まるで古い映画でも見るように、モノクロ映像がよぎっては消える。

ギラギラと照りつける太陽の下、生い茂った草を掻《か》き分《わ》け、よたよたと歩きながら鳴いている自分。

空腹で寂《さび》しくて、どうしようもなく心細かったとき、不意に差し伸べられた二本の手。遥《はる》か上方で自分を覗《のぞ》き込《こ》む、粗末な着物姿の老夫婦。口が動いて何か言っているようだが、耳慣れない外国語のようでよくわからない。視界が揺れて、年老いた男の顔が急に近くなった。抱き上げられたのだ、と理解したとき、視界の隅《すみ》に、老人の痩《や》せた肩に掛かった自分の足が……子犬らしき白っぽいそれが見える。

(ああ……そうか。僕の中に、骨の残留思念が入ってきたんだ。やっぱり、君があの白い犬だったんだね……?)

敏生は、温かな水の中をたゆたっているような気分で、夢うつつに白い犬に語りかけた。

老人は、優しい顔で敏生を見た。脇《わき》から、老女もにこにこしながら手を出してくる。頭を撫《な》でられ、気持ちがよかった。地面に降ろされた敏生は、首を巡らせて自分の体を見た。フワフワの白い毛に覆《おお》われた、ずんぐりした体、太い四本の足、そして、くるんと巻いた白い尾。間違いなく、これはあの白い犬の子犬時代だと、敏生は確信した。

(そっか……。この夫婦が、君の拾い主なんだね。優しそうな人たち。それに、君は犬だから、鼻がいいんだ。いろんな匂《にお》いがする。……お婆《ばあ》さんの、髪の毛につけた油の匂い。春に咲く花の匂い。雨に濡《ぬ》れた土の匂い。竃《かまど》でご飯が炊《た》ける匂い……魚の焼ける匂い。それに君が寒い日に潜《もぐ》り込《こ》んだ布団《ふとん》の、埃《ほこり》臭《くさ》い匂い……)

そう、今敏生は、犬の視線で、犬の五感を通じていろいろなことを感じていた。自分が犬を取り込んだというより、自分の魂《たましい》が犬の体に入ったような気がしていた。

犬の記憶は、短い映像として断続的に再生された。

犬の成長と共に少しずつ視点が高くなり、視界を塞《ふさ》いでいた草むらが、いつの間にか目の下に揺れる葉の波として映るようになった。それとは対照的に、飼い主夫婦の腰がどんどん曲がり、彼らの顔がずいぶん近いところに映るようになる。敏生は本当に、犬の立場で自分が成長している気分を味わっていた。

どうやら、夫婦の家は、山里にあるようだった。白犬は、昼間は夫婦について山肌に張り付くような急斜面の畑についていき、夜は土間に敷かれた藁《わら》の上に眠った。春には山桜の花びらが舞い、夏は暗い土間に蛍《ほたる》が飛び、秋には木の葉が散り、そして冬には一面に積もった雪に、それと同じくらい白い犬の足が、さくさくと足跡をつけた。

犬の記憶には、いつも老夫婦の姿が共にあった。彼らは犬を可愛《かわい》がっていたのだろう。雪の深い日に、老女が手ずから編んだ犬用の藁沓《わらぐつ》を白犬に履《は》かせたことすらあった。藁の匂《にお》いとガサガサした感触に、敏生はあたかも自分が優しくされたように感じられ、胸が熱くなった。

いくつもの季節が早送りのフィルムのように浮かんでは消え、老夫婦は徐々に年老いていった。そして犬は夫婦を守り、可愛がられて暮らすうち、いつしか部分的にではあるが、人間の言葉を解すようになっていた。

——シロ。…………イイテンキ……。

——……ハタケ……ミズ……シロ……。

呪文《じゅもん》のような人間の言葉の中で、白犬に理解できた言葉が、敏生にも伝わった。中でも、もっとも多く繰り返されたのが、「シロ」という単語だった。おそらく、それが白犬の名前だったのだろう。「シロ」と老夫婦に呼びかけられるたびに、白犬は、心が弾《はず》むような喜びを感じていた。

（何だか……本当に君は、僕みたいだ。拾われて、大好きな人たちと幸せに暮らしてたんだね……。名前を呼ばれただけで、こんなに嬉《うれ》しい……）

白い犬……シロの思念に同調している敏生は、幸せな気持ちで、穏やかに流れる日々を見守っていた。

ところが、ある日突然老夫婦とシロの平穏な生活は終わりを告げてしまう。ある年のこと、老女が病に倒れてしまったのである。シロの目に映る老女はいつも寝たきりで、しかも徐々に衰えていった。そしてその傍《かたわ》らで、老人は寂《さび》しげな、難しい顔をして腕組みして座っていた。

そしてある夜。老人は、土間にうずくまるシロの傍《そば》にしゃがみ込み、悲しげな顔で口を開いた。

——シロ……バアサンノタメ………サンニイケ……。

（どこかへ行けって言ってるの……？）

老人は日に焼けた皺深《しわぶか》い顔をクシャクシャにして、シロの顔に両手を当てた。体毛をまさぐるように撫《な》でてくれるごつごつした手の優しさが伝わってきて、敏生は泣きたいような気分になる。老人の悲しみや切なさや愛情を、シロは正確に記憶していたのだ。

——シロ……シロ、シロ……。

老人は、何度もシロの名を呼び、そしてシロの太い首を抱いて、啜《すす》り泣《な》いた。シロの視界には、老人の泣き声と共に、布団《ふとん》の中でやはり涙に暮れる老女の姿も映っている。

そして場面が転じて……。

おそらくは朝なのだろう。老人はシロの首に何か布袋のようなものを結わえた。そして旅装束《たびしょうぞく》の男に何度も何度も頭を下げ、シロをその男に引き渡した。

——シロ……ダイサン……コンピラサンイク……。

(ダイサン……代参？　こんぴらさん……。そうか、お婆《ばあ》さんの病気が治ることを願って、お爺《じい》さんは、金刀比羅宮へ自分の代わりに君をやることにした……そうなんだね？)

老人は諭《さと》すように何度も「こんぴらさんへ行け」と繰り返し、皺に埋もれた目に涙を浮かべ、シロの頭を撫でた。そして、シロは旅の男に引《ひ》き綱《づな》を握られ、これまで一度も離れたことのなかった家を後にした。

シロは何度も振り向いた。そのたびに頭上から、小さな舌打《したう》ちが聞こえたが、シロはそれでも振り返ることをやめなかった。坂道を下り、懐《なつ》かしい家が見えなくなるまで。いつまでも手を振り続ける老人の頭が、ついに坂の向こうに消えてしまうまで。

（君がもし人間だったら、泣きたかっただろうね……。本当は、お爺《じい》さんとお婆《ばあ》さんの傍《そば》を、離れたくなかったのに。ずっといつまでも、一緒にいたかったのに。でも、君がこんぴらさんに行くことがお爺さんの望みだって、君はちゃんとわかってたんだ……）

敏生の脳裏《のうり》には、あの草原での母親との別れの思い出が甦《よみがえ》っていた。シロと自分の体験が類似しているせいで、これまでの人間相手のケースよりずっと、残留思念とのシンクロ率が上がっているようだった。

その後、敏生はシロの目を通じて、さまざまな景色を見た。険しい山道、幅の広い川、人通りの多い街道、木の幹に繋《つな》がれ、枝の間から見上げた月……。場面が切り替わるたびに、その目に映る光景も変わった。

引《ひ》き綱《づな》を執《と》る相手は、そのたびに違っていた。老若男女《ろうにゃくなんにょ》を問わず、さまざまな人がシロを連れて歩いた。皆が旅装であることだけが、共通点だった。そして彼らは皆、一様に「こんぴらさん」という言葉を何度も口にした。

きっと、旅人たちは皆、代参犬の存在を知っていて、シロが金刀比羅宮に辿《たど》り着《つ》けるよう、次々とそちらへ向かう旅人に、引き綱をバトンタッチしていったのだろう。

映像は映画のダイジェストのように素早く流れたが、実際はおそらく気が遠くなるような長い長い旅だったはずだ。シロが敏生に伝えるビジョンは、やがて地面ばかりになっていった。息苦しさが、敏生の胸をも圧迫する。

（疲れてるんだね……だから、俯《うつむ》いて地面ばっかり見て歩いてるんだ……）

そして……ついに、シロは倒れた。視界が急に回転し、暗くなる。おそらく旅の途中で、シロもまた病気にかかったのだろう。シロの五感を自分の身に感じている敏生も、酷《ひど》く気分が悪かった。体が熱っぽく、足が痺《しび》れてもう一歩も歩けなかった。

次にシロの目が捉《とら》えたのは、埃《ほこり》っぽい地面。それから……井戸だった。体に、冷たい水が浴びせかけられる。やや乱暴な処置ではあったが、それでどうやらシロは意識を取り戻したらしい。

（あの井戸……。積み上げた石の感じ……。何か見覚えがあるかも……）

目の前に、若い男女がしゃがみ込んでいた。二人は、シロを指さして何やら話している。「ダイサン」「コンピライヌ」という言葉が、何度も繰り返された。

やがて女は、井戸から水を汲《く》んでシロに飲ませ、そして食べ物を与えた。女は何か深刻な話をしているらしく、思い詰めた顔で男に何やら言っている。そして男も、険しい顔で、首を横に振ったり、何か言い返したりしている。それを遠くで聞きながら、シロの意識はまたブラックアウトしていった……。


視界が明滅していた。目を開けていると、周囲の景色がグルグル渦《うず》を巻くようだった。

呼吸は血腥《ちなまぐさ》く、舌《した》は干上《ひあ》がって固くなっている。爪《つめ》が割れたのか、それとも足の裏が擦《す》り切《き》れたのか、一歩歩くごとに、酷《ひど》い痛みが走った。

それでもシロは、歩いていた。ヨロヨロと踏みしめるのは、石段。

（……石段？　これって……）

敏生の網膜《もうまく》に再生されるシロの記憶の映像は、酷く暗かった。最初それは、シロの体調が悪いからだと敏生は思っていた。だが、目の前で、チラチラと一つの灯《あかり》が揺れた。それは、女が提《さ》げている提灯《ちょうちん》の光だった。

（夜だ。……夜なんだ。誰もいない石段……。僕はこの景色、知ってる。ここがどこか、知ってる……！　僕が歩いた、金刀比羅宮の参道だ。両側のお店とかは違うけど、この木立の感じ、山の匂《にお》い……絶対そうだ！）

シロの両脇《りょうわき》には、シロを助けてくれた男女が、挟《はさ》み込《こ》むように付き添っていた。女は提灯を持ち、足元を照らしながら、草履《ぞうり》で注意深く一段ずつ上がっていく。シロはぜいぜいと息を切らし、それでも一歩一歩、硬《かた》いザラザラした石をよろめきながら踏んでいく。

動物ゆえに、シロは言葉で気持ちを語らない。だがシロと一体化している敏生には、老人に言われた「こんぴらさん」に何としても辿《たど》り着《つ》かねばならない、それが自分を可愛《かわい》がってくれた老女の、いや老夫婦のために、自分がしなくてはならないことなのだ……と理解していることが、ハッキリと感じられた。だからこそ、今にも息絶えそうに疲れ果てているのに、気力だけで、シロは歩き続けているのだ。

(元気な僕だって、フラフラになった石段なのに……。長い長い旅をして、疲れ果てて、病気にもなってるのに……)

何度も休み、そして何度も倒れ、それでもシロは立ち上がって参道を本宮《ほんぐう》に向かって歩いていく。今、まさに自分がゴールに辿《たど》り着《つ》きつつあることを、シロは本能的に感じていた。

(……ああ……これ、旭社《あさひのやしろ》だ……僕たちが、首なし犬の幽霊に……君に連れられて来たときに見たのと同じ、あの暗い中にぼんやり見えた、旭社だ……)

そして、二人と一匹は、とうとう例の最後の石段に差し掛かった。だが、そこでシロはまた倒れたらしい。視界が、ほとんど真っ暗になってしまう。だが、女の圧《お》し殺《ころ》したような低い声が、敏生の耳に聞こえた。

——……コンピラサン……イク……………タッテ……。

もうすぐそこがこんぴらさんだから、行こう、立ちなさい、と励ましているのだ……と敏生は感じた。おそらくそれが、シロの感じたことでもあったのだろう。

体が熱く、重かった。まるで全身が溶けかけたゴムのように、首をもたげることさえつらかった。それでもシロは、立とうと身をもがいた。何度も失敗して地面に突っ伏しながらも、何とか震える足を踏ん張り、とうとう立ち上がったのだ。そのつらさをみずからの身体《からだ》で追体験している敏生もまた、恐ろしい苦痛に耐えていた。

両脇《りょうわき》で、男女が盛んに声を張り上げている。「こんぴらさん」と何度も繰り返し、シロの気力を奮《ふる》い立《た》たせているのだ。

一段。そしてまた一段。ふいごのような激しい呼吸音が聞こえる。シロにはもう、ほとんど何も見えなくなっていた。ただ、女の提灯《ちょうちん》の光だけが、薄ぼんやりと暗い視界の中で揺れている。

だが、石段の半ばで、ついに限界が訪れた。シロの足は、どんなに頑張っても、もう一歩も踏み出せなくなってしまった。両側から聞こえる男女の叱責《しっせき》も、もううんと遠くからしか聞こえない。それでも、ここで倒れてはおしまいだとわかっているのか、シロはまだよろめく足で立ち続けようとしていた。

（……ああ……苦しい、歩けない……。でも、悔《くや》しいよ。あともう少し……もう少しだけ、なのに。……あんなに長い旅をしてきて、ようやくここまで来られたのに……どうして、こんなところで……）

シロの無念を、敏生は全身全霊で味わっていた。だが、シロは最後まで諦《あきら》めようとはしなかった。もう、声などとうに出なくなっていたはずの喉《のど》から、低い唸《うな》り声《ごえ》が漏《も》れる。それはやがて、無念を訴え、自分に最後の力を振《ふ》り絞《しぼ》らせるための、信じがたいほど凄《すさ》まじい咆哮《ほうこう》となった。

（ここまで……ここまで来て、諦《あきら》められるもんか！）

自分自身の絶叫が、シロの前足をブルブルと震えつつも持ち上げさせた。それは、奇跡とも言える光景だった……。だが、そのとき。

ガツンッ……！

何か硬《かた》くて重い物を落としたような音がしたと同時に大きな衝撃を首に感じて、シロは悲鳴を上げた。首に、痛みとも痺《しび》れともつかない奇妙な感覚が走り、何の抵抗もできないまま、石段の上に倒れ込む。

女のヒステリックな悲鳴が、耳に飛び込んでくる。男が何か喚《わめ》きながら、暗い視界の中で、提灯《ちょうちん》の明かりにギラリと光る刃物を自分に向かって振りかぶっているのが、おぼろげに見えた。

（……な……ッ……！　どうして……どうして、こんなこと……！　助けてくれたんじゃ、励ましてくれたんじゃなかったの……？）

敏生は酷《ひど》く混乱した頭で、それでも何とか逃げなくては、と思った。男が明確な殺意を持っていることが感じられたからだ。しかし、シロの体は激しく痙攣《けいれん》した。呼吸さえままならず、胸部や腹部がビクビクと自分の意思とは関係なく、素早い収縮を繰り返す。四肢《しし》が、滑稽《こっけい》なほど玩具《おもちゃ》めいたでたらめな動きをした。

そして、瞬《まばた》きすらできずカッと見開いたシロの目で……敏生は、自分に向かって振り下ろされる、鈍《にぶ》く光った金属の刃《やいば》を見ていた……。

「……ん……っ……」

目を開けた敏生は、頭上の電灯の明るさが目につらくて、両腕で顔を覆《おお》った。と、その手が、優しく取りのけられる。眩《まぶ》しさに細めた目に映ったのは、心配そうな森の顔だった。

「……あまも……さ……」

名を呼んだつもりだったが、がさがさに渇《かわ》ききった喉《のど》からは、木枯《こが》らしのような微《かす》かな声しか出なかった。

「気がついたか。どうだ、気分は……と訊《き》くまでもないだろうな。凄《すご》い悲鳴を上げていたぞ」

「……そう、ですか」

掠《かす》れた声で言って、敏生は視線をぐるりに巡らせた。

いつの間にか、敏生は布団《ふとん》に寝かされていた。抱いて寝ていたはずの犬の骨は、どこかへ片づけられている。そして枕元《まくらもと》には、森と龍村、それに弘和がいた。

憑坐《よりまし》を務めたあとの常で、酷《ひど》く気分が悪かった。まだ視界が不規則に揺れていて、少し首を動かしただけで、胃がせり上がってくるような吐き気がする。頭も、電流を流されているのかと思うほど、キリキリと痛んだ。

「敏生、大丈夫なんか、お前。凄《すご》い苦しそうやったんやぞ」

弘和は、おずおずと両手を正座の腿《もも》につき、上体を乗り出して声を掛けた。敏生は、弱々しく微笑して頷《うなず》く。

「大丈夫、慣れてるから。具合悪いの、ちゃんと、犬の……シロの記憶が読み取れた……証拠だから」

「そうなんか？　……あの犬、シロっちゅう名前なんか」

それでも心配そうな弘和に、敏生はもう一度頷いてみせる。龍村は、敏生の額《ひたい》に貼《は》ってあった冷却シートを外し、肉厚の大きな手を、その後に当てた。

「ふむ。かなり下がったが、まだ微熱が残ってるな。あれから三時間、死んだように眠っていたんだぞ、君」

「三時間も……」

敏生は、思わず起き上がろうとして、龍村に止められる。

「まだ寝ていたまえ。……それで、やはりこの骨は、あの首なし犬だったのかい？　骨の記憶が読み取れたと、さっき君は言ったが」

敏生は、気怠《けだる》げに頷いた。だが、そのことについて語ろうとした敏生の口に、龍村は太い人差し指を当てる。

「駄目だ。今はまだ、あまり喋《しゃべ》らずに寝ていたほうがいい」

「でも……」

「いいから。医者として、今は休養を命じるぞ、琴平君。君だけでなく、全員にだ。……君がちゃんと『君』の意識を取り戻すまでは、と、一瀬君はここで待っていたんだ。だが、これでひとまずは安心したろう。続きは朝になってからにしよう。君も少し眠らなくてはな、一瀬君」

「俺は大丈夫です。……でも、ごめんな、敏生。俺のせいで、お前をこんなきつい目に遭《あ》わせてしもて。まさか、そこまでつらい仕事なんて思わんかったんや」

弘和は、可哀相《かわいそう》なほどオロオロしていた。おそらく、敏生が憑坐《よりまし》を務めている間から、ずっとそうだったのだろう。敏生は、ほんのわずかに首を動かし、かぶりを振った。それだけの動作で、もう精一杯だった。

「ホントに平気だよ。明日……ちゃんと話すから。だから、ヒロ君も帰って寝て」

「お……おう。そうする。そうするから、もう喋らんとけ。あの、寝たら大丈夫なんですよね、ようなるんですよね？」

後半は、森と龍村に向けられた言葉である。龍村は、ニッと大きく笑って、弘和の背中をバンと叩《たた》いた。

「大丈夫だ。医者の僕が請《う》け合《あ》う。消耗しているだけだから、ぐっすり眠って身体《からだ》と心を十分休養させさえすれば、昼頃にはもう、いつもの琴平君のはずだ」

森も、軽く頷《うなず》くことでそれに同意する。それでようやく少し安心したのか、弘和は重い腰を上げた。

「そしたら、明日昼休み少し長めに貰《もら》って、ここに来るから。それまでよう休めよ」

敏生は、グッタリと枕《まくら》に頭を預け、瞬《まばた》きで頷く。龍村も、腰を上げた。

「ビールを買いがてら、下まで一緒に行こう。琴平君には、天本が何よりの薬だろうからな。僕が戻るまでに、ちゃんと寝かしつけておけよ、天本」

そして、微妙に顔を赤らめた森が何か言い返そうとする前に、龍村は弘和の背中を押すようにして、さっさと部屋から出ていってしまった。

扉《とびら》が閉まる音を聞くと、敏生はふうっと大きな溜《た》め息《いき》をついた。弘和に心配をかけまいと、必死で気を張っていたのだろう。消耗しきった敏生の顔に、森は涼《すず》やかな眉《まゆ》を顰《ひそ》めた。敏生を見下ろす眼差《まなざ》しには、気遣《きづか》いと、困惑の色が浮かんでいる。

「いくら親友のためとはいえ……今回は頑張りすぎだぞ、敏生」

そう言って、森は敏生の額《ひたい》に触れた。冷却シートを外した途端に、敏生の額は倒れたときのように、また熱くなっていた。うっすらと汗ばんだそこを、森は自分の冷たい手のひらで覆《おお》ってやる。敏生は気持ちよさそうに目を閉じ、小さな声で「違うんです」と言った。

「何が違う？　あまりに苦しそうだったから、中断させて意識を引き上げようとしたのに、君は拒否しただろう。……それに……」

　森は、紙のように青ざめた敏生の幼い顔をつらそうに見守りながら、少しだけ腹立たしげにこう続けた。

「それに、あの犬の残留思念は、俺にもナビゲーションが心許《こころもと》なく思われるほど、弱々しいものだった。君に記憶を伝えるのが精一杯だったはずなんだ。なのに、あのまま消滅するはずだったあの犬の残留思念を……わずかな魂《たましい》の欠片《かけら》と言うべきものを、君は自分の中に留《とど》めた。そんなことをしなければ、あの犬の魂は消散していただろうに。それがわかっていて、君は……」

「ごめんなさい」

　敏生は、いかにも重そうに右手を布団《ふとん》から出し、額《ひたい》に置かれた森の手を取った。そして、自分の胸……ちょうど心臓の上あたりに、そっと触れさせた。

「ヒロ君のためじゃないんです」

「だったら何故《なぜ》……」

「シロの魂は、力尽きて消えてしまいそうだったけど、でも僕には……伝わってきたんです。……ううん、僕がこの身体《からだ》で感じたんです。シロの悔《くや》しい気持ちとか、悲しさとか、全部。言葉じゃなく、本当に剝《む》き出《だ》しの心を」

「心を……」

「大好きな人たちのために頑張りたかった、ううん、今まで……死んでもずっと頑張ってきた気持ちを、僕、この胸で受け止めたんです。それなのに、何もせずにあの魂《たましい》が消えていくのを見守るなんて、できません」

荒い呼吸に声を乱し、それでも敏生は、蚊《か》の鳴くような声で一生懸命話し続けた。

「天本さん。シロは、三百年諦《あきら》めなかったんです。冷たくて暗い土の中で、ずっと大好きな人たちのことを想《おも》い続《つづ》けてたんです。……短い時間だけど、僕はこの身体《からだ》で、シロの記憶を……シロの考えてたことを、全部共有しました。だから……だから、僕」

「わかった。もういいから、黙るんだ」

さっきよりはうんと穏やかに言って、森は敏生の胸から手を放し、そして布団《ふとん》を首の下までしっかり着せかけてやった。

「ただでさえ憑坐《よりまし》を務めたあとは体調を崩すのに、ほかの魂を宿したままでは、よけいにつらいだろう。……眠れないほど苦しいか？」

敏生の苦痛を少しでも肩代わりしてやりたい。だが、それができないことがわかっているだけに、森の声は限りなく苦かった。敏生は、血の気のない唇《くちびる》に優しい微笑《ほほえ》みを浮かべて、かぶりを振った。

「大丈夫、眠れます。シロの魂は、決して僕に悪いことはしないから。ただ、僕の中で、想いを遂《と》げたいって訴えてるだけだから……。だけど、お願いがあります」

「何だい？」

敏生は、再び右手を布団《ふとん》から出し、森のほうへ差し伸べた。その指先が震えているのに気づき、森はハッとする。

「僕の手を、握っててください。……首を……切られたときの感覚が残ってて、怖《こわ》いから……。僕はちゃんと生きてて大丈夫なんだって……わからせてください」

「敏生……」

(首を……切られた。そう言ったのか。やはりあの犬は……)

憑坐《よりまし》は、降ろした霊魂が記憶していることを、あたかも我が身に起こったことのように体験することがある。能力が高ければ、なおさらその可能性が高い。敏生がどんな経験をしたのかはまだわからなかったが、その一言だけで、十分に酷《ひど》い目に遭《あ》ったことは想像できる。健気《けなげ》に振る舞ってはいたが、敏生はやはり、かなり怯《おび》えているようだった。

森は、敏生の手をしっかりと握ってやった。そして、上体を屈《かが》め、青ざめた額《ひたい》に、そっと唇《くちびる》で触れた。

「大丈夫だ。君は生きてる。そして、俺がいつだって君の傍《そば》にいる。だから、安心しておやすみ。……目覚めるまで、俺がこうして君を繋《つな》ぎ止《と》めているから」

敏生は微笑《ほほえ》んで、ようやく目を閉じた。長い睫《まつげ》が、目の下に暗い影を落とす。いつも元気な敏生だけに、弱っているときの痛々しさはよけいに森の胸に沁《し》みた。

「あまり、心配させないでくれよ」

そんな力ない呟《つぶや》きは、静まりかえった部屋の空気に、空《むな》しく消えた……。

龍村が缶ビール片手に部屋に戻ってきたときには、敏生はいくぶん苦しそうではあるが、穏やかな顔で寝息を立てていた。

「お、寝たか。眠れさえすれば、大丈夫だな。次に起きたときは、いつもの腹ぺこ大王だろうさ」

「だといいが」

森は気遣《きづか》わしげに呟いて、空いた手を敏生の額《ひたい》に当てた。龍村は、森の向かいに胡座《あぐら》をかき、缶ビールのタブを押し開けた。

「飲むか?」

「いや、俺はいいよ。……まったく、こいつときたら、他人の傷は簡単に治すくせに、自分のダメージを回復させることはできないらしい。術者というのは、往々にしてそういうものだが」

龍村はビールをぐいと飲み、興味深そうに言った。

「占い師と同じようなものか。ああいう人たちも、自分の未来は見えないと言うだろう」

「そうかもしれない。特に敏生は、いつも人のことばかり考えて、自分のことは二の次だからな」

「そりゃお前だってだろ。……だいたい、そうやって手を繋《つな》いでやってりゃ安心するんだろうが、お前、琴平君が目を覚ますまでそうしてるつもりか」

「かまわないさ。俺は昼間さんざん寝たし、今だって座ったままでも眠れる。あんたも寝ろよ、龍村さん。睡眠不足で解剖三昧《かいぼうざんまい》では、いくらあんたでもくたびれただろう」

「まあな。さすがに年だ。医者になったばかりの頃は、何日無茶をやっても疲れなんて感じなかったもんだが」

龍村はビールを飲んでしまうと立ち上がり、うーんと大きな伸びをした。敏生の額《ひたい》に新しい冷却シートを貼《は》ってやり、しばらく寝顔を見守る。

「明日は、とりあえず琴平君が目を覚ましてから、行動開始だな」

「ああ、そうなるだろう」

「では、とりあえず寝る前に一風呂《ひとふろ》浴びてくるよ」

「酒を飲んだあとで、大丈夫か？」

「馬鹿《ばか》、ビール一缶くらいで、倒れるものか」

豪快に笑う代わりに親指を立てて、龍村は手拭《てぬぐ》い片手に部屋を出ていった。

急にしんと静まりかえった室内で、森は黙って敏生の枕元《まくらもと》に座り続けていた。

敏生はぐっすり眠り込んでいるようだったが、それでも森の手を握る敏生の右手には、驚くほど強い力がこもっている。やはり、一度は完全に同調した犬の魂《たましい》をまだ体内に留め置いていることで、半精霊の華奢《きゃしゃ》な肉体にはかなりの負担がかかっているのだろう。

「本当に……無茶をする。しかも、言い出したら後には引かない頑固者《がんこもの》だ、君は」

小言《こごと》めいた台詞《せりふ》とは裏腹の優しい表情で、森は敏生の頰《ほお》に左手で触れた。頰も燃えるように熱く、赤みを帯びている。

「誰の上にも注がれる君のその優しさを……俺にだけ向けてほしいと思うのは、我《わ》が儘《まま》がすぎるんだろうな」

苦甘く囁《ささや》き、森は敏生の頰から熱を吸い取ろうとするかのように、そっと冷たい唇《くちびる》を押し当てたのだった……。

＊　　＊

翌朝十一時。弘和は、落ち着かない気持ちで店の調理場に立っていた。

あれからすぐに帰宅した彼だが、とても眠れなどしなかった。敏生が無事に意識を取り戻したとはいえ、すっかり衰弱《すいじゃく》した様子が目に焼き付いて、心配でたまらなかったのだ。

それでも、店の仕事に穴をあけるわけにはいかず、彼はいつもどおりに元気に振る舞い、坂井《さかい》夫婦と共に早朝からうどん作りに励んでいた。

店には、ちらほら早めの昼食を摂《と》る客たちが入り始めている。寒いので、皆、温かいうどんを求めてやってくるのだ。

「ああ、いらっしゃい」

ふと、葱《ねぎ》を刻《きざ》む手を休めて顔を上げた弘和は、ちょうど店に入ってきた老人を見て、声を掛けた。それは、向かいの土産物屋《みやげものや》の先代店主で、今はのんびりと隠居《いんきょ》暮らしをしている人物だった。坂井の話では、坂井の父親が店をやっていた頃から、毎日うどんを食べに「さぬき庵《あん》」に通ってきている常連中の常連らしい。

坂井の妻がほかの客の相手で忙しそうだったので、弘和は調理場を出て、老人に茶を運んだ。

老人の注文は、常にしょうゆうどんである。だから、弘和は敢《あ》えて注文を聞くことをせず、茶を置いてすぐ調理場に引き返そうとした。だが、そんな弘和を、老人は呼び止めた。そして、弘和に顔を近づけるよう手招きしてから、いつになく低い声で言った。

「近所の噂《うわさ》で聞いたんやけど、裏庭から古井戸が出たゆうんは、ほんまな」

弘和は、ギョッとした。だが、井戸が出たこと自体はべつに何でもないのだと自分に言い聞かせ、無理やり笑顔を作って頷《うなず》いた。

「はい、そうですけど。でももう、水は出ないらしくて」

いつも上機嫌《じょうきげん》な老人であるが、それを聞くと、長く伸びた白い眉《まゆ》を顰《ひそ》め、難しい顔をした。弘和がどうしたのかと訊《たず》ねると、老人はボソリと言った。

「そんなもんは、はよ埋めてしもうたほうがええで。そないせんかったら、この家にあんまりええことないかもしれれんきんな。……まあ、ワシも子供の頃、親から聞いたぎりやけど、ホンマにあったんやなあ、井戸が」

「ええことないって……。そもそも、何で井戸のこと、ご存じなんですか。……オヤジさんもおかみさんも、井戸があったこと全然知らんかったみたいやのに」

弘和は、ちらと坂井の妻を見た。どうやら、客にメニューの説明をしているらしく、弘和に注意を向ける心配はしばらくなさそうだ。

老人は、小声で言った。

「ワシの母親が、昔は『さぬき庵』さんには井戸があったらしい、けど、怖《こわ》いことが起きて、埋めてしもたゆうてゆうた。子供心に、おとろし話やった」

「怖いこと……。いったいそれは」

どんなことだったんですか、と弘和は訊《き》こうとしたが、そのとき、調理場から坂井が大声で弘和を呼んだ。

「ヒロ！　うどん上がるで。はよ戻《も》んてきな！」

「はい、すんませんっ」

弘和が慌《あわ》てて調理場へ引き返そうとすると、老人は、弘和の袖《そで》を引き、こう言った。

「休みになったら、うち寄んな。そんときに、続き言うわ」

「……わかりました」

弘和は、ぺこりと老人に頭を下げ、走って調理場へ戻った。坂井が丼《どんぶり》に入れてよこしたうどんに出汁《だし》を張り、具をのせる。そんなすっかり手慣れた作業をしながらも、弘和の胸の中には、言いようのない不安が広がっていた。

（怖《こわ》いこと……。いったい、あの井戸にまつわる恐ろしい話て何やろう）

そういえば、敏生が意識を取り戻すのを待っているとき、森がこんなことを言っていた。

──君は、我々の中でいちばん長く、あの白い首なし犬に接触してきた。そして君の、あの犬を何とかしてやりたいという熱意に引き寄せられて、俺たちはここにいる。実際的な手段は別として、精神的にイニシアチブを取るべきは、君だよ。いちばん大切なのは、君があの犬のことを、強く想《おも》ってやることなんだ。

そして森は、こうも言った。

──言葉には、言霊《ことだま》が宿る。そして、祈りには、力が宿る。君があの犬のことを常に考え、救ってやりたいと祈り続ければ、それは必ず何かをもたらすだろう。何かをね。

（その何かっちゅうんが……今のこれなんやろか）

「おかみさん、お願いします！」

出来上がったうどんをカウンターに置き、坂井の妻を呼びつつ、弘和は客席にぽつねんと腰掛けたさっきの老人を見た。

年をとると些細《ささい》なことが異様に気になるとはよく聞く話だが、それにしても、老人の様子はいつもと違っていた。

(あの人が近所の噂《うわさ》でうちの店の古井戸のことを聞いて、子供の頃に聞いた井戸にまつわる恐ろしい話を思い出した。……それを俺に話してくれる気になってるんも、俺があの犬のこと、思ってたからやろか。それやったら、俺……)

もしそれが、あの哀れな犬の魂《たましい》を救う方法を知るための手がかりになるのなら、あの老人から話を聞けるチャンスを逃してはいけないのだ。弘和はそう思った。

(それに、この家にあの井戸があったら、ようないことがある、みたいなこと言ってはったしな。オヤジさんやおかみさんに何か悪いことが起こるかもしれへんようなこと、ほっとかれへん。あの人らを不安がらせたりしたくないし、俺が何とかせんと!)

そう決意した弘和は、グラグラと湯が沸《わ》き立《た》つ大釜《おおがま》の前にいる坂井の傍《そば》へ行った。

「あの、オヤジさん。ちょっとええですか」

「おお? どしたんや、ヒロ」

坂井は、急に真剣な顔でやってきた弘和に、不思議そうに顔を上げた。弘和は、思いきって言ってみた。

「あの、すんません。お願いがあるんですけど。……今日の午後、店、休ませてもらえんでしょうか。会わなアカン人がおるんです」

「……ああ？」

思いもよらぬ頼みに、坂井は目を丸くした。これまで、一日も店を休んだことがなく、どちらかと言えば「もう上がれ」と言わない限り働き続けてしまう弘和である。突然の申し出に、坂井がやや困惑するのも、無理からぬことであった。

しかし坂井は、ニヤリと笑って「ええよ」と言った。

「何や、あんたがそなに必死の顔して言うとこみたら、遠いとっから彼女でも来たんと違《ちゃ》うんな。図星やろが。かまんで。朝までゆっくりしてき。はは、若いゆうんはええのう」

「は……はあ」

とんでもない誤解であったが、かえってあれこれ言い訳する必要が省けて幸いでもある。

「すんません。ほな、昼の仕事上がったら、ちょっと抜けさしてもらいます。明日の朝には、必ず戻ってますし」

明日の朝、ありもしない「外泊」で夫婦にからかわれるであろうことは承知のうえで、弘和は素直に頭を下げ、礼を言った……。

六章　今ここにいること

「頭を……捜しに行かなくちゃ」

それが、目覚めた敏生《とし き》の第一声だった。ずっと敏生の手を握ったまままいつしかうたた寝してしまっていた森《しん》は、そのか細い声に、ハッと目を開けた。

「敏生？　目が覚めたのか。気分は？」

「よくはないですけど、ずいぶんましになりました。あの……天本《あまもと》さん、ずっと手を？」

敏生は、繋《つな》ぎあった手を見て、少し驚いた顔をした。森は苦笑して、ようやくほぼ半日ぶりにその手を放す。

「そう約束しただろう？　よく眠れたようだな。もう昼過ぎだ」

「……そんなに……？　すみません。天本さん、寝られなかったですよね」

敏生は、ゆっくりと身体《からだ》を起こした。重力が増したように身体が重かったが、吐き気や頭痛はかなり治まっている。

「俺のことは、気にしなくていい。……それより、頭が何だって？　痛むのか？」

敏生の額《ひたい》に手を当てながら、森は訊《たず》ねる。熱も、ほとんど下がったようだった。

敏生は、片手で自分の側頭部を押さえ、身体《からだ》の内側の声に耳を傾けるような仕草をしながら言った。

「頭を捜しに行かなきゃ。頭を捜してほしいって、そう言ってるんです」

「……誰が」

「シロが。眠ってる間、ずっと僕の頭のどこかで、そんな声が聞こえてるような気がしてました。ううん、ハッキリした声じゃなくて、想《おも》い、みたいなものかな」

「ということは、やはりあの犬の魂《たましい》は、まだ消えることなく君の中にいるんだな」

「ええ。……凄《すご》く弱いけど、でもまだ頑張ってます。あの、シロは……」

勢い込んで喋《しゃべ》ろうとする敏生に、森は優しく、しかしきっぱりと言った。

「その話は、昨夜《ゆうべ》のことから順番に聞かせてもらったほうがいいだろう。龍村《たつむら》さんは今、昼飯を買いに出てる。戻ってきたら、まずは飯を食って、一瀬《いちのせ》君が来てから話を聞こう」

「……でも……」

「君の中にいるその犬は、もう三百年待ち続けてきたんだ。今さら数時間延びたところで、かまいはしないだろう。それより、問題は君だ。君が倒れでもしたら、すべてが水《みず》の泡《あわ》になってしまう」

「僕は大丈夫ですよう」

「まだ顔色が悪い。横になっていろ」

怖《こわ》い顔で森にジロリと睨《にら》まれ、敏生はすごすごと布団《ふとん》の中に逆戻りした。確かに、目が覚めたときは、シロの念に急《せ》かされてすぐにでも部屋を飛び出せそうな気がしていたのだが、冷静になってみると、やはり全身がまだ怠《だる》く、力が入らない。敏生は、枕《まくら》に頭を沈め、森の顔を見上げた。

「ねえ、天本さん」

「そんな甘えた声を出しても、駄目だぞ」

「違いますよう。……ごめんなさい、天本さんを寝不足にしちゃって。シロの魂《たましい》を抱えたまま眠るの、少しだけ怖くて。身体《からだ》を乗っ取られるとかまでは思わなかったけど、次に目を覚ましたとき、ちゃんと僕でいられるかな、ってちょっと考えちゃったんです。駄目ですね、僕」

「駄目なものか。その程度の警戒心が君にあることを知って、俺はかえって安心したよ。誰でも信じられるというのは素晴らしいことではあるが、君の信じる者がすべて心正しいとは限らない」

「それは……でも、シロは違……」

「今、君の中にいるその犬の話をしているわけじゃないよ。ただ、憑坐《よりまし》として、異物でしかない他者の魂を自分の中に招き入れるというのは、常に何らかの危害を相手に与えられる危険をはらんでいる。警戒を怠《おこた》るのは、愚《おろ》かなことだ。それは君にもわかるだろう」

「……はい」

「だから、君がシロの魂《たましい》を自分の中に留め置くと決めたとき、本当はやめさせたかった。だが、君は言い出したら聞かないたちだ。俺が反対すれば、よけいにムキになっただろう。だから、手を握っていることで、眠っている間の君の状態をずっと確かめていた」

敏生は、驚きを隠せない様子で、自分の手と森の手を見比べた。

「それって、もしかして……。眠ってる間に、僕の意識がどっかへ押し込められたりしないように、今までずっと見張っててくれたってことですか？」

森は少し照れくさそうに頷《うなず》いた。

「心配性は自覚しているさ。だが、君も固く手を握っていて、とても放すに忍びなかったこともあってね。……ああ、心配しなくても、君の守っているシロは、君に何もしなかった。ただ、おとなしく君の意識の隅《すみ》っこを借りて、うずくまっていただけだ。ちゃんと、君の信頼に応《こた》えていたよ」

「シロ、ごめんね。ちょっとだけでも不安に思ったりして」

敏生は、心から詫《わ》びるように自分の胸元にそっと手を当て、それから森の顔を見上げた。微熱のせいで、鳶色《とびいろ》の瞳《ひとみ》はまだ少し潤《うる》んでいる。

「天本さんも、ごめんなさい。また心配かけちゃいましたね。僕は、天本さんの助手なのに、『先生』に見張らせて、自分だけぐっすり寝ちゃうなんて」

「いいさ。おかげで、君の寝顔を心ゆくまで眺《なが》められた。もっとも、龍村さんのいびきと足蹴《あしげ》りまで、もれなくついてきたがね」

「……天本さんってば。僕の寝顔なんて、見ないでくださいよ。寝ててもかっこいい天本さんと違って、僕、きっと馬鹿《ばか》みたいに口開けて寝てたんでしょう」

敏生は、ほんのりと顔を赤らめ、布団《ふとん》を目の下まで引き上げようとする。それを片手で素早く制し、森は真上から敏生の顔を見下ろして、甘い声で囁《ささや》いた。

「どうだったかな。ただずいぶんと、その唇《くちびる》に誘われていたような気はするんだが」

「え……あ、天本さんっ、何言って……」

敏生はドギマギしながら、ゆっくりと近づいてくる森の顔を、まん丸に目を見開いたまま凝視《ぎょうし》している。

やがて、二人の唇が触れ……ようとしたそのとき、まるでタイミングをはかったように、部屋の扉《とびら》が開く音がした。森は、バネ仕掛けの人形のように、たちまち正座の姿勢に戻る。敏生も、ほとんど反射的に布団をガバッと顔の半ばほどまで被《かぶ》った。

どすどすと勢いよく部屋に入ってきたのは、言うまでもなく龍村である。チノパンに、目が痛くなるほどたくさんの色がちりばめられたセーターを着こんだ彼は、両手にビニール袋を提《さ》げていた。どうやら、近くのコンビニエンスストアに行っていたらしい。

「おい、昼飯と飲み物を買ってきたぞ。……おっ、眠り姫のお目覚めか。王子様のキスでも貰《もら》ったか？」

龍村は、ビニール袋をテーブルに置き、敏生の枕元《まくらもと》に胡座《あぐら》をかいた。目の下まで布団《ふとん》を被《かぶ》った敏生は、恥ずかしそうに答えた。

「え……あ、あ、あの、今、貰いかけ……」

「馬鹿《ばか》なことを言っていないで、さっさと飯にしよう。一瀬君が来たら、すぐに行動を開始しなくてはな。できれば今夜、けりをつけたいところだ」

動転して、つい素直に答えかけた敏生を遮《さえぎ》り、森はツケツケとそう言った。その口調が数十秒前の光景をすべて物語ってしまっているのだが、そんなことに本人は少しも気づいていない。

「そうかそうか。未遂犯《みすいはん》か。そりゃ邪魔して悪かった。ま、とにかく昼間は色気より食い気だろ。飯にしようぜ」

龍村はくつくつと笑いながら、弁当と飲み物を出して、テーブルに並べた。いかにもコンビニ弁当らしい黒いパッケージが二個、サンドイッチが一つ、それからウーロン茶のペットボトルが二本に、缶コーヒーが二つ。

さっき横になったばかりの敏生だが、弁当という言葉の響きには勝てなかったらしく、怠《だる》そうに再び起き上がった。その膝《ひざ》の上に、龍村は店で温めてもらった弁当の一つを置いてやる。

「頑張った子には、チキンカツ弁当だ。……揚《あ》げ物《もの》はヘビーかなとも思ったんだが、食えそうかい？」

「はいっ」

弁当を目にした敏生は、さっきより少し元気な声で返事をした。どうやら、食欲は健在らしい。

さっそく弁当を食べ始めた敏生を見遣《みや》り、龍村はもう一つの弁当に、そして森は缶コーヒー……と、龍村の威圧的《いあってき》な視線に負け、しぶしぶサンドイッチに手を伸ばしたのだった。

弘和《ひろかず》が息せき切って部屋に飛び込んできたのは、午後二時過ぎだった。坂井《さかい》から明朝までの休みを貰《もら》った弘和は、私服に着替えていた。

「遅うなってすいません。敏生、大丈夫なんか？」

森と龍村に頭を下げるのももどかしく、弘和はまた布団《ふとん》に潜《もぐ》り込《こ》んでいた敏生のもとに駆《か》け寄《よ》った。

「もう大丈夫だよ。よく寝たし、ご飯も食べたし。ヒロ君来るまで寝てろって言われたから、おとなしくしてただけ」

敏生は、照れくさそうに笑いながら、すぐに起き上がる。柔らかな栗色《くりいろ》の髪は鳥の巣のように寝乱れているが、別れたときよりずっとましになった顔色に、弘和はホッと胸を撫《な》で下《お》ろした。

「そっか……。俺が帰るときは、今にも死にそうな顔しとったからなあ。昼飯の客が切れるまで、心配でソワソワしたわ」

「平気だってば。もう、ヒロ君は心配性だなあ。天本さんといい勝負かも」

クスッと笑った敏生の頭を小突き、森は顰《しか》めっ面《つら》で小言《こごと》を言った。

「何を言ってる。君が無茶ばかりするから、周囲の人間が心配性にならざるを得ないんだろうが」

弘和も、憮然《ぶぜん》とした表情で森に同意する。

「仰《おっしゃ》るとおりです。だってこいつ、寄宿舎に入って二日目の真夜中、家帰る言うて、寄宿舎の部屋の窓から飛び降りたんですよ。二階やのに」

「あ、ひ、ヒロ君、そんな昔の話……」

敏生は慌《あわ》てて制止しようとしたが、弘和は、かまわず早口に続きを語った。

「こんなとこ出て、お母さんを捜しに行く、言うて。もう、頭打って死んだかと思って、俺、半泣きで窓から乗り出してみたら、こいつ芝生《しばふ》の上でわんわん泣いてるし」

「敏生、君は……」

森に呆《あき》れ顔《がお》で見られて、敏生は首を縮こめた。

「まあ、運がよかったんか、足を挫《くじ》いただけですんだんですけど。みんな起きてくるわ、舎監《しゃかん》は飛んでくるわ、もう大変やったんです。それからしばらく、俺、こいつがまた同じことやるん違《ちゃ》うかと思ったら気が気やなくて、毎晩こいつ抱えて寝てました」

「……無理もない。まったく、ふだんはのんびりしているくせに、唐突に思いきったことをやってのけるのは、昔も今も同じとみえる」

「じゃ……今もですか、こいつの無鉄砲は」

「ああ。昨夜《ゆうべ》のことも、無茶もいいところだよ。聞けば、君も呆れるだろうさ」

うんざりした口調でそう言い、敏生をジロリと見遣《みや》った。

「さて、全員揃《そろ》ったところで、まずは昨夜の君の話を聞かせてくれないか、敏生。憑坐《よりまし》として、君はあの犬の骨に残された記憶を、その身体《からだ》で追体験したはずだ。君が犬の目で見て、感じたことを、俺たちに話してくれ」

「……はい」

敏生は少し緊張した顔つきで、布団《ふとん》の上に膝《ひざ》を抱えて座った。森と弘和はそんな敏生の布団の脇《わき》で、龍村は両足を投げ出し、壁にもたれた状態で、敏生に注目する。

「あの……まず、やっぱり床の間に置いてあるあの犬の骨、あれは僕らが見た、首のない白犬のものでした。僕は、あの犬の……シロって名前なんですけど、シロの一生を、シロの目で見ました。シロがどんなふうに育って、どうしてこの琴平《ことひら》に来たのか、どうしてあんな死に方をしたのか……どうして首がないのか、これから全部話します」

ほかの三人は、黙って頷《うなず》く。敏生は、昨夜《ゆうべ》、断片的に見たシロの記憶を、一つずつ思い出して語った。

老夫婦に拾われたこと。シロと名付けられ、彼らのもとで大きく成長したこと。しかしやがて老女が病に倒れ、老人は自分の代わりに、妻の快復を願う金刀比羅宮参詣《ことひらぐうさんけい》へと、シロを送り出したこと。多くの旅人たちに引き継がれ、長い旅の果て、シロは病気にかかって衰弱しつつも、ようやくこの琴平に辿《たど》り着《つ》いたこと……。

やはりまだ疲労が残っているのか、時折休みながらも、敏生はあたかもすべてが自分の経験であるかの如《ごと》く詳細に、さまざまなことを語った。

そして、話は、この琴平での一連の事件に差し掛かった。

一度は倒れたシロだったが、男女二人連れに助けられたこと。そしてある夜、その男女に付き添われて金刀比羅宮の参道を歩き始めたこと。

ところが、最終目的地である本宮《ほんぐう》に向かう最後の石段で、突然男が、シロに向かって切りつけ、ついにその首を切り落としてしまったこと。

そこまで話した敏生は、自分の首筋に手を当て、身を震わせた。おそらく、首に食い込んだ刃物の感触が思い出されたのだろう。優秀な憑坐《よりまし》ほど、迎え入れた魂《たましい》の伝えた感覚を強く自分の身体《からだ》で再生してしまう。つまり敏生は、幻覚とはいえ、生きながら己《おのれ》の首を刎《は》ねられるというおぞましい体験をしたことになるのだ。

「……敏生」

森に低い声で呼びかけられ、ハッと我に返った敏生は、詰めていた息を吐き、強張《こわば》っていた肩から力を抜いた。半ば無意識に自分のほうに差しのばされた敏生の手を、森はそっと握ってやる。

敏生は森を見て微笑《ほほえ》み、そして思いきったように口を開いた。

「今話したのは、シロが死ぬまでの話。……でも、シロの骨には、死んだあと、その体がどうなったかって記憶も、生きていたときよりうんとぼんやりですけど、残ってたんです」

それを聞いて弘和は目を見開き、龍村は興味深そうにふうむ、と綺麗《きれい》に剃《そ》り上《あ》げた顎《あご》を撫《な》でた。

「死後の記憶か……。不思議な話だな。死んでいるなら、目で見たわけではあるまい？」

龍村に問われ、敏生も曖昧《あいまい》に首を傾《かし》げた。

「科学的に説明しろって言われても、僕にはただ、見えた、としか言いようがないです。でも……そうですね、死んだあとの記憶は、目で見たっていうよりは、魂《たましい》が見た、って感じかも。生きてたときより、視点が少し上なんです」

「ほほう。興味深いな。それはいつか、ぜひ医学的に検証してみたいものだ。……おっと、脱線しちゃいかんな。殺されたあと、その犬……シロがどうなったか、教えてくれよ」

弘和も、何度も頷《うなず》く。敏生は、胸の奥のほうでシロの魂《たましい》が自分に何か訴えかけているのを感じつつ、話を続けた。

「シロを殺したあと、男の人と女の人は、シロの体を持って……胴体は男の人が担《かつ》いで、頭は女の人が大事そうに胸に抱いて、山を下りました。それで……シロがその二人に助けられたときも、僕、傍《そば》にあった井戸に見覚えがあるなあ、と思ったんだけど、ヒロ君。……二人がシロの死体を持って帰った場所も、やっぱりその井戸……たぶん、『さぬき庵《あん》』の、あの古井戸の傍だったんだ。あんなに崩《くず》れてなくて、もっと綺麗《きれい》だったし、釣瓶《つるべ》もあった。だけど、石の形とか組み方とか、やっぱりあの井戸だった」

「何やて？　……ほなやっぱり、あの井戸に……？」

敏生は、苦しげな表情で頷く。

「井戸の傍で、二人は何だか深刻な顔で話し合ってて、女の人は、物凄《ものすご》く大切そうに、切り落とされたシロの頭を撫《な》でてました。……あの、龍村先生には絶対あり得ないって怒られそうなんですけど……切り落とされてだいぶ時間が経《た》ってるはずなのに、シロの首、生きてたんです。口が開いて、舌《した》が動いて」

「何だって⁉」

さすがの龍村も、それには度肝《どぎも》を抜かれたらしい。

「おい、琴平《ことひら》君。生きていたとはどういう意味だ。確かに、ギロチンで飛ばされた人の首が、ほんの短時間、動いたり喋《しゃべ》ったりした……という話は、僕も聞いたことがある。それは医学的に説明がつくことだが、しかし……あの山で首を切って、『さぬき庵』の井戸まで持ち帰ってもまだ生きている……というのは、いくら何でも無理だ」

敏生は力なく首を横に振る。

「それでも、です。男の人はそれを見て驚いたけど、女の人は満足そうな顔をして……。それから二人はまたしばらく話し合ってて、結局男の人は、首を切られたシロの体を……井戸の中に投げ込んだんです」

「それって……やっぱし、あの埋められた古井戸やんな」

弘和は、沈んだ顔で言った。敏生は頷《うなず》き、こう付け足した。

「翌朝、首のないシロの体が、井戸から見つかって……結局シロは、井戸ごと埋められてしまったんです。それから、ずっと土の底で眠っていて……。でも、井戸が掘り起こされて」

「目覚めたシロの魂《たましい》は、生きていたときに果たせなかった金刀比羅宮参詣《さんけい》をしようとしていたわけか。だが、自分が殺された場所までしか行くことができない……」

龍村の言葉に、森は頷《うなず》いて言った。

「残留思念があそこまで弱くなっているうえに、かつて自分の意思ではないとはいえ、みずからの血で聖域を穢《けが》した存在だ。金刀比羅宮でもっとも神聖な場所である本宮まで辿《たど》り着《つ》くことは、独力では叶《かな》わないだろう」

「そんな……そしたらシロは、死んで三百年も経《た》った今も、飼い主夫婦のために、こんぴら参りをやり遂《と》げようと必死になってるっちゅうことですか」

「そうだ。何とか、本宮まで連れていってくれと、君に訴えていたんだよ、一瀬君」

森の言葉に、弘和は愕然《がくぜん》とした顔で沈黙し、やがて悔《くや》しげに片手で正座の腿《もも》を叩《たた》いた。

「クソ、俺、そんなん全然わからんと、ただアホみたいに毎晩ついていって……。わからん奴《やつ》やて、ムッとしてるやろな、シロ」

「ううん、そんなことないよ、ヒロ君」

敏生は、きっぱりとかぶりを振った。

「シロは、ヒロ君に感謝してる。ずっとひとりで寂《さび》しかったけど……ヒロ君が気づいてくれて、一緒に歩いてくれたこと、嬉《うれ》しいと思ってる。僕にはわかるよ。だって、シロが僕の中にまだいるんだから」

弘和は、ギョッとして敏生の顔を覗《のぞ》き込《こ》んだ。

「何やて？　犬が……お前の中に？」

「うん。あのままじゃ、シロの魂《たましい》が消えてしまいそうに弱ってたから、僕の中に。僕の心の中に、今シロがいるんだ」

屈託なく語る敏生に、弘和は目を白黒させるばかりである。

「だから言ったろう。聞けば呆《あき》れると」

助け船とも何ともつかない台詞《せりふ》を口にして、森は皮肉っぽい顔つきをする。敏生は、悪びれない笑顔で続けた。

「それにね、ヒロ君は僕たちを、シロに会わせてくれたじゃないか。あ、そうだ。もしかしたら、僕らが琴平温泉に来たのも、僕がヒロ君にまた会えたのも、ヒロ君とシロの気持ちが繋《つな》がってたせいかも。ね、天本さん。そうですよね」

敏生は同意を求めるように、森を見て微笑した。その笑顔の輝くような優しさに、弘和はハッとする。

（……ホンマに……今、幸せなんやな、こいつ……）

こんなときに、そんなのんきな感想を抱いてしまった自分に赤面する。幸い、そんな弘和の変化に、あとの三人は気づかなかったようだった。

敏生は森の手を放し、両手を胸に当てて呟《つぶや》いた。

「胴体のことはそれだけだけど……頭は。女の人がシロの頭を持っていっちゃって……そのあとはわかんない。でも、シロの頭、捜してあげなきゃ。……天本さん、シロの魂はたぶん、頭蓋骨《ずがいこつ》に残ってる記憶を、僕にちゃんと知ってほしいと思ってるんです」

「頭蓋骨に残っている記憶を……？　どういうことだ」

鋭《するど》い口調で問われ、敏生は、考えながら答えた。

「僕には、心が身体《からだ》のどこにあるかはわかんないけど、昨夜《ゆうべ》も天本さんが言ったみたいに、頭蓋骨が確かにいちばん記憶を読みやすいでしょう？」

「ああ」

「だけどシロは、首を切られちゃって、そのうえ頭と体がバラバラに引き離されちゃって、頭がそのあとどうなったかってことは、体のほうにもわからないんです。……何だか、魂《たましい》が二つに引き離されちゃったみたいな感じ……って言えば、わかるかな」

大袈裟《おおげさ》な唸《うな》り声《ごえ》を上げたのは、龍村だった。

「むむ、なるほど。体に残された記憶は、首を切られて井戸に投げ込まれるまで。その後、引き離された頭部がどこで何をされていたかは、頭蓋骨に触れてサイコメトリングしてみなければわからない。そういうことだな、琴平君」

「……ええと。サイコなんとか、っていうのかどうかはわかりませんけど、とにかく、どうもその頭部のほうと合わされれば、もっとシロの残留思念がハッキリするみたいなんです。今も、頭が胴体を呼んでる……っていうのかな。向こうのほうが、胴体よりは少し強い念を残してるみたい」

「呼んでる⁉」

弘和は目を剝《む》いた。

「ってことは、敏生。どっかにまだ、シロの頭があるっちゅうんか」

敏生はきっぱりと頷《うなず》く。

「ある。……呼んでる。僕の中のシロの胴体と、引き合ってるんだ。どっちもとっても弱いから、シロの心が身体《からだ》の中にいる僕にしかわからないかもしれないけど」

「それで、どこなんや。どこにあるんや、頭は」

「場所の名前はわからない。風景だけが、チラチラって頭の中に浮かんだり消えたりするだけ。……でも、こんな弱い念どうしで引き合ってるってことは、あまり遠くには離れてないはずなんだ」

敏生はギュッと目をつぶった。瞼《まぶた》の裏に浮かんでは消える映像に、全神経を集中させる。その唇《くちびる》から、見たままの景色が語られた。

「……ええと、水が見えるよ。海……ううん、違う。たぶん、湖。ちょっと小高いところに、小さなお社《やしろ》みたいなのがある。……湖の周りには、木が茂ってて」

「湖？　香川県《かがわけん》に湖なんて、聞いたことがないぜ」

龍村は太い眉《まゆ》をハの字にして言った。弘和も、顎《あご》に手を当てて考える。

「湖……。ううーん。ほかに何か見えへんのか、敏生」

敏生は心の中のシロの声を聞き取ろうとするかのように両手で耳を塞《ふさ》ぎ、しばらく黙っていたが、やがて首を軽く傾《かし》げつつ、こう言った。

「湖に……岸のところに、何か機械みたいなのが」

「機械？」

「はっきり見えないから、よくわかんない……機械じゃないのかな。塔、みたいな？」

腕組みして唸《うな》っていた弘和は、不意にあっと声を上げた。

「わかったッ！　それ、機械やなくて取水塔や！」

目を開けた敏生は、不思議そうに弘和を見る。

「取水……塔？」

弘和は、畳を叩《たた》いて勢い込んで言った。

「そうや！　水を引くために、水門があるんや！　それ、湖と違うぞ、敏生。湖みたいにでかい溜《た》め池《いけ》や！　満濃池《まんのういけ》や！　俺、こないだオヤジさんに連れていってもらったから、まだ景色覚えとる」

「なるほど、そうか。日本一の貯水池なら、湖と間違うのも無理はないぞ、なあ天本」

「ああ。……なるほど、満濃池なら、そう遠くないな」

龍村も森も、合点がいった様子である。当の敏生だけが、不思議そうな顔をして森を見た。

「天本さん、満濃池って？」

「日本最古にして最大の貯水池だよ。空海《くうかい》が指揮《しき》して造らせたと俺は習ったが、どうやら、池自体は元からあって、空海はそれを修繕《しゅうぜん》した、ということらしいがな」

「へえ……」

「その後、十七世紀、西島八兵衛《にしじまはちべえ》が修繕工事を行い、ほぼ今の姿になった……と、小学校の社会科で習っただろう」

「えと……覚えてないです」

敏生は恥ずかしそうに頭を掻《か》く。龍村は「僕も覚えてない。安心したまえ」と笑いながら、敏生の傍《そば》に来た。

「では、行動目標決定か。これから、満濃池に犬の髑髏《されこうべ》を捜索に行くんだろう？」

「ああ、そうだな」

森と敏生も頷《うなず》いたが、弘和はそこでおずおずと口を開いた。

「あのう。……それなんですけど、俺、ちょっとその前に、行きたいところがあって」

「行きたいところ？　何かほかの手がかりが見つかったのか？」

森の厳しい視線に、弘和は戸惑《とまど》いながら頷き、午前中に常連の老人から聞いた話を語った。森は、何か考え込んでいるような難しい声で言った。

「古井戸にまつわる、忌《い》まわしい昔話……か。そのご老人は何歳くらいなんだ？」

「そう……ですね。息子さんが店やってはるんですけど、その息子さんが、うちのオヤジさんよりちょっと若いだけなんです。もう、八十……ううん、九十近いん違うかな。歯がなくても、うどんは嚙《か》まへんから食える、そう言うて笑ってましたし」

「なるほど……。だったらまだ、そのご老人が幼い頃には、この地方の古い因習や昔からの怪談が、大切に伝えられていたんだろうな。……聞いてみる価値はありそうだ。だが、皆でゾロゾロ行っている時間的余裕は、残念ながらない」

森の言葉に、弘和は困惑《こんわく》の表情を浮かべる。

「え……。もしかして、もうすぐ帰らなアカンのですか？　それとも……」

「問題は琴平君なんだろ、天本」

黙って聞いていた龍村は、そう言って敏生のまだ青白い顔を見遣《みや》った。

「どうも、琴平君の回復がいつもより遅いのは、そのシロとやらがまだ中に居座っているからじゃないのか。一つの家に二人の主《あるじ》は多すぎる。そういうことなんだろ？」

森は無言で頷《うなず》く。

「だから、一刻も早く事件を解決して、天本的に言えばシロを琴平君から叩《たた》き出《だ》し……もとい、シロの魂《たましい》を救ってやらなきゃならんと、そういうわけだ、一瀬君」

「敏生、お前ホンマにそんなヤバいんか？　無茶して大丈夫なんか⁉」

弘和はオロオロして敏生の顔を覗《のぞ》き込《こ》んだが、敏生は少し疲れた顔でかぶりを振った。

「大丈夫だってば。……でも、そうだね。僕は大丈夫でも、シロの魂《たましい》はどんどん弱っていくんだもの。できるだけ、急がなきゃ。今夜、シロの体を全部揃《そろ》えて金刀比羅宮に行けたら、それがベストだと思うから、それまでに……」

皆まで聞かないうちに、いかにも一本気らしく、弘和は飛び出していこうとした。

「わかった！　そしたら、あのご隠居《いんきょ》んとこには、俺がひとりで話聞きに行ってくる。せやし、皆さんは満濃池のほうに……」

「いや、僕も行こう」

龍村は、弘和の肩をポンと叩《たた》いて引き留め、言った。

「人の話は、二人以上で聞いたほうが内容を確実に把握《はあく》できるだろう。それに、そっちには小一郎《こいちろう》がついていくんだろうしな」

「は、はいっ」

弘和は、ホッとしたように頷《うなず》く。龍村は、敏生に手を貸して立ち上がらせ、そして医者らしい口調でピシリと言った。

「今のうちに言っとくが、過ぎる無茶はいかんぞ、琴平君。限界は超えるためのものじゃなく、その直前で立ち止まるために設定されているものなんだからな」

「……はい」

「いくらラブラブでも、寿命を削《けず》って天本に合わせてやろう……なんてことは思うなよ。

いいな？」

身体《からだ》を屈《かが》め、敏生の耳元で素早く囁《ささや》くと、龍村は快活に言った。

「では、話が決まったところで、さっそく行動開始だ。行くぞ、一瀬君」

「はいっ。……そしたら、またあとで」

弘和は、森にぺこりと頭を下げ、あたふたと龍村について出ていった。

「さて。では我々も行動を開始しようか」

二人の姿を見送り、敏生のほうに向き直った森は、敏生の頰《ほお》が少し赤らんでいるのに気づき、心配そうに眉《まゆ》を顰《ひそ》めた。

「どうした？　顔が赤いぞ。また熱が上がったんじゃないか」

龍村の言葉に照れていました、などとはとても白状できず、敏生は慌《あわ》てて首を横に振る。

「え……、な、何でもありません。それより、早くその、ええと……」

「満濃池に行かなくてはな。だが、物事には準備が必要だ。タクシーで行って、運転手に怪《あや》しまれても困る。レンタカーを手配してこよう。それまで休んでおけ」

森は、怪訝《けげん》そうな顔をしつつも、足早に部屋を出ていった。突然ひとりになった敏生は、そのまま布団《ふとん》にへたりこんだ。

「ふう……思ったより、けっこうきついよ、シロ。……お前も、居心地悪いんだろうな。

もう少しだから、我慢してね」

枕《まくら》に頰《ほお》を預け、グッタリと呟《つぶや》く。自分の心の中に、もう一つの魂《たましい》を……しかも、人間でない生き物の魂を棲《す》まわせ続けていることは、思ったより大きなダメージを敏生に与えているようだった。それでも敏生は、哀れな白犬の魂を自分の中から追い出したいとは思わなかった。

「……さっきの、ホントだよ。きっと君が、ヒロ君のいるところに僕を呼んだんだよね。ヒロ君は、僕の大事な友達なんだ。また会えて、ホントに嬉《うれ》しいんだ。だから、君のこと……きっと助けてあげるからね。きっと」

胸の中で自分の言葉を聞いているであろうシロに向かって、敏生はそっと囁《ささや》いた。


「ま、昔のつまらん話やとは思うんや。そんだゆうて、知っとって言わんのは好かんしのう。坂井《さかい》さんに直接言うのも何やし、坂井さんが可愛《かわい》ごうとるあんたに言うてみようと思たんや。すまんの、わざわざ来てもろて。……そっちの友達も」

「さぬき庵」の向かいの土産物屋《みやげものや》のご隠居《いんきょ》は、店の奥の炬燵《こたつ》に二人を招き入れ、手ずから茶を淹《い》れてくれた。聞いてみれば今年九十二歳だというその老人は、しかし茶を淹れる手つきや立《た》ち居《い》振《ふ》る舞《ま》いなど、まだまだ矍鑠《かくしゃく》たるものだった。ただし、唇《くちびる》というよりは皺《しわ》の集合体のようなその口の中には、一本の歯も見えなかったが。

一刻も早く事件を解決しなくては、と意気込む弘和は、挨拶《あいさつ》もそこそこに、さっきの話の続きを聞かせてくれとせがんだ。

「うむ。もう昔のことをいちいち知っとる年寄《としよ》りも今はワシ以外おらんやろけど、あの『さぬき庵』の今の店主は、創業者の血筋違《ちゃ》うきん。江戸の頃に血が絶えて、遠縁の者《もん》が跡継いだんやわ。……その血がのうなったんは、あの古井戸にまつわる忌《い》まわしい話やいうんや」

老人は、のんきに熱い茶を啜《すす》りながら話し始めた。歯がないせいで、慣れないと言葉が聞き取りにくい。

「ワシも、そんなんは母親が、なかなか寝えへん子供を怖《こわ》がらせよう思て語った作り話やてずうっと思とったんや。悪ガキの頃、『さぬき庵』の裏庭に忍び込んで捜してみたんやけど、埋められたゆう井戸やか、気配も残っとらんかったしな。すっかり忘れとったわ。やけど、古井戸が出た聞いたら、思い出してなあ。……年寄りの悪い癖《くせ》で、思い出したら、どうにも気になってしもてな」

「と、とにかく。ホンマでも嘘《うそ》でもええんです。聞かせてください、その話」

弘和が炬燵《こたつ》の中で貧乏揺すりしている振動が、龍村にも伝わる。彼が敏生の身体《からだ》を気遣《づか》って苛《いら》ついているのを悟《さと》り、龍村は微笑《ほほえ》ましく思った。老人は、弘和がやけに熱心なのに不思議そうな顔をしつつ、こんな話を二人に語って聞かせた。

江戸の昔、当時の「さぬき庵」店主は妻に先立たれ、子供がなかったこともあり、後妻を迎《むか》えた。ところが、店主より二十歳も若い妻は、こともあろうに、店の一番弟子の若者と姦通《かんつう》してしまった。

二人は店主を亡《な》き者にして、店を乗っ取ろうと考えた。だが、小さい集落のこと、店主に直接手を下すことははばかられる。上手《うま》い計画を考えあぐねていた若者と妻は、ある日、病気で行き倒れたこんぴら狗《いぬ》を拾った。そのとき、妻は昔実家近くの古老に聞いた「犬神」のことを思い出した。それは、「犬を首だけ出して地中に埋め、飢《う》えさせ、まさに死なんとしたときに首を刎《は》ねる。そしてその首を祀《まつ》れば、首は何でも望みを叶《かな》えてくれる」というものである。

二人はそれを真似《まね》て、瀕死《ひんし》の犬をけしかけ、真夜中に金刀比羅宮の参道を登らせた。そして犬は、金刀比羅宮の本宮寸前で力尽きた。まさに志半ばで死なんとする瞬間、絶望の叫びを上げた犬の首を、男は残酷《ざんこく》にも切り落としてしまった。

さて、彼らは望みの「犬の首」を手に入れることはできたが、犬の体が邪魔である。かといって、神聖な金刀比羅宮の参道に犬の胴体を捨てるのはさすがにはばかられたので、二人は犬の頭だけでなく、胴体も、店に持ち帰った。そこで、胴体の処理方法を話し合っていると、あろうことか、物音を聞きつけ、店に住み込みの弟子が、起きてきてしまった。男は慌《あわ》てて、すぐ傍《そば》にあった井戸に犬を投げ込み、犬の頭を抱えた女と共に、裏木戸から逃げた。

幸い、二人は誰にも見つからず店に戻ることができたが、夜明け頃には、店の人間が井戸の中に犬の亡骸《なきがら》を発見し、皆大騒ぎになってしまった。しかも、引き上げてみれば犬には首がない。その恐ろしさに、皆震え上がった。店主は、このようなおぞましいものが投げ込まれた井戸を二度と使うことはできぬと、犬の亡骸ごと、井戸を埋めてしまった……。


そこまで語り終えると、老人はさすがにくたびれたらしく、口を噤《つぐ》んでしまった。これではまだ、肝心《かんじん》の部分に到達していない。弘和は、苛《いら》ついて机を指先でコツコツ叩《たた》きながらも、何とか自分を抑え、続きを待った。

一方の龍村は、愛想《あいそ》よく老人に相槌《あいづち》を打ったり大きく頷《うなず》いたりしながら話を聞いていたが、老人が「続きはまた明日」と言わんばかりの眠そうな顔になったのを見て、すかさずこう言った。

「やれやれ、お話があまりに面白いので、時を忘れますよ。とても、最後まで聞かずには今夜眠れませんな。ぜひ、そのあとのことを聞かせてください。女が抱いて逃げた、犬の首はどうなりました」

食器棚のガラスが共鳴するほど豊かな龍村のバリトンが、目覚まし時計代わりになったらしい。糸のように細くなっていた老人の目が、それでようやく開いた。

「……ああ、まだそこまでしか話しとらんかったか」

どうも、夢の世界へ行ってしまいかけていたらしい老人は、昔を思い出すように、遠い目をして言った。

「女は、夫に見つからへんように、長持《ながもち》の中に犬の首を祀《まつ》ったそうな。毎日毎日、夫の死を願《ねご》うてのう。それが上手《うも》ういったんか、すぐに夫は、急な病でぽっくり死んでしもたんや」

「ほ、ホンマに犬の首の呪《のろ》いで？」

そんな弘和の問いに、老人はおかしそうに歯のない口で笑った。

「この何もかもが科学の世の中に、呪いなんぞ信じる奴《やつ》やおらんわ。……けど、ワシらが子供《ガキ》の頃はまだ、皆がそういう迷信を信じとった。ワシの母親は、ホンマやで、て何度も言うたもんや」

「う……じゃあ、本当か嘘《うそ》かは脇《わき》に置いて、そこからはどないなったんです？」

「そらお前、喜んだんはあの二人や。が、一応二人は、喪主《もしゅ》に一番弟子、人前ではさめざめと嘆いてみせとったわ。で、葬式も出して、店も一番弟子が継ぐことになって、二人は万々歳のほくほくで、これも犬神様のおかげやゆうて長持を開けた。……ほんだらな」

老人は、急に悪戯《いたずら》っぽい目をしたかと思うと、右手で手影絵の狐《きつね》を作った。そして、その狐《きつね》の口を、弘和の鼻先で、「わんわん！」という鳴き声と共にパクパクさせてみせた。不意を衝《つ》かれ、弘和はわっと驚いてのけぞる。老人はその反応に満足したらしく、炬燵《こたつ》に腕を再び戻し、背中を丸めて話を続けた。

「長持《ながもち》を開けた途端……長持から犬の首が飛び出して、女の白い首に嚙《か》みついたんやわ！」

「……何と。切り落とされた犬の生首が、自発的に飛び出して、女の首に嚙みついた、ということですか」

龍村は、ずいと身を乗り出す。老人は、面白そうに笑いながら頷《うなず》いた。

「まさかあんた、ええ年してそんなこたあ信じんやろけどな。とにかく、女がなかなか物置から戻らんので見に行った男が見たんは、血だらけになって死んどる女と、その血の海の中で凄《すさ》まじい声で唸《うな》っとる犬の生首じゃった。恐《おそ》ろしなった男は、わけのわからんことを叫《おら》びながら店を飛び出したきり、二度と戻らへんかった……」

「そんな……。ほな、その首のほうはどうなったんです？　まだ動いてたんでしょう」

「寝物語は、最後は寝てしもてわからんもんや。しかも、一度母親に語られたきりやけんのう。……確か、居合わせた旅の僧《おじゆっさん》が、これはどっかほかに埋めてしまわんかったらいかん……そう言うて、持っていってしもたん違《ちゃ》うかのう」

「どこかへ埋めるために、持ち去った……」

弘和と龍村は、顔を見合わせた。龍村が、探るような口ぶりで、老人に訊《たず》ねる。

「それで、そのお坊さんはどこへ行ったか、覚えてませんか」

老人はしばらく考え、しかし結局かぶりを振った。

「覚えとらへんわ。母親が、古井戸には、そういう恐《おと》ろしげなもんがおる、決して近寄ったらいかんで。蓋《ふた》を開けたり、掘り返したりしたら祟《たた》られるけんな。そう何度も話の途中で言うたんは、よう覚えとるわ。子供心に恐ろしかったもんじゃ」

老人はそう言って、まるで眠りかけた子供のような、無邪気な大欠伸《おおあくび》をした。どうやら、彼の昼寝の時間が来たらしい。これ以上話を聞くことは不可能だと判断して、二人は老人の家を辞した。

別れの挨拶《あいさつ》をしつつも、老人は何度も「迷信やゆうても、よけいなことはせんほうがえぇで。井戸はそのまま埋めとけゆうて、お前から坂井さんに言うといてくれ」と繰り返した。やはり、信じないと笑い飛ばしていても、どうしても幼い頃に植え付けられた恐怖心が、彼にそう言わせているらしい。

外に出た龍村は、うーんと深呼吸をして、凝《こ》った首をコキコキと鳴らした。

「やれやれ、炬燵《こたつ》で二時間近く丸くなっていたのか。腰に来るな」

のんきらしい龍村の様子とは対照的に、弘和は心配そうに空を仰《あお》いで言った。

「いっぺん聞いただけの話って言うてたし、ホンマかどうかはわかりませんけど……もしかしたら、そのシロの首を持っていった坊さんが、首を満濃池に埋めたかもしれへんのですよね」

「そうだな。坊さんだけに、空海和尚《おしよう》の神通力《じんずうりき》で、犬神様の祟《たた》りを鎮《しず》めてもらおうとしたのかもしれないぜ」

「……なるほど。敏生と天本さんは、シロの頭、うまいこと見つけられとったらええけどな……」

ああ、と言いかけて、龍村はふと妙な顔をした。弘和は、鬼瓦《おにがわら》のような龍村の顔が微妙に歪《ゆが》んでいるのを、不思議そうに見た。

「どうかしはったんですか？」

「ん……いやなあ」

龍村は、大きな手で、バリバリと頭を掻《か》きながらこう言った。

「つまり、な。あの爺《じい》さんの話が本当なら、その坊さんは、わざわざ頭と胴体を分けたわけだろ？　祟りがあるからって。で、僕たちは今それを、一つにしようとしてるわけだよな？」

「……あ」

「……な？」

弘和の顔は、みるみる青ざめた。

「そ、そそそ、それってめちゃくちゃヤバいん違うんですかっ」

「ヤバい……かもなあ」

「う、うわあ……どうしましょう。どないしたら……」

弘和は、通りの真ん中であからさまに慌《あわ》てふためく。龍村は、はあ、と嘆息して、空を仰《あお》いだ。

「ま、僕らには今さらどうしようもないさ。向こうには、天本と敏生と小一郎が揃《そろ》ってるんだ。どうにでもするだろう」

「どうにでもって、そんなええかげんな……」

「僕ら凡人にできることはないさ。どうせ、今頃、もう頭蓋骨《ずがいこつ》を掘り返しちまってるだろう。部屋に戻って、天本の指示を待つのがいちばんだ」

反論したくとも、龍村の言うことはいちいちもっともで、弘和はうっと言葉に詰まる。その肩を慰《なぐさ》めるように叩《たた》いて、龍村は言った。

「せっかく忠告してくれたあの爺《じい》さんには悪いが、僕らはすでに、あの井戸を掘り返して、犬神様の胴体を発掘しちまったんだからな」

「う……も、戻って、天本さんと敏生からの連絡、待つしか……あらへんかもしれませんね」

「ああ。『馬鹿《ばか》の考え、休むに似たり』だ。僕らがよけいなことをすれば、天本の苦労を増やすだけさ」

どことなく雰囲気の似た二人は、何とも不安な気持ちを抱えつつ、重い足取りで宿へと戻っていった……。


それより少し時刻が遡《さかのぼ》った頃、森と敏生は、レンタカーで数十分の距離にある、満濃池に到着していた。

日本一大きな溜《た》め池《いけ》の周囲は広い公園になっているが、さすがに冬の日の午後にアウトドアで遊ぼうという人間は少ない。池の周囲を散策する人は、ごくまばらだった。

車から降りた敏生は、しばらく呆然《ぼうぜん》とした顔つきで、周囲の景色を見ていた。エンジンを止め、傍《かたわ》らに歩み寄った森は、静かな声で訊《たず》ねた。

「どうだ？」

敏生は、森に軽くもたれかかるように立ち、首を巡らせてジャンパーの胸元を片手でギュッと握った。

「ここです。……シロが教えてくれた場所、ここです。岸の形とか、木の茂り具合とか。……ほら、あそこにお社《やしろ》があるし、あそこに塔が」

敏生の視線の先には、なるほど池の岸近くに、取水塔らしきコンクリート製の低い塔が立っていた。

「あっち……あっちへ行けって、シロが言ってる……」

敏生は、苦しげに息を弾《はず》ませ、一歩踏み出そうとしてよろめく。森は敏生の肩を抱き、支えてやりながら、式神《しきがみ》の名を呼んだ。

「……お呼びでございますか」

まるでロッカーのようなブラックレザーずくめの服装をした小一郎が、二人の前に跪《ひざまず》く。森は、厳しい面持《おもも》ちで言った。

「これから、犬の頭部を捜す。俺たちの周囲に、ほかの人間を近づけるな。……それから」

森は、そこから先は言葉に出さず、ただ思念で小一郎に命令を伝えた。小一郎の狼《おおかみ》のように精悍《せいかん》な顔が、さらに引き締まる。

「……承知 仕《つかまつ》りました」

小一郎は、ちらと意味ありげな視線を敏生に向けると、そのまま掻《か》き消《け》すようにその場を去った。森に命じられたとおり、近くを歩いている人間たちがしばらくこの場から離れるように、意識を操作しに行ったのだろう。

敏生には、そうした森と小一郎の微妙な言動に注意を払う余裕などなかった。彼の心の中にいる犬の……シロの残留思念が、三百年もの間引き離されていた己《おのれ》の頭を求め、激しく反応していたのである。

そんな敏生の耳元で、森は囁《ささや》いた。

「俺がついている。安心して、シロの意識が求めるままに行け」

敏生は頷《うなず》くのがやっとの様子で、抱きかかえてくれる森の腕に身体《からだ》を預け、ただ、シロの求めるままに、重い足を運ぶ。操り人形のようなギクシャクした動きではあるが、次第に、敏生の……シロの目指す場所が、森にも把握《はあく》できてきた。

それは、岸のほど近くにある、小さな中洲《なかす》だった。こんもりしたミニチュアの山のようなその中洲には、松や低木が生えている。

幸い、今は池の水位が低くなっているため、何とか歩いて中洲に渡れそうだった。

(……やれやれ。靴と服が台なしだな)

そんな嘆きを飲み下し、森は敏生に導かれるまま、氷のように冷たい水の中へと足を踏み入れた。ぎこちない足運びのせいで、敏生は何度も蹴躓《けつまず》き、転びそうになる。そのたびに激しく水が飛び散り、二人の服はみるみるうちに膝《ひざ》の上までびしょ濡《ぬ》れになってしまった。

それでも敏生の半開きの瞳《ひとみ》は、中洲のある一点から動かない。森は、敏生を助け、何とか中洲に上陸した。

敏生はもはや言葉を発することもできず、ただ息を弾《はず》ませながら、両手を虚空《こくう》に差しのばす。それはまるで、思《おも》い焦《こ》がれた恋人を抱くような、そんな仕草だった。

「…………ここ……」

　やがて、敏生は松の木の根元に、ぺたりと座り込んだ。そして、素手で土を掘り始める。今にも両手の爪《つめ》が剝《は》がれてしまいそうなその勢いに、森は慌《あわ》てて細い手首を摑《つか》み、制止しようとした。だが、敏生は森の手を驚くほどの力で振り払い、服や肌が汚れることなどかまいもせず、必死で土を掘り続ける。

「……ここにあるのか？　シロの頭が」

　森の問いに、敏生はただがくがくと頷《うなず》くばかりである。その幼い顔に、獣じみた獰猛《どうもう》な表情が浮かんでいるのを見て、森は敏生の中にあるシロの残留思念が、この満濃池に到着してから、徐々に力を増していることを悟《さと》った。

（……なるほど。頭が体を呼んでいる、という敏生の言葉は正しかったわけだ。胴体に残った意識は弱くても、頭のほうには、かなりの念が残っていると見たほうがいいな。……やはり、これは……）

　森は、無我夢中で土を掘る敏生から手を離し、そっとコートの胸ポケットを探った。そして、黒い革手袋《かわてぶくろ》を取り出し、両手に嵌《は》めた。手の甲《こう》に、銀糸で縫《ぬ》い取《と》られた小さな五芒《ごぼう》星《せい》が浮き出して見える。九字《くじ》の印《いん》を結びながら、森は心の中で呼びかけた。

（小一郎。準備はいいか）

　――はい、どうかお任せを。

　間髪を入れず、寂《さ》びた声が答える。

（頼んだぞ）

そう言い置いて、森は再びポケットから、小さな紙片を取り出した。それを、手袋の中に畳んで仕込む。

と、そのとき……。

「うあああッ！」

それまでもはや獣のように這《は》いつくばって土を掻《か》いていた敏生が、悲鳴を上げて地面にもんどり打った。

「敏生っ」

森はすぐさま、倒れ込んだ敏生を抱き起こす。敏生は、虚《うつ》ろな目で、両手の指をワナワナと震わせて言った。

「誰か……邪魔……してる。そこ……に、いるの、に……」

「何がいる？」

敏生は、奇妙に嗄《しわが》れた声で答えた。その顔には、敏生本来のものではない、強い焦《あせ》りと怒りの色が浮かんでいる。

「あたま……シロの……あた……ま」

森は、敏生がかなり深く掘り下げたその穴の中を覗《のぞ》き込《こ》んだ。

「……なるほど。やはりそうか」

そこには、大きな瓶《かめ》が埋められていた。その中にくだんの頭が入っているのだと、敏生は、その中にいるシロが、盛んに訴える。

……もとい、敏生の中にいるシロが、盛んに訴える。

敏生はその蓋《ふた》に触れようとして、はじき飛ばされたらしい。見れば、蓋には、古びた紙片が貼《は》り付《つ》けられている。ただの紙きれであれば、とうに土に還《かえ》っているはずのその紙片は、せいぜい数か月前に貼られた程度にしか風化していない。何故《なぜ》ならそれは、強い念のこもった札であったからだった。

「……やはり、誰かがこの瓶に封じの呪法《じゆほう》を施し、ここに埋めたのか。となると……」

森は、半ばシロの意識に操られた状態である敏生を見遣《みや》った。

敏生は泥だらけの両手を地面につき、触れるに触れられない瓶を悔《くや》しげな眼差《まなざ》しで見ている。その表情は、そっくりそのまま、シロの胴体の想《おも》いを顕《あらわ》しているのだろう。

「……開けてほしいか」

森の質問は、すでに敏生にではなく、表に現れつつあるシロに向けられたものだった。

敏生は、犬そのものの低い唸《うな》り声《ごえ》で答える。

「いいだろう。……今、開けてやる。そこをどいていろ」

そう言って森は、敏生を瓶からかなり離れたところに連れていき、座らせた。

(……小一郎。行くぞ)

森は忠実な式神《しきがみ》に合図すると、片手で瓶の蓋をしっかりと押さえ、口の中で、貼られた札の効力を打ち消す真言《しんごん》を唱えた。そして、一息に瓶《かめ》の蓋《ふた》を持ち上げた。

――ガアアアアアアァァァァァァッ!!

凄《すさ》まじい咆哮《ほうこう》と共に、目にも留まらぬ速さで、何か白くて大きいものが、瓶の中から飛び出した。それは、座り込んだ敏生めがけて、真《ま》っ直《す》ぐに飛んでいく。

「…………ッ！」

敏生の幼い顔には、シロの歓喜と、敏生の恐怖、二つの相反する感情が激しく混ざり合った異様な表情が浮かんだ。

だが、それが敏生に触れる寸前、敏生の華奢《きゃしゃ》な身体《からだ》が、ふわりと宙に浮き上がった。不意を衝《つ》かれ、白いものは、敏生が座り込んでいた地面に激突する。

苦しげに地面でのたうつそれは、人間の大人の頭ほどもある、犬の頭だった。しかも首の断面は、ついさっき切り落とされたように生々しい。ふさふさした白い毛に覆《おお》われ、血走った目を見開き、大きく開いた口からは、凄まじい唸《うな》り声《ごえ》を上げている。

宙に浮いたままの敏生は、突然激しい吐き気を感じた。ゲッと異様な声と共に、腹の底からせり上がってきた何かが口から飛び出し、地面で蠢《うごめ》く白犬の頭へと飛び込んでいく。

（……あっ……僕の中にいたシロ……が……）

途端に、それまでシロの魂《たましい》に圧倒されていた自分の意識がハッキリと戻ったのが、敏生にはわかった。それと同時に、背後からウエストに回された小一郎の力強い腕を感じる。

「こいち……ろ……？」

「安心しろ。あ奴《やつ》をお前に触れさせはせぬ」

小一郎は寂《さ》びた声で言い、敏生を抱える腕に力を込めた。

敏生の口から飛び出したシロの「魂の欠片《たましいかけら》」は、長年引き離されていた片翼である頭部へと、するりと吸い込まれる。地面で吠《ほ》え猛《たけ》り、今にも敏生に襲いかかろうとしていた犬の首が、歓喜に震え、敏生から一瞬意識が逸《そ》れた。

（……今だ）

その絶好の隙《すき》を逃さず、森は裂帛《れっぱく》の気合いを放った。

「オン・テイハ・ヤクシャ・バンダ・バンダ・ハ・ハ・ハ・ソワカッ！」

——ウゥウ、ぐあアアウ……。

森の真言《しんごん》に縛《ばく》され、動けなくなった犬の生首は、苦悶《くもん》の唸《うな》り声《ごえ》を上げる。それを容赦《ようしゃ》なく鷲掴《わしづか》みにした森は、元の瓶《かめ》に納め、先刻手袋に仕込んでおいた紙片で、蓋《ふた》を封じた。それは、森が書いた、封じの符《ふ》であった。

「……今度は、そう簡単に出られないぞ」

そう言い捨て、森は立ち上がった。上空に向かい、声を掛ける。

「もういい、小一郎」

「……はっ」

黒衣の式神《しきがみ》は、敏生を抱いたまま、地面に降り立った。どうやら、森から事前に、いざというときは敏生を安全なところへ避難させるよう、命じられていたらしい。

小一郎が離れても、敏生は、まだ放心したような顔つきをしていた。ぼんやりと、森と足元の大きな黒い瓶《かめ》を見比べる。

「天本さん……今の……。シロの首、骨になってなかった。死んでなかった……？」

森は、軽く肩を竦《すく》めて言った。

「見てのとおりだ。女が、切り落とした首のほうを大事そうに抱いていた……という話を聞いてから、そうだろうと思ってはいたが、これは犬蠱《けんこ》だよ、敏生」

「……犬蠱？」

「式神の一種だ。素人《しろうと》が、不用意に強力な呪法《じゆほう》に手を出したりするから、こんなことになったんだろう。まったく……」

森はうんざりした口調でそう言うと、小一郎に、瓶を車に運ぶよう命じた。そして、敏生の腕を取った。

「大丈夫か？」

敏生は、困惑の面持《おもも》ちで頷《うなず》く。

「大丈夫ですけど……僕の中から、シロの意識がいなくなっちゃいました」

「あの頭の念に取り込まれたのさ。向こうのほうが遥《はる》かに強力だからな。とにかく、車へ

戻ろう。さっさと宿に帰って着替えないと、君に風邪《かぜ》を引かせてしまいそうだ」

「大丈夫……ですよう」

いつもの元気はどこにもなかったが、敏生はそれでも、森に弱々しく笑ってみせた。

車に乗り込み、冷えた身体《からだ》を暖房で温めながら、森はバックミラーで後部座席に置かれた黒い瓶《かめ》を見遣《みや》り、ボソリと言った。

「敏生。……あるいは、俺たちはシロを今夜、調伏《ちょうぶく》しなくてはならないかもしれないぞ」

敏生は、ハッと森の厳しい横顔を見る。

「でも、天本さん……」

「君も、自分の目で見ただろう。……確かに、不用なものとして捨てられた胴体に残っていたのは、志を遂《と》げられなかったという悲しみだけだった。悲しみは弱い念だ。だから、胴体は骨になった。あのまま放置しても、ほどなく消散しただろう。だが、頭部はどうだ。まだ生きているようだったじゃないか」

「……ええ……。びっくりしました。……あれが、式神《しきがみ》……」

「そうだ。式神として、人を呪《のろ》うことを教えられたあの哀れな犬の頭には、悲しみの念はない。ただ、怒りと憎《にく》しみの念だけが渦《うず》巻《ま》いていた。……あれは、君の知っているシロではないよ、敏生」

「もう……妖魔《ようま》になっちゃってるってこと……ですよね」

森は、宿に向かって車を走らせながら、頷《うなず》いた。

「ああ。いったん式《しき》にされてしまったものを、調伏《ちょうぶく》せずに冥府《めいふ》へ送ってやることができるかどうか……俺にはわからない」

正直な言葉に、敏生は悲しげに目を伏せた。言葉もなく項垂《うなだ》れた敏生の頭を、森は片手でクシャリと撫《な》でて言葉を継いだ。

「だが、確かにさっき、君の中から、シロの胴体に残された悲しみが、すべてこの頭に流れ込んだ。……そのことが、どう作用するか……。今はわからないが、それがいい結果を生むことを、祈るばかりだな」

「そう……ですね」

何とかしてシロの魂《たましい》を、生きていたときの、あの飼い主夫婦が愛した犬として送ってやりたい。式神《しきがみ》として調伏され、消え去っていくのではなく、虐《しいた》げられ、歪《ゆが》められた純粋な魂を、天へ続く光の道に乗せてやりたい。

そんな祈りにも似た思いを胸に、敏生はそっと目を閉じたのだった……。

七章　凍《こご》えた翼で

宿に帰り着いた森《しん》と敏生《としき》、それに黒い瓶《かめ》を抱えた小一郎《こいちろう》を見るなり、弘和《ひろかず》はまろぶように駆《か》け寄《よ》り、敏生の顔を覗《のぞ》き込《こ》んだ。

「お、お前無事かっ。シロの頭に、何もされへんかったか」

敏生はどこか強張《こわば》った顔で、かぶりを振った。

「大丈夫だよ。危ないとこだったけど、小一郎と天本《あまもと》さんが助けてくれたから」

「そ……そうなんか。よかった……」

弘和の視線を受けて、小一郎はあからさまに顔を背け、床の間に瓶を置くと、そうそうに姿を消してしまう。相変わらずの照れ屋ぶりに、敏生はようやく口元に微《かす》かな笑みを浮かべた。

龍村《たつむら》は、彼らの服がびしょ濡《ぬ》れなのを見て取り、腕組みして怖《こわ》い顔をした。

「無事で帰ったのはいいが、何だその服は。この真冬に、満濃池《まんのういけ》で水遊びでもしてきたのか？　とっとと着替えろ！　『頭寒足熱』と言うだろう。頭を冷やすのは大いに結構だが、足は温かくしておかなきゃならんぞ」

「……水遊びのうえに、敏生は泥遊びだよ、龍村さん」

森は苦笑いしながら、クローゼットを開けた。確かに、さっき土の中から瓶《かめ》を掘り出した敏生の両手は泥だらけで、しかもそこここから血が流れていた。龍村は、たちまち太い眉《まゆ》を逆ハの字にした。まるで、置物の達磨《だるま》のような形相《ぎょうそう》である。

「また、何かやらかしてきたな！　琴平《ことひら》君、まずその手を何とかしよう。来たまえ」

「え……だ、大丈夫ですよう」

「それのどこが大丈夫なものか！」

洗面所に引きずられていく敏生を横目で見送り、森はさっさと新しい服に着替え始めた。そんな森に、弘和はおずおずと声を掛けた。

「あのう……あの瓶の中、何入ってるんですか」

「ああ、お目当てのものさ。シロの生首が入っているよ」

それを聞いて、瓶のすぐ傍《そば》にいた弘和は、ギョッとして少しそこから遠ざかった。

「も……もしかして、それってそのう……犬神、のことですか」

「ほう。そんな言葉まで教わってきたのか」

森は少し意外そうに、新しいジーンズに足を通しながら弘和を見遣《みや》った。

「どうやら、面白い話が聞けたようだな。こちらも、なかなか興味深い体験をした。……

ああ、敏生の身体《からだ》からシロの胴体の意識は去った。敏生はもう大丈夫だよ」

「よ……よかった……」

「手の傷のほうも、見た目よりはましなようだぜ」

敏生を連れて洗面所から出てきた龍村も、ようやく安堵《あんど》の表情でそう言った。座らせた敏生の手を取り、子細に傷の様子をチェックする。素手で土を強く掻《か》いたせいで、敏生の手には細かい傷が無数にできていたが、どれもごく浅いものばかりだった。

大袈裟《おおげさ》だと口を尖《とが》らせる敏生を無視して、龍村はその傷を消毒し、薬を塗り、ぐるぐると包帯を巻き始める。その作業を見守りながら、弘和は、さっきの土産物屋《みやげものや》のご隠居《いんきょ》の話を、森と敏生に語った。

手当てを終え、ぐるぐる巻きの不自由な両手で服を着替えながら、敏生は目を丸くした。

「じゃあ……『さぬき庵《あん》』の昔のご主人夫婦を、シロの首が殺しちゃったってこと？」

胡座《あぐら》をかいた弘和は、足首のあたりを困ったように叩《たた》きながら、頷《うなず》いた。

「うーん……。まあ、作り話かもしれへんってご隠居さんは言うてはったけど、嘘《うそ》にしては、リアルすぎる話やと思うねん。それに……犬神っちゅうんは、ホンマやったんやろ？この瓶《かめ》ん中に、入ってるんやろ？」

「あ、うん。犬神って……さっき天本さんが言ってた、犬蠱《けんこ》のことですよね？」

「ああ、そうだ。あの瓶《かめ》は、満濃池の中洲《なかす》の土に埋められていた。しっかりと念を込めた札で、封じられていたよ。……おそらく、ご隠居《いんきょ》の話の最後に出てきた旅の僧が、自分の力では調伏《ちょうぶく》しきれないと踏んで、せめて偉大なる空海《くうかい》の力に守られた満濃池に、封じ込めていったんだろう。……貸せ、やってやるから」

森は、不器用な敏生の手つきを見かね、シャツのボタンを留めてやりながら、敏生がシロの残留思念に導かれて瓶を掘り出した経緯と、そこから飛び出してきたシロの生首……犬神のことを淡々と語った。

龍村は、いかにも興味深そうに、背後にある瓶を見て言った。

「むむう。では、両者の話を総合してそこにお百度石の亀《かめ》の話を加味すると、この瓶の中身は、三百年前に切り落とされたシロの頭……そういうことだよな」

敏生は、森にシャツの襟元《えりもと》を留めてもらいながら、かろうじて首を上下させてそれを肯定《こうてい》した。

「ええ。……瓶の蓋《ふた》を開けた途端に、白い犬の首が僕に向かって飛び出してきたし、それに僕の中から飛び出したシロの魂《たましい》が、真《ま》っ直《す》ぐ頭の中に吸い込まれていったし……。これは、間違いなくシロの頭だと思います。でも、龍村先生。ご隠居さんの話のとおり、それに僕がシロの胴体の記憶で見たとおり、シロの頭、切られたときのままだったんです」

龍村は、難しい顔で腕組みした。

「それはその、まだ生きているような状態で、実際動いたり吠《ほ》えたりしたという意味かい？」

「ええ。今は天本さんが呪《しゅ》で縛《しば》ってますけど、それでも唸《うな》ったり噛《か》もうとしたり……」

「まるでついさっき切り落とされたように、首の断面も鮮《あざ》やかな肉の色だったよ」

ボタンを留め終えた森も、そう言葉を添える。龍村は、ワクワクを抑えきれない表情で、揉《も》み手《で》をしながら森に言った。

「なあ。ちょっと開けて覗《のぞ》いてみる……ってことは、やっぱり無理か、天本」

「『さぬき庵』の後妻と同じ死に方をしたいというなら、敢《あ》えて止めないがね、龍村さん。やめておいたほうがいい。一応、呪と符《ふ》の両方で封じてある今は問題ないが、どちらかを破ってしまえば、安全の保証はできない」

「ううむ。それは残念だ。『三百年を経てなお生存する犬の頭部の一症例』なんて演題で、学会発表をしたら面白かろうな。もっとも、そんなことをしたら、僕は間違いなく失職するだろうが」

龍村は豪快に笑い、しかしふと真顔に戻って言った。

「しかしだな。その犬神とやらは、本当にそんな強い力があるのか？」

森は頷《うなず》く。

「中国から伝わった、蠱毒《こどく》というものがある。よく知られているのは、さまざまな昆虫や蛇《へび》をとってきて、瓶《かめ》の中にたくさん入れる。互いに争い、食い合って、最後に生き残ったものを、強い呪力《じゆりよく》を持つ式神《しきがみ》として使う……というものだ。犬神というと、この地方には『犬神憑《つ》き』という憑き物筋の迷信もかつてあった。だから、今はそれと区別するために犬蠱《けんこ》という言葉を使おう」

森は、陰鬱《いんうつ》な眼差《まなざ》しで、まだ乾いた土のこびりついた、黒い瓶を見ながら話を続けた。

「犬が死力を振《ふ》り絞《しぼ》り、まさにその気力のすべてを発散した瞬間に、首を断ち落とす。そうすれば、犬の生命力のすべてが呪力としてその生首に宿り、極めて強い力を持った式神を作ることができるんだ。……それを、蠱毒の一種、犬蠱という。俺も実物を見たのは初めてだったが、なるほど、かなりの力だった」

「ふうむ。……だが、式神というのは、主《あるじ》に絶対服従じゃないのか？　小一郎みたいに」

姿を消したものの、おそらくはどこかで耳をそばだてているであろう式神の気配を虚空《こくう》に捜しながら、龍村はそんなことを訊《たず》ねる。森は、苦笑いして答えた。

「小一郎は少々特殊な事情があってな。それはともかく、普通の式神というのは、けして望んで使役される存在になったわけではない。隙《すき》あらば、主の寝首を掻《か》いてやろうと思ってるのさ」

一度は解放されたものの、望んで再び森の式神になった小一郎と、無理やり犬蠱にされたシロの生首は違う……とおそらくは小一郎のために明言しておいてから、森は弘和にもわかるように、少し説明を補足した。

「式神《しきがみ》を使ってほかの人間を呪詛《じゅそ》することを、『式を打つ』という。だが、式を打てば、必ず返しが来るんだ」

「返し……ですか？　つまり、打った式が、戻ってくるっちゅうことですか？」

まるで異世界ファンタジーの設定でも聞かされているように、狐《きつね》につままれたような顔で、弘和は問い返す。

「そうだ。式神はブーメランのようなものだと思ってくれればいい。たとえ投げることに成功しても、戻ってきたブーメランを受け止めそこねれば、自分が傷つけられる。つまり、『さぬき庵』の後妻は、聞きかじった方法に従い、ビギナーズラックでシロの頭という犬蠱《けんこ》を手に入れることには成功した。そして、夫を殺すべくそれを放ったはいいが、所詮《しょせん》は素人《しろうと》だ。いったん放った式を、無事に手元に戻す術までは知らなかった。だから、望みを遂《と》げた後、機嫌《きげん》よく長持《ながもち》を開けた瞬間に犬蠱の逆襲に遭《あ》い、命を落としたんだ」

恐ろしい話に、弘和は身を震わせた。

「それって……あのう、じゃあ、逃げた一番弟子の男は……」

「旅の僧とやらの封じが間に合っていれば、逃げおおせただろう。さもなくば、どこまで逃げても、犬蠱が追っていったことだろうな。……さっき敏生にも言ったが、俺たちが最初に井戸から掘り出したシロの胴体、あれに残っていた残留思念が、本来のシロの魂《たましい》だ。

……だが」

　森の視線は、敏生に移る。敏生は、包帯を巻かれた指先でシャツの胸元に触れた。

「僕の中にいたシロの魂《たましい》は、凄《すご》く真《ま》っ直《す》ぐで純粋でした。自分を殺したあの二人のことを恨《うら》む気持ちなんてなかった。ただ、大好きな飼い主ご夫婦を恋しく思う気持ち、大好きな二人のために、金刀比羅宮《ことひらぐう》にお参りすることができなかった、そのことをとっても悲しむ気持ち……それだけだったんです。僕は、離れ離れにされたシロの頭も、そうだと思ってました。だからこそ、シロの頭を捜し出して、引き離されたまま三百年過ごした魂を一つにしてやって……」

　敏生の言葉は、消え入るように小さくなった。傷ついた指先が痛むのにも気づかず、ジーンズの膝《ひざ》の上で、拳《こぶし》をぎゅっと握り締める。

「そうして、シロがずっと行きたかった金刀比羅宮の本宮《ほんぐう》に連れていってあげれば、それでシロの魂を……もう、飼い主の二人はとうの昔に死んじゃっていないけど、それでも少しは慰《なぐさ》めてあげられるんじゃないかな、なんて……。そう思ってたのに」

　俯《うつむ》いた顔から、涙がポトリと握り締めた手の甲《こう》に落ちた。ひっく、と小さくしゃくり上げ、しかし敏生は、片手でゴシゴシと涙を拭《ぬぐ》って「ごめんなさい」と言った。

「でも、瓶《かめ》の中から犬の首が飛び出してきたとき、僕、自分が間違ってたことに気がついたんです。……シロの頭には、怒りと憎《にく》しみしかなかった。きっと、自分を殺した人たちを恨《うら》んで、憎《にく》んで……ひとりぼっちで冷たい土の下に閉じこめられてる間に、それがどんどん強くなって、きっと人間すべてを憎むようになっちゃってるんだと思います。それが……きっと、式神《しきがみ》になる、妖魔《ようま》になるってことなんだと思い……ます」

「人間すべてを……か。そりゃきついな」

龍村は、腕組みして唸《うな》った。弘和は、不安げな表情で、敏生の半泣きの顔を覗《のぞ》き込《こ》む。

「そしたら……吸い込まれたシロの悲しい気持ちも、全部、人間を憎む気持ちに呑《の》まれて、消えてしもたんか？　もう、この瓶《かめ》の中には、化け物になってしもたシロしかおらんのか？」

「……わかんない」

敏生は、力なく頭を振った。

「でも、シロの悲しんでた魂《たましい》の力は、とっても弱かったから。強い憎しみと怒りの魂に溶けて、消えちゃったかもしれない。……だったら僕、間違ったことをしちゃったのかな」

敏生の声には、悲しみと苦い後悔の響きがあった。

「頭と一緒にしさえしなければ、シロの胴体は、悲しいまんま、それでも優しい犬のシロのままで、飼い主のことを思いながら消えていけたのに」

「で、でもさ。アレだろ。それは、お前の中にいたシロの魂が、頭んとこへ行きたい、連れてってくれって頼んでたんだろ。せやったら、それはお前のせいやない」

弘和は、必死で敏生を慰《なぐさ》めようとしたが、敏生は悲しげな顔で、そんな弘和の顔を真《ま》っ直《す》ぐに見た。

「ありがとう、ヒロ君。でも、やっぱり僕がお節介《せっかい》したせいなんだ。自分でも、よくわかってる。……それでもやっぱり僕は、何とかしてあげたいと思ってる。最後まで、あの石の亀《かめ》さんとの約束、果たしたいと思ってる」

「せやけど、あそこに入ってるんは、化け物なんやろ？　その、何とかいう天本さんの魔法が解けたら、誰彼かまわず襲いかかってくるんやろ？」

「……うん……。たぶん、そうだと思う。だからどうすればいいのか、ずっと考えてるんだ。まだ何も思いつけないんだけど」

敏生はしょんぼりと俯《うつむ》く。ジーンズのベルト通しから下がった羊人形が、そんな敏生を叱咤《しった》するように、くたくたの前足で敏生の腿《もも》を叩《たた》いた。どうやら小一郎は、自分のねぐらの中で、一同の話を聞いていたらしい。

弘和だけが気づいていないそのアクションを横目でおかしそうに見ながら、龍村は森に問いかけた。

「おい。助手が涙目で考え込んでるのに、師匠《ししょう》はだんまりか、天本？」

「馬鹿《ばか》な。俺だって帰り道ずっと考えていたさ」

森はムッとした顔で言い返す。だが龍村は、森の険しい視線などものともせず、先を促《うなが》した。

「ほほう？　で、どのような冴《さ》えたアイデアが出たのかな」

「……結論としては、試してみないとわからない、だ」

森は投げやりとも取れる発言をする。敏生は、思わず抗議の眼差《まなざ》しで、傍《かたわ》らの森を見る。

「天本さん……」

「俺だって、全知全能なわけじゃない。犬蠱《けんこ》の中から、元の犬の魂《たましい》を引き出すことができるかどうかなんて、やってみなくてはわからない」

「それは……そうですけど……でも」

「でも？」

「シロが……もう、僕の知ってるシロじゃなくて、犬蠱として、妖魔《ようま》として振る舞うことしかしなくなっちゃってたら……」

「調伏《ちょうぶく》する」

森は、迷わず即答した。敏生の身体《からだ》が、ビクリと震える。

「ちょう……ぶく、って……。もしかして、やっつける、ってことですか？」

おずおずと訊《たず》ねた弘和に、森は頷《うなず》いた。

「そうだ。敏生はさっき、自分がお節介《せっかい》をしたせいでシロがあんなことになったと言った。だが、あるいはこの先、偶然《ぐうぜん》あの中洲《なかす》が掘り返されて、瓶《かめ》が破損することがあれば、あの犬蠱《けんこ》は無差別に人間を襲い、その命を喰《く》らって手がつけられないほど強い妖魔《ようま》になってしまっていただろう。……決して、今回のことは、無駄なことではなかった」

「……あ……」

ハッとする敏生と弘和に、森は頷《うなず》いてみせた。

「今の犬蠱は、三百年にわたる封印で、いくぶん力が衰《おとろ》えている。……調《ちょう》伏《ぶく》するなら、今しかない。万が一取り逃がせば、俺たちは本当の意味で、この地に災いをもたらす存在になってしまうだろう」

ゴクリ、と自分の喉《のど》が鳴る音を、弘和は聞いた。森は、敏生をすぐ近くでじっと見つめ、厳しい口調で言った。

「いいな、敏生。今夜、金刀比羅宮に結界を張り、あの犬蠱を瓶から出す。だが、中途半《ちゅうとはん》端《ぱ》な優しさは許されないぞ。君の手に負えなければ、俺はすぐさま調伏を行う」

「……はい」

今にも涙をこぼしそうに大きな目を潤《うる》ませ、しかし敏生は、自分の無力さを噛《か》みしめるようにゆっくりりと、頷《うなず》いたのだった……。


その夜、午前一時……。

四人は、金刀比羅宮の参道を登っていた。

夜になり、急に風が強くなった。静まりかえった暗い石段の両側で、木々の梢《こずえ》がざわざわと鳴った。木々の精霊たちは、今日は人間が一緒にいるので、警戒して敏生に話しかけてはこない。だが敏生の鋭敏になった半精霊の感覚には、精霊たちが、龍村の腕に抱えられた瓶《かめ》に怯《おび》えているのが感じられた。

そう、犬蠱《けんこ》の……シロの首が納められた瓶は、トレンチコート姿の龍村の腕に、しっかりと抱えられていた。万一落とそうものなら、その時点で犬蠱が外に出てしまい、大変なことになりかねない。さすがの龍村も、緊張を隠せない様子だった。

敏生は、前を歩く森の背中をじっと見つめた。

あれから森は、しばらく一言も口をきかなかった。ただ、じっと窓際《まどぎわ》の椅子《いす》に腰掛け、精神を統一しているらしかった。龍村は、森と敏生に気を遣《つか》ってか、弘和を誘ってどこかへ出かけ、出発直前まで帰ってこなかった。

(天本さん……。僕が、シロのこと助けたいと思ってるの知ってるから、いろいろ考えてくれたんだろうな……)

敏生は、そんな森を見ているうちにいつの間にか眠ってしまい、次に目が覚めたときには、もうすっかり夜になってしまっていた。敏生が声を掛けるより早く、森は寝入ったときと同じように椅子に腰掛けたまま、声を掛けてきた。

「目が覚めたか。腹が減ったんだろうが、ことが終わるまでは我慢しろよ。満腹では、意識が散漫になるからな。……それより、体調さえ平気なら、風呂《ふろ》へ行ってこい」

「えと……お風呂、ですか？　でもこれから出かけるのに」

敏生が半分寝ぼけたままで訊《たず》ねると、森は苦笑いしてこう言った。

「出かけるから、だ。一応、金刀比羅宮の祭神に敬意を表して、精進潔斎《しょうじんけっさい》……というわけにはいかないから、せめて一風呂浴びてこい」


（そんなこんなで、何だか二人きりだったのに、あんまり話さなかったな……）

そんなことを思っていると、並んで歩いていた弘和が、小さな声で話しかけてきた。

「なあ、敏生」

「何、ヒロ君」

アメリカ大リーグの青いスタジアムジャンパーを着た弘和は、不安を隠せない顔つきで、敏生の顔を見た。

「大丈夫なんか？　俺、何か凄《すご》い悪いこと頼んでしもたんやな。俺は何にもできへんのに、お前とか天本さんとか、大変な目に遭《あ》わしてしもて……」

「いいんだよ、そんなこと。だって、天本さんが言ってくれたじゃないか。結局はヒロ君や僕だけの問題じゃなかったんだって」

敏生は、まだ少し沈んだ表情で、しかし気丈に言った。

「けど……」

「ヒロ君が、シロの魂《たましい》に気がついてあげなかったら、もしかしてずっと先に、あの埋められた犬蠱《けんこ》が外の世界に出て、とんでもないことになったかもしれないんだもん。頑張ろうよ。僕たちが頑張らなきゃ駄目だよ、ヒロ君！」

「敏生……お前、強うなったな」

弘和は感心して、敏生の顔をつくづくと見る。敏生は、前を行く森の広い背中を見遣《みや》り、呟《つぶや》いた。

「天本さんが、いてくれるからだよ」

「……天本さんが？」

「うん。天本さんが見ててくれるって思ったら、自分でも信じられないくらい頑張れるんだ。どうしてだろうってずっと思ってた」

「何でなんや」

敏生は、ちょっと悪戯《いたずら》っぽい表情で、森には聞こえないように弘和にうんと近寄って囁《ささや》いた。

「天本さんならね、背中向けてても平気なんだ。僕がひっくり返っても、受け止めてくれるって信じられるから。……それに、大好きな人には、いつだってベストな自分を見てほしいって思う。天本さんと並んで歩いてる自分が恥ずかしく思えないように、頑張ってたいって思うんだ」

「……お前な。この期《ご》に及んで、まだのろけとんか」

「え？　そ、そんな……」

「ああもう。……そういや俺、寄宿舎で一緒に寝起きしとった頃、お前にはきっと、年上の嫁《よめ》さんが来るんやろなって思っとった」

　思いもよらない話に、敏生は目を見張る。

「そんなこと考えてたんだ？」

「おう。お前みたいなぼーっとして要領の悪い奴《やつ》には、絶対年上でしっかりしてて、やりくり上手で、お前のことしっかり引っ張ってってくれる嫁さんがいいなあ、って思ってた。……あ、けどそれ思ったら、今の状態って、それに限りなく近いんやな」

「え？　え？　だけどあの……」

「だってお前、天本さんがいちばん好きなんやろ？　あの人は嫁さんやないけど、ほかは全部、俺の想像どおりやなあ。……やりくりは知らんけど、見るからに上手そうやし」

「そ、そ、そ……そりゃ、上手だけど……だ、駄目だよそんなこと天本さんに言っちゃ。……それより、ヒロ君こそ、今日、龍村先生とどこ行ってたのさ」

　大照れした敏生は、真っ赤になって話題を逸《そ》らそうとする。弘和は、さっきまでの恐怖心が少しだけ薄れるのを感じつつ、口を開いた。

「ああ。高松《たかまつ》までドライブして、飯食ってた。……ええ人やな。いろんな話した」

いったいどんな話を、と訊《たず》ねようとして、敏生はハッと口を噤《つぐ》んだ。前を歩いていた森と龍村が、足を止めたからだ。いつの間にか、四人は旭《あさひのやしろ》社まで石段を登り詰めていた。

旭社の正面の広いスペースに立ち、森は氷のように冷ややかな表情で、口を開いた。

「ここが、結界を張るにはよさそうだ。……敏生。これを、四方に貼《は》ってくれ」

「はいっ」

森が差し出した細長い符《ふ》を受け取り、敏生はそれを東西南北の木の幹や石柱に貼り付けた。それがちょうど、これから張る結界の境界線になるのだ。そして森は、龍村と弘和に、その結界からちょうど外れる、昼間は参詣者《さんけいしゃ》の休憩所として使われている場所にいるようにと告げた。

「おい、天本。退避するのはいいが、この瓶《かめ》はどうする?」

「ここに置いてくれ。俺の前に」

「了解だ」

旭社と休憩所の間は石畳の参道になっており、森はその中央に立っていた。龍村は、森の足元に丁寧《ていねい》に瓶を下ろし、そして大きな溜《た》め息《いき》をついた。吐く息が、豪快に白く立ち上る。

「やれやれ。さすがに緊張したぜ。肩が凝《こ》った。……頑張れよ、天本、琴平君」

そう言ってニッと笑うと、龍村は心配そうに立ち尽くす弘和の背中を押して、休憩所へと退いた。

「敏生……俺、見てるしかできへんけど……」

弘和は、振り向いて敏生に声を掛けた。敏生は、緊張に幼い顔を強張《こわば》らせつつも、鳶色《とびいろ》の澄んだ瞳《ひとみ》で弘和を見つめ、言った。

「見ていて。ずっと見ててよ、僕たちを。それが、僕たちに力をくれるから」

ずっと無邪気なままだと思っていた敏生の顔が、今、闇《やみ》の中で酷《ひど》く大人びて見えて、弘和は戸惑《とまど》う。それでも彼は、大きく頷《うなず》いた。

「わかった。瞬《まばた》き忘れるくらい、しっかり見とる！　俺も一緒に頑張っとるからな」

敏生は引き締めた唇《くちびる》に微《かす》かな笑みを浮かべて頷くと、森の近くに立った。

森は、銀色の五芒星《ごぼうせい》が縫《ぬ》い取《と》られた黒の革手袋《かわてぶくろ》を両手に嵌《は》めた。そして、深く息を吸い込むと、九字《くじ》の真言《しんごん》を唱えた。

「臨《りん》・兵《ぴょう》・闘《とう》・者《しゃ》・皆《かい》・陣《じん》・列《れつ》・在《ざい》・前《ぜん》！」

冬の夜の冴《さ》え渡《わた》った空気に、森の声が朗々と響く。しなやかな指が、次々と九つの印《いん》を結んだ。

敏生は森の邪魔をしないよう、そっと首から提《さ》げた守護珠《しゅごじゅ》を握った。内部に青い炎が燃える、美しく透《す》き通《とお》った球体。龍の血で磨《みが》かれたというその珠《たま》から放たれる温かな波動が、敏生を清浄な力で満たしてくれるような気がした。

「オン・キリキリ・バサラ・ハジリ・ホラ・マンダ・マンダ・ウン・ハッタ……」

森の薄く開いた唇《くちびる》からは、絶えず真言《しんごん》が紡《つむ》がれる。そして、敏生の目には、常人の目に見えない結界が、自分たちと龍村たちの間に築かれていくのが見えた。

森は、金剛牆印《こんごうしょういん》をそっと解くと、結界にほころびがないことを確かめ、そして敏生に向き直った。その黒曜石《こくようせき》の瞳《ひとみ》を見つめた敏生には、森が意図することが、言葉にしなくてもハッキリと感じ取れた。

「……覚悟はいいか」

静かに問われ、敏生はこくりと頷《うなず》いた。

「……いつでも」

「わかった」

森は簡潔に答えると、迷わず瓶《かめ》の蓋《ふた》にみずから施した符《ふ》をむしり取った。途端に、犬蠱《けんこ》の強い妖気《ようき》を感じ、敏生は寒さのせいではなく、肌が粟立《あわだ》つのを自覚した。両手の指が、傍目《はため》にわかるほど震えている。

恐怖におののく心を、敏生は守護珠《しゅごじゅ》に触れ、落ち着かせようとした。ふと視界の端に、結界の外にいる弘和が映る。約束どおり、両の拳《こぶし》を固く握り締め、裂《さ》けるほど目を見開いて、敏生を凝視《ぎょうし》していた。その姿を見ると、敏生は不思議に気持ちが澄み渡っていくような気がした。

（……やれる……。大丈夫だ。ヒロ君も龍村先生も見ててくれる。天本さんが傍《そば》にいる……。それに僕は、一度はシロを心の中に入れたんだもの。僕がシロを信じてあげなくちゃ）

いつしか、手の震えは止まっていた。敏生は冷たく硬《かた》い石畳に片膝《かたひざ》をつき、そして瓶《かめ》の蓋《ふた》を外した。

森が無言で、瓶の中に手を差し入れる。そして持ち上げたシロの生首……犬蠱《けんこ》を、敏生はまるで、ヨカナーンの首を受け取るサロメのように、包帯に包まれた両手でそっと受け取った。本当に、つい今しがた切り落とされたような犬の頭部は、しかし氷のように冷たかった。

――ガルゥ……ウウァアアアアッ！

敏生が受け取った途端に、シロの首は、鋭《するど》い牙《きば》を剥《む》き出《だ》しにし、怒りの唸《うな》り声《ごえ》を上げた。今にも敏生の首筋に嚙《か》みつきそうな様子だが、まだ森の呪《じゅ》に縛《ばく》されていて、動くことはできないようだった。

気をつけろ……と森は目で警告したが、敏生は少しも怯《ひる》まず、犬の頭に、自分の額《ひたい》を押し当てた。

「敏生……あいつ何してるんや！　あの犬に嚙まれたらどないすんねん……」

結界の外側でそれを見ていた弘和は、あまりのことに飛び出していこうとして、龍村に制止される。

「放してください、こんなん見てられ……」

「無駄だ。どうせ、目に見えない壁に邪魔されて、琴平君のところへは行けないさ」

龍村は、敏生から片時も目を離さず、冷静に言った。

「けど……！」

「ただ見ているのが、僕らの仕事だ。彼らを信じて、見つめて、僕らの持っている精神力とやらが、少しでも彼らの助けになるよう祈る。それだけだよ、一瀬《いちのせ》君」

「…………」

弘和は、唇《くちびる》を噛《か》みしめ、目に持てる力のすべてを込めて、敏生を見つめた……。

敏生は、自分を威嚇《いかく》する凶暴な唸《うな》り声《ごえ》をものともせず、触れあわせた互いの頭から、犬《けん》蠱《こ》の意識を読み取ろうとした。だが、自分の頭の中に流れ込んできた声にならない感情に、思わず苦悶《くもん》の声を漏《も》らした。

「……く……うッ」

それは、渦巻《うずま》くような憎悪《ぞうお》と憤怒《ふんぬ》の念だった。強大な負のエネルギーは、敏生の心を蹂《じゅう》躙《りん》し、そして頭の中から彼の繊細な魂《たましい》を破壊せんとしているようだった。

自分を助けるふりをして殺した男女への恨《うら》み、式神《しきがみ》にされ、自分を殺した人間たちの意のままに人を殺す道具として使われた怒り、そして、生殺しのまま、瓶《かめ》の中で何百年も封じられたことに対する憤《いきどお》り……そのすべてが、今は人間そのものへの憎悪《ぞうお》となって、犬蠱《けんこ》を怒り狂わせていた。

（どこ……シロ、どこにいるの……。優しい、ご主人様たちのことをとっても好きだったお前は、どこにいるの……？）

それでも敏生は、その荒れ狂う悪意の嵐《あらし》の中から、そこにほんのわずか残っているはずの、本当のシロの魂《たましい》を探り当てようとしていた。それはまるで、一粒の真珠を求めて嵐の海に飛び込むような、空《むな》しく困難な行為だった。それでも敏生は、諦《あきら》めずシロの名を呼び、捜し続けた。

だが……。

——ガァウッ！　ウウウゥウオァ！

「ああっ！」

ひときわ激しい吠《ほ》え声《ごえ》と共に、犬の首が大きく跳《は》ねた。危うく喉笛《のどぶえ》に噛《か》みつかれそうになって、敏生は間一髪のところで身を逸《そ》らす。敏生の頭と同じくらいある犬の生首が、ゴトリと地面に転がった。犬蠱の動きを封じていた森の呪《しゅ》が、ついに打ち破られたのだ。

一度は横倒しになったそれは、まるで新種の生き物のようにポンと弾《はず》んで起き上がった。そして、驚きに硬直する敏生に、再度襲いかかろうとする。結界の外で、弘和と龍村は、思わず息を呑《の》んだ。

その時、それまで沈黙を守っていた森の手が、素早く内縛印《ないばくいん》を結んだ。そしてその口から、新たな真言《しんごん》が放たれる。

「ノウマクサンマンダ・バサラダンセン・ダマカロシャダソワタヤ・ウンタラタカンマン……オン・キリキリ……オン・キリキリ……」

それは、霊縛の真言だった。一度は森の術を破り、自由を取り戻した犬蠱《けんこ》だが、森はさらに強い呪《しゅ》で、猛《たけ》り狂《くる》う犬の首を押さえつけていた。

「天本さん……」

敏生は、ふらつく足を何とか踏みしめ、ただ為《な》す術《すべ》もなく森の呪が徐々に力を増していくのを見ていた。

「ノウマクサンマンダ・バサラダンセン・ダマカロシャダソワタヤ・ウンタラタカンマン！」

ついに外縛印を結び、最後の真言を唱え終わった森は、ゆっくりと印を解き、足元を見下ろした。そこには、すでに動きのすべてを封じられ、ただ荒々しく息を吐き、よだれを垂らし、血走った目で森を睨《にら》みつけている犬蠱が転がっている。

「……天本さん……」

懇願《こんがん》の面《おも》持ちで呼びかける敏生を、森は氷の刃《やいば》のような冷徹な目で見据《みす》えた。

「中途半端《ちゅうとはんぱ》な優しさは許されない。俺はそう言ったはずだ」

「でも……」

「時間切れだよ、敏生。この呪《しゅ》も、いつまでも保《も》つわけではない。これが破られれば、再び霊縛《れいばく》を試みるのは至難《しなん》の業《わざ》だ。……諦《あきら》めてくれ。調伏《ちょうぶく》する」

森の言葉には、それ以上の抗議を許さない厳しさがあった。そして敏生にも、森の言うことが正論なのだと、嫌《いや》になるほどわかっている。

（だって……だって僕は、シロの魂《たましい》を捜し当ててあげることができなかった……）

自分の力不足が悔《くや》しくて、敏生は血が滲《にじ》むほど固く、唇《くちびる》を噛《か》みしめた。

（でも……でも、本当のシロの心は……どこかに残ってるはずなんだ。その悲しみまで一緒に滅ぼしてしまうのは……嫌だ、嫌なんだ……！）

けれど、いつものように我を張って駄々をこねれば、取り返しのつかない惨劇を招いてしまいかねない。今は結界の中に閉じこめていられても、万一自分と森が力を盛り返した犬蠱《けんこ》にやられれば、結界はたちまち消滅してしまう。主《あるじ》を失っては、おそらくは結界の外で身構えている小一郎ですら、十分な働きはできないだろう。

（今僕が天本さんの邪魔をしたら、ヒロ君や龍村先生に……ううん、ここに住んでる人たちみんなに、酷《ひど》いことが起こっちゃうんだ……）

ただ立ち尽くす敏生の前で、森は、再度呼吸を整え、意識を集中させていく。森の全身が、淡く青白い光に包まれていくのが、敏生には見えた。

（これしかないってわかってる……でも……でも、まだ何か僕にできることは……）

敏生は必死で考えた。だが、酷《ひど》く混乱し、犬蠱《けんこ》の憎悪《ぞうお》の念に晒《さら》されて疲弊《ひへい》した頭には、何の考えも浮かんでこなかった。

「お前を救う方法は、俺には見いだせなかった。許してくれ」

森は、最後の調伏《ちょうぶく》の真言《しんごん》を唱えるための複雑な印《いん》を結びつつ、低い声で呟《つぶや》いた。

「せめてお前のその憎悪も怒りも、すべてを無に返そう。……願わくは、それがお前にとって永遠の休息をもたらすように」

（……天本さん……）

その酷薄《こくはく》な面《おもて》にほんの一瞬よぎった憐憫《れんびん》と躊躇《ちゅうちょ》を振り払うように、森はキッと顔を上げた。そして、最後の真言が、鋭《するど》く闇《やみ》を切《き》り裂《さ》いた。

「ナウボウ・アラタンナウ・タラヤヤ・ナウマク・アリヤ・バロキテイ・ジンバラヤ・ボウジサトバヤ・マカサトバヤ・マカキャロニキャヤ・タニャタ……」

（……僕に……できること……僕が、シロのために……）

足元の犬蠱は、断末魔の痙攣《けいれん》に苦悶《くもん》し、地獄から湧《わ》き出《で》るような恐ろしい声を上げている。敏生は半ば無意識に、胸の守護珠《しゅごじゅ》を握り締めていた。傷ついた指を包む包帯に、うっすらと赤い血が滲《にじ》む。それは、透《す》き通《とお》った守護珠にじわりと浸《し》みた。

（母さん……力を貸して。僕にできる、たった一つのことを見つけた……！）

「オン・シャキラバリチ・ジンダマニ・マカハンドメイ・ロロ・チシュタ・ジンバラ・アキャラシャヤ・ウン・ハッタ・ソワカッ！」

青白い炎が犬蠱《けんこ》を包んだその瞬間、敏生は思いきり両腕を広げ、叫んでいた。

「おいで、シロ！　君の悲しみは、みんな僕が持っていくから！」

「……なっ……！」

不意を衝《つ》かれ、森はその場に立ち尽くす。

今まさに浄化の炎に焼き尽くされようとしていた犬の生首から、フワリと金色の煙のようなものが立ち上った。敏生はそれを、まるで赤ん坊を抱くように大切に迎え入れ、そして……。

「敏生……」

森の足元で、かつて犬蠱であったものがすべて灰と化し、崩《くず》れ去《さ》るのと共に、敏生は閉じていた目を、静かに開けた。その大きな瞳《ひとみ》は、菫色《すみれいろ》の微光を放っている。それは敏生が、精霊の魂《たましい》を解き放っていることを森に教えていた。

「君は……何を……」

森は、敏生がゆっくりと差し出した手を取り、呆然《ぼうぜん》と目の前の幼い顔に見入った。その指先から流れ込んでくる波動は、敏生のものだけではない。むしろ……。

「そういうことか」

森は、ようやくすべてを呑《の》み込《こ》み、呆《あき》れたように頭を振った。

「まったく、君は……。本当に頑固者《がんこもの》だな。今度こそ諦《あきら》めたと思ったのに、やはり自分のやり方を通すつもりかい？」

だが、言葉とは裏腹に、森の顔には、隠しようもない安堵《あんど》の表情が広がっていく。

そう、敏生は、まさに犬蠱《けんこ》の妖《あやか》しの魂《たましい》が焼き尽くされるそのとき、共に消えゆこうとしていたシロの小さく弱々しい魂の欠片《かけら》を見つけ、自分の中に迎え入れたのだ。おそらくは、敏生の想《おも》いに、守護珠《しゅごじゅ》が力を貸したのだろう。

そして今、敏生はみずからの意識を深層に退かせ、シロのほんのわずか残った魂に、その身を委《ゆだ》ねていた。

「お前を信じていると、君はその小さな身体《からだ》のすべてを擲《なげう》って、シロに教えたんだな。……だからこそ、シロの魂は最後の瞬間で諦めなかった。消えていくことより、君に運命を委ねることを選んだ。……そして君は、俺の良心をまたもや救ってくれたよ」

森は穏やかな顔でそう言い、敏生の頰《ほお》を撫《な》でた。冬の夜風に晒《さら》されていても、血の色が透《す》けたその頰は、柔らかく、温かかった。

「意識を落としていても、俺の声は聞こえるんだろう。……おそらく俺は、君の望むことをこれからやれると思う。……おいで」

森は、敏生の手を取った。もう一方の手でパチリと指を鳴らし、張り巡らせていた結界を消滅させる。

「敏生……！」

弘和は、森が敏生の手を引いて歩き出したのを見て、全力で駆《か》けてきた。龍村も、その後ろからゆっくりと歩み寄る。

森は、敏生に触れようとした弘和を、やんわりと制止した。

「まだだ。……これは、敏生であって、敏生でない」

「どういう……ことですか。あの犬の首、綺麗《きれい》に燃え尽きたやないですか！　あれって、犬神を退治したってことやないんですか」

「そうだ。……だが、敏生は結局、わずかに残ったシロの……本来のシロの優しい魂《たましい》を、自分の身体《からだ》に迎え入れた。今、俺が連れているのは……これは、シロだよ」

「……え……」

弘和は、困惑の眼差《まなざ》しで目の前の見慣れた親友の顔を見た。確かに目の前の敏生は、今まで見せたことのない、迷子の子供のような不安げな顔をしていた。それに加えて、いつもは鳶色《とびいろ》の何より印象的な目が、今は神秘的な菫色《すみれいろ》に光っているのだ。

「なるほど。今回も、お前は琴平君に降参させられたわけだ」

龍村は、ニヤリと笑ってそう言った。森は、苦笑いで頷《うなず》く。

「ああ。……犬蠱《けんこ》を調伏《ちょうぶく》できたと思ったら、今度は犬のエスコート役を仰《おお》せつかった」

そんな軽口すら叩《たた》いて、だが森は真顔で、自分を心細げに見つめる敏生の……いや、シロの目を真《ま》っ直《す》ぐ見て言った。

「可哀相《かわいそう》だが、君の飼い主夫婦は、今はもうこの世のどこを捜してもいない。君が死んで、もう三百年もの時が経《た》ってしまったからな。……だから、俺が君にできることはただ一つ、君の旅の目的であり、君の飼い主夫婦が君に望んでいたことである、金刀比羅宮参《さん》詣《けい》をやり遂《と》げさせてやることだけだ。俺の言うことが、わかるかい？」

しばらくじっと考え込むような様子を見せたシロは、やがて、こっくりと頷《うなず》く。その仕草は、生きていたときの忠実で優しい犬の姿を、三人に彷彿《ほうふつ》させた。

「よし。……行こう」

森は、おぼつかない足取りの敏生を導き、本宮に向かう最後の石段をゆっくりと登っていく。龍村と弘和も、その後に続いた。

やがて、四人は、百度石の前……三百年前、シロが首を切り落とされ、殺害された場所に差し掛かった。

「…………」

怯《おび》えた顔で、敏生は……シロは立《た》ち竦《すく》む。森は、黙ってその華奢《きゃしゃ》な身体《からだ》を抱き寄せた。

「大丈夫だ。……君は今、敏生の身体の中にいる。敏生が、そして俺が、君を守る。君がどうしても行けなかった本宮へ、俺たちが連れていってやる」

森の囁《ささや》き声《ごえ》に、まだ小さく震えながらも、敏生の細い顎《あご》が、小さく上下した。

「行こう」

敏生の身体《からだ》を離した森は、再び歩き出した。一歩一歩踏みしめて、本宮へと向かっていく。

そして……ついに四人は、本宮の前に立った。

「あ……あああアアア……ァ」

敏生の身体を借りて、ついに本宮に到達したシロは、天を仰《あお》ぐように、両腕を虚空《こくう》に差しのばした。その唇《くちびる》から、言葉にならない喜びの声がこぼれる。

闇《やみ》の中に、飼い主夫婦の面影《おもかげ》を見たのだろうか。その顔は歓喜に輝き、見開いた菫色《すみれいろ》の瞳《ひとみ》から、大粒の涙がこぼれ落ちた。

そして、まるで糸が切れたように、敏生の華奢《きやしゃ》な身体は、フラリと地面に倒れ伏した。

それは、桜の花びらが散るのにも似た光景だった。

「敏生！」

すぐさま、森がその力を失った身体を抱き起こす。軽く頬《ほお》を叩《たた》かれて、敏生は再びうっすらと目を開けた。その瞳は、今は見慣れた鳶色《とびいろ》のそれに戻っている。

「天本さん……シロは……シロは？」

敏生は、心配そうな表情で森の顔を見上げる。

「消えたよ。……宿願を果たして、尽きない悲しみも癒《いや》されたんだろう。……俺にも痕跡《こんせき》を辿《たど》れないほど静かに……別れも言わず、消えていった」

森は、そう言って空を見上げた。敏生も、そして傍《かたわ》らに立つ弘和と龍村も、黙って暗い冬の星空を仰《あお》ぎ見《み》る。

ただ無言で佇《たたず》む四人の頭上で、無数に輝く星の一つが、長く尾を引いて流れていった……。


「……戻ろうか。夜が明けないうちに、ここを去ったほうがいい」

やがて森はそう言って、地面に座り込んだままの敏生の手を取った。軽くふらつきながらも、敏生は何とか立ち上がる。ハッと支えの手を伸ばそうとした弘和は、敏生がしっかりと森の腕に支えられているのを見て、中途半端《ちゅうとはんぱ》に出しかけた手を、そっと引っ込めた。

(そっか。もう、俺があれこれ世話焼かんでも、ちゃんとお前を守ってくれる人が傍《そば》におるんやもんな、敏生……)

その肩に、ふと大きな手の温《ぬく》もりを感じて、弘和は振り向く。そこには、龍村の笑顔があった。

「龍村さん……」

さっきの自分の行動を見られていたのかと、弘和は思わず赤面する。だが龍村は、片頬《かたほお》だけでホロリと笑い、こう言った。

「お互い、難儀な友達を持ったもんだな。ヤキモキしたりホッとしたり、まったく振り回されっぱなしだ。ま、それもまた楽し、なんだが」

な？　と片目をつぶった龍村に、弘和は肩を竦《すく》めて笑い、頷《うなず》いたのだった。

そして、山を下りた彼らは、弘和の今の「家」であるところの「さぬき庵」の前まで戻ってきた。空はまだ暗いが、ほどなく東の空が白み始めることだろう。

「ありがとな、敏生。……シロのこと、助けてやってくれて」

心のこもった弘和の感謝の言葉に、敏生は笑ってかぶりを振った。

「ううん、僕は手助けしただけ。本当に頑張ったのは、ヒロ君だよ。ヒロ君がシロのことを本気で心配してあげたから、何もかもが上手《うま》くいったんだ。……ねえ、会えてよかったよ。ヒロ君が、昔とちっとも変わってなくて、嬉《うれ》しかった」

「俺もや。お前が幸せそうで、安心した。……あの人がお前のこと、どんだけ大事にしてるかわかって……ホンマ、嬉しかった」

弘和は、チラと森を見て、ニッと笑った。敏生も、少し恥ずかしそうな、眩《まぶ》しいほどの笑顔で頷く。

「ありがとうございました。ホンマに、感謝してます。……俺、口下手やから、ほかに気のきいた言葉が思いつかないんですけど」

弘和は、森と龍村にも深々と頭を下げた。龍村は黙って片手を上げてみせ、森はシニカルな笑みを浮かべてこう言った。

「力になれて、よかったよ。……これで少しは、敏生のパートナーとして認めていただけたかな、元保護者君」

「あ、天本さんっ」

敏生はたちまち真っ赤になったが、弘和は、少しだけ挑戦的な目つきで森を真《ま》っ直《す》ぐに見……そして、きっぱりと言った。

「安心して、お任せします。……けど、たまにはチェック入れに行かしてもろて、いいですか？」

「歓迎するよ。次は、うちで旨《うま》いうどんを打ってくれ」

「はい。頑張って修業して、モノになったら、必ず伺《うかが》います」

森が差し出した手を、弘和はしっかりと握った。敏生はそんな二人を、嬉《うれ》しそうに見つめていた。

握手の手を離すと、弘和は改めて一礼し、こう言った。

「そしたら、俺、朝の仕込みがありますんで、もう行きます。オヤジさんに、朝までに戻るて約束してますから」

そして、敏生に手を振ると、尽きない名残《なごり》を断ち切るように、店の中へ入っていった。

「いい奴《やつ》だな。……さて、そろそろ主治医の出番じゃないか、琴平君。宿に戻ったら、チェックアウトまで休養を命じるぞ」

三人並んで宿への道をゆっくり歩きながら、龍村はそう言った。敏生は、森に寄り添って歩きつつ、ちょっと不満げに口を尖《とが》らせる。

「チェックアウトまでぐっすり、はみんな一緒じゃないですか。それに、このまま寝るには、僕お腹《なか》空《す》いて倒れそうですよう」

「やれやれ。君には、眠気より食い気だな、敏生。だがせめて、宿の朝食が始まるまで寝ろ。主治医の許可が下りれば、鳴門《なると》の渦潮《うずしお》へ連れていってやるから」

「えっ、ホントですか？」

「主治医の許可が下りれば、と言ったろ、琴平君。きちんと眠って食って、すっかり快復していたら、の話だぜ」

「大丈夫ですよう。任せてください！」

敏生は顔を輝かせて、胸をばんと叩《たた》いてみせる。早くもいつもの元気を取り戻しつつあるその姿に、森と龍村は顔を見合わせ、感心半分、呆《あき》れ半分の視線を交わしたのだった……。

その日の午前十時。森がチェックアウトの手続きをしている間、敏生は龍村と二人、ロビーで待っていた。

*　　*

「あのね、龍村先生。訊《き》きたいことがあるんですけど」

ここには二人しかいないのに、敏生は内緒話のように小さな声で話しかける。さては森のことか、と思い当たった龍村は、笑いながら頷《うなず》いた。

「僕に答えられることなら何なりと。また、天本が何かやらかしたか？」

敏生はちょっと顔を赤くして、かぶりを振った。

「違うんです。ただ……あの、カフェイン中毒って、ホントにあるんですか？　やっぱりそれって身体《からだ》に悪いんですか？」

思いもよらない質問に、龍村は目を見張る。

「ああ、確かにあるよ。カフェインは、広い意味では依存性薬物の一つと言えなくもないからな。摂《と》りすぎは身体によくない。それは、もしかしなくても天本のことだな？」

「ええ。四国《しこく》に仕事に来る寸前まで、天本さん原稿大変だったんです。で、帰ってすぐまた一つ締め切りがあるはずなんですけど……」

「うむ。それで？」

敏生はちょっと困ったような顔つきで、テーブルの上に指を走らせた。

「そういうときの天本さんってね、部屋にインスタントコーヒー置いてて、原稿書いてる間じゅうずっと飲んでるんですよ。時々僕、お茶持っていくんですけど、そのとき見てみたら、瓶《びん》の中身がめちゃくちゃ減ってるんです。飲みすぎだって言っても、原稿書いてるときの天本さんは機嫌《きげん》悪いから、聞く耳持たないし」

敏生は途方に暮れたように嘆息する。

「それにホラ、ご飯もあんまり食べなくなるし。だから、身体《からだ》壊すんじゃないかって心配で心配で」

「なるほどな」

龍村は、テーブルに頬杖《ほおづえ》をついて楽しそうに笑った。敏生は不満げに唇《くちびる》を尖《とが》らせる。

「そんなに面白がらないでくださいよう。僕は本気で心配してるんですから。いくら天本さんが丈夫だからって、あれは多すぎます」

「ああ、悪かった。あんまり君が健気《けなげ》なんで、つい笑ってしまっただけだ。そうだな、だがインスタントコーヒーを取り上げたら、天本のご機嫌を損じるんだろう？」

「……たぶん。締め切り前の天本さんは、ちょっと怖《こわ》いし、それに飲まないと仕事にならないんじゃないかと思って」

敏生はちろりと舌《した》を出す。龍村は腕組みしてちょっと考えてから、にやりと笑ってこう言った。

「そういうことなら、少し悪賢くならなくてはな、琴平君。天本の機嫌《きげん》を損ねず、なおかつ奴《やつ》の健康を維持《いじ》するために」

敏生はパッと顔を輝かせる。

「何かいい方法があるんですか、龍村先生」

「うむ。簡単だ。いいかい、家に帰ったら……」


それから数日後の夜……。

「さて。少し休憩しよう」

カタカタとテンポよくキーを打ち続けていた手を止め、森は小さく息を吐いた。ふと、パソコンのモニター右下に表示された時刻を見れば、午後十一時半過ぎだった。

帰宅してすぐに書き始めた短編小説は、もうほとんど完成に近いところまで来ている。今夜一晩頑張れば、何とか明日の締め切りに間に合いそうだ。

毎晩、何だかだと理由をつけて部屋にやってきては少し話をしていく敏生だが、今夜は姿を見せない。おそらく、自室で絵を描《か》いてでもいるのだろう。

「……コーヒーでも飲むか」

森は少し物足りない思いをしながら、机の片隅《かたすみ》に置いた盆を引き寄せた。盆の上には、クッキーの缶と共に、インスタントコーヒーの瓶《びん》がのっている。

慣れた手つきで、顆粒《かりゅうじょう》状のコーヒーをマグカップにスプーンで掬《すく》い入《い》れようとした森は、ふと訝《いぶか》しげな顔つきで手を止めた。

「おかしいな」

そんな呟《つぶや》きを漏《も》らしつつ、森はインスタントコーヒーの瓶を目の高さに持ち上げ、しげしげとその中身を眺《なが》めた。やがてその顔に、困惑混じりの苦笑いが浮かぶ。

「まったく……あいつは」

そして森は、何事もなかったかのように、スプーン山盛りの顆粒を、マグカップに放《ほう》り込《こ》んだ。

それから十数分後。控えめなノックの音に続いて、森の部屋の扉《とびら》が細く開いた。おずおずと中を覗《のぞ》き込《こ》んでいるのは、敏生である。

「入っておいで。ちょうど休憩していたところだから」

「あ……はい」

敏生は、そろりと室内に入ってきた。森の机の上に湯気を立てるマグカップがあるのを見て、森の顔色を窺《うかが》うようにしながら、ベッドの端《はし》にちょこんと腰を下ろす。

そのいつになくおとなしい……というより警戒態勢に入った猫のような敏生の仕草に、森はわざと落ち着き払って訊《たず》ねた。

「どうした？　ああ、インスタントコーヒーでよければ君も飲むかい？　君はいつも俺にお茶を淹《い》れてくれるから、たまには俺が君にサービスしよう」

そう言いながら森はインスタントコーヒーの瓶《びん》に手を伸ばした。その手元に、敏生のあまりにもあからさまな視線を感じ、森は敏生に背中を向けたまま、込み上げる笑いを嚙《か》み殺《ころ》す。

敏生は、差し出された缶から小さな魚の形をしたクッキーを摘《つま》んで頰張《ほおば》りながら、森の様子を心配そうに見守った。

森は、ごく自然な仕草で、ポットから湯を入れ、出来上がったコーヒーを敏生に手渡した。そして、自分のカップを持って、敏生の隣《となり》に腰掛ける。

「砂糖とミルクは多めに入れておいたよ」

「あ……すいません。ありがとうございます」

敏生はちょっと困ったように礼を言い、熱いコーヒーを一口啜《すす》った。ちゃんと敏生の好みに合わせて、薄めの甘めで作られた美味《おい》しいコーヒーだった。だが、敏生はどこか浮かない顔で、森の顔を上目遣《うわめづか》いに見た。

「あの。……美味しいですか？」

問われて、森はいつも訝《いぶか》しげに眉《まゆ》を顰《ひそ》めた。

「どうした？　俺の作ったコーヒーは、お気に召さなかったかな」

「あ、違います。凄《すご》く美味《おい》しいです。あの、そうじゃなくて、天本さんはコーヒー美味しいですかって」

「ああ、旨《うま》いよ。……いつも飲んでいるものだからね」

後半に微妙に力を込めてそう言い、森は皮肉っぽい笑顔で敏生を斜めに見た。敏生は、蛇《へび》に睨《にら》まれたヒヨコのように、小さな肩をより小さくして、森の表情を窺《うかが》う。

「あの……えっと。ううん、だったらいいんですけど。あ、このクッキーも美味しいです。いつこんなの焼いたんですか？」

嘘《うそ》のつけない自分の性格を呪《のろ》いつつ、敏生は何とか話題を逸《そ》らそうとする。森はとうとう笑いだし、サイドテーブルにマグカップを置いた。そして敏生の額《ひたい》を、ピンと軽く指先で弾《はじ》く。

「言いたいことがあるなら、ハッキリ言ったらどうだ」

「……え……」

敏生は森の笑顔に、ギョッとしたように少し仰《の》け反《ぞ》る。その手からカップを優しく奪い取り、テーブルに置いてしまうと、森はずいと敏生に顔を近づけた。

「すり替え工作は、もっと上手にするものだぞ、敏生」

「あ……」

　森はついと立つと、盆からインスタントコーヒーの瓶《びん》を手に取り、そして軽く振ってみせた。

「夕飯前は三分の一ほどしか中身が残っていなかったのに、今、口までいっぱいになっていては、いくら俺でもすぐわかるよ。……そもそも、味が全然違う」

「あー……やっぱりばれちゃった。ごめんなさい」

　敏生はシュンとして項垂《うなだ》れた。そう、龍村から与えられた悪知恵とは、「瓶の中身だけ、そっくり入れ替えてしまえばいいのさ。ノンカフェインのインスタントコーヒーとね」ということだったのだ。それを素直に実行した敏生だったのだが、その手法があまりにもお粗末だった……ということなのだろう。

「思いきりがよすぎたな。せめて、全体量を同じにして、ノンカフェインのものと元のものを混ぜておくくらいにしておけば、俺も騙《だま》されたかもしれないぞ」

　やけに楽しそうにそんなことを言う森を、敏生は恨《うら》めしげにボリボリとクッキーを囓《かじ》りながら見上げた。

「騙そうとしたのは悪かったですけど、でも僕、心配だったんです。天本さん、ちょっとコーヒー飲みすぎですよう」

「やれやれ、君は心配性だな。俺や一瀬君のことは言えないぞ」

「だって……」

森は再び敏生に寄り添うように座ると、拗《す》ねたように自分を見ている少年の柔らかい髪を撫《な》でた。

「確かに少々飲みすぎかもしれないが、食欲がないときの糖分補給のためだし、それにコーヒーのせいで胃が痛くなったことはないよ」

「それでもです。原稿が大変なのはわかりますけど、ちゃんとご飯食べて、コーヒーは少しにして、眠いの我慢できなくなったら、寝てください。電話には僕が出て、天本さんの代わりに担当さんに謝りますから。寝ないと、身体《からだ》壊しちゃいますよ」

どこまでもいじらしい敏生の言葉に、森は思わず笑いだしてしまった。敏生はみるみる眉《まゆ》を逆立てる。

「もう、天本さん！　笑わないでくださいよ。僕は本気で心配してるのに」

胸を打とうとした敏生の拳《こぶし》を、森は細い手首を摑《つか》んで制止し、片腕で敏生の身体を抱き寄せた。

「天本さんってば、ずるいです！　すぐそうやってごまかすんだから」

「ごまかしてるんじゃない。謝ってるのさ。……からかって悪かった」

ムッとした顔の敏生の額《ひたい》にキスして、森は微笑を残した顔で言った。至近距離で見る、いつもよりくたびれた森の顔に、敏生はまだ少し怒ったままの顔で言った。

「ホントに心配してるんですよ？　今だって腫《は》れぼったい目してるし、顔色も悪いし。旅行から帰ったばっかりなのに、根詰《こんづ》めすぎです」

「わかってる。……ありがとう。だが、そこまで俺のことばかり心配しなくていい」

「僕の頭の中は、いつだって天本さんでいっぱいですよ。……知らなかったんですか？」

口を尖《とが》らせて、敏生は挑《いど》むような口調と目つきで言った。森の鋭《するど》い切れ長の目が、驚きに見開かれ……やがて、優しく細められる。

「知ってるよ」

そんな低い囁《ささや》きと共に、唇《くちびる》が軽く触れ合った。まだ固く握り締められていた敏生の拳《こぶし》が、ようやく森の広い背中で、そのほっそりした指を開く。

互いの額《ひたい》をくっつけたままで、森は細く長い息を吐いた。

「君は子供みたいに体温が高いから……こうしていると、温かくて眠くなってくるな」

「じゃあ、寝てください。昨日もろくに寝てないんでしょう？」

敏生はクスリと笑うと、森の背中を抱いたまま、みずからバタリとベッドに倒れ込んだ。勢い、引っ張られた森は、敏生に覆《おお》い被《かぶ》さるような状態になってしまう。

「と……敏生」

「人間は、三時間単位で睡眠をとるといいって言いますよ。だから、ね。三時間寝てください。三時間経《た》ったら、僕がちゃんと起こしてあげますから」

「……この状態でどうやって眠れと言うんだ、君は」

「僕、すぐにどきますってば。……あ」

起き上がろうとした敏生を、森は片腕で制止した。そして、ゴロリと敏生の傍《かたわ》らに仰向《あおむ》けに横たわった。目を閉じたまま、掠《かす》れた声で呟《つぶや》く。

「無理やり寝かしつけておいて、そのままさっさと出ていくつもりじゃないだろうな」

「え？」

「しばらく、ここにいてくれないか。……まったく、今回の旅はよけいなことで疲れた」

その呟《つぶや》きに、敏生は心底すまなそうに、俯《うつぶ》せに寝転がったまま詫《わ》びた。

「あ……ごめんなさい。せっかく早川《はやかわ》さんがボーナス代わりに旅行を手配してくれたのに、あんな事件に巻き込んじゃって……」

「馬鹿《ばか》、そのことじゃない。あれは悲しい事件だったが、哀れな犬の魂《たましい》を送ってやることができてよかったと思ってる。犬蠱《けんこ》を退じることもできたしな」

敏生はキョトンとして、薄目を開いた森の白い顔を見た。

「じゃあ、よけいなことって何です……？」

森は両手の指で重い瞼《まぶた》を揉《も》みながら、ボソリと告白の言葉を吐き出した。

「嫉妬《しっと》の虫というのは、意外と駆除《くじょ》するのに骨が折れるものなんだ」

「……嫉妬の……虫？」

一瞬、森の言葉の意味がわからずポカンとした敏生は、やがてプッと吹き出した。

「ま、まさか天本さん、ヒロ君にヤキモチ焼いてたんですか？　ヒロ君とは、そんなんじゃないのに」

「こら、笑うな。好きな奴《やつ》が、昔の友達と楽しそうにしていれば、誰だって少しは妬《や》くだろうさ。……何でもないとわかっていてもね」

森は、クスクス笑う敏生の鼻をギュッと摘《つま》んで、怖《こわ》い目で睨《にら》む。だが敏生は、笑いを引っ込めることができないまま、心底嬉《うれ》しそうに言った。

「だって、天本さんがそんなこと……」

「我ながら、自分にそんなガキっぽい感情があったとは驚きだがな。……それでも、一瀬君のことが気に入ったと言ったのは、嘘《うそ》じゃないぞ」

「わかってます。……何だか嬉しいな、天本さんがそんなこと言ってくれるなんて」

敏生が顔一杯に喜びを表すので、何となく照れくさくなった森は、敏生に背を向けてしまった。

その広い背中に、敏生はそっと腕を回し、温かい頰《ほお》を押し当てた。

「ねえ、天本さん」

「……何だい」

甘えるような敏生の声に、森は平静を装《よそお》った声で答える。

「何だか、布団《ふとん》に入ってたら、僕まで眠くなってきちゃいました」

「こら。君は三時間経《た》ったら、俺を起こしてくれる約束だろう？」

「そのつもりだったのに、天本さんが引き留めたりするから。……天本さんが悪いんですよ。諦《あきら》めて朝まで寝ましょう。原稿より、健康です！」

そう言うなり、敏生は森の肩を引っ張って仰向《あおむ》けにすると、さっさとその肩の上に自分の小さな頭を乗せた。

「そんな上手《うま》い洒落《しゃれ》をどこで覚えてきたやら」

苦笑いしつつも、森は敏生が寝心地いいように、片腕で敏生の肩を抱き寄せた。

本当は、朝まで眠ってしまったらその後どんなことが起こるか、想像するだに恐ろしい。それでも、傍《かたわ》らの心地よい温《ぬく》もりを突き飛ばして再び原稿に立ち向かえるほど自分の意志が強固でないことに、森はとっくに気づいていた。

「……敏生」

静かに呼びかけられて、半ばウトウトしながら敏生は返事をする。森は、指先に敏生の柔らかい髪を巻き付けながら、低い声で言った。

「君はわざと訊《き》かずにいてくれるんだろうが……。父のことは、いつか必ずはっきりさせるから」

「……はっきり、って天本さん……」

敏生はハッとして起き上がろうとしたが、森は片手でそれを制し、穏やかに言葉を継いだ。

「心配するな。……決して和やかな話し合いにはならないだろうが、それでも何らかの形でけりをつける。あの人の呪縛《じゅばく》から解放されない限り、俺は本当の意味での自分になれない気がするんだ」

敏生は、少し悲しげな瞳《ひとみ》で、至近距離にある森の顔を見た。

「本当の……自分に……」

「知りたいことが……知らなくてはならないことが、たくさんあるんだ」

森は、じっと敏生を見返して言葉を継ぐ。

「必ず、もう一度父と会って、今度こそ話をするよ。それは、そう遠い先の話じゃない。そんな気がする。……その時、俺がどんなに呪《のろ》われた生い立ちの人間かわかっても、君は……俺の傍《そば》にいてくれるかい？」

冷静な声ではあったが、語尾に、敏生にだけはわかってしまう微《かす》かな震えが感じられる。父親に会うことを考えただけで、妖《あやか》しなど恐れない森が、少なからず怯《おび》えている。その事実が、敏生を酷《ひど》く不安にさせた。

「……こんなに長い間一緒にいるのに、天本さんはまだ、僕が凄《すご》く頑固《がんこ》だって知らないんですか？　僕は、天本さんと一緒にいるったらいるんです。何があっても」

しかし、一瞬泣きそうになった敏生は、すぐに明るい笑顔になった。さっきのお返しとばかり、森の高く通った鼻を、ぎゅうっと思いきり摘《つま》む。「痛い」と森が鼻声で両手を上げ、降参するまで、敏生は手を放さなかった。

「いいですか。いつまでもそんなつまんないこと言うと、怒りますよ」

敏生は、森の手を振り切って身を起こすと、森の顔を真上から覗《のぞ》き込《こ》んだ。その真剣な瞳《ひとみ》を、森はただ無言で見上げるばかりである。

「生い立ちがどうこうっていうなら、僕だって相当変です。だけど、誰だって、両親は選べないでしょう？　どんな親のもとで、どんな生まれ方したって、それはその人のせいじゃないです」

「……敏生……」

森は、敏生の大きな鳶色《とびいろ》の瞳いっぱいに映る、自分の呆然《ぼうぜん》とした顔をただ見つめている。敏生は、どこか戸惑《とまど》いがちな森の黒曜石の瞳に、微笑《ほほえ》みかけて言った。

「だけど、生き方は選べるから。きっとみんな、いつも何かを拾って何かを棄《す》てて、行く道を迷いながら決めて、歩いていくんです。僕だって、全然自信はないけど……でも、いつだって天本さんと笑って暮らせる自分でいたいと思ってます。……きっと、それが僕にとっての『正しい道』だから。……ねえ、天本さん。僕、天本さんに会うまで、自分にできることとなんて何もないと思ってました」

敏生は、昔を思い出すように、長い睫《まつげ》を伏せる。

「身体《からだ》も小さいし、力も弱いし、勉強だってからっきしだし、不器用だし、絵も好きだってだけで、ずばぬけて人より上手だとは思えないし、料理もできないし……。でも今は、自分にできること、一つだけ見つけたんです」

「ほう……何だい？」

面白そうに問われて、敏生はちょっと恥ずかしそうな、誇《ほこ》らしげな笑顔で答えた。

「天本さんを元気にすること」

「……俺を？」

「そう。天本さん、頭良すぎるから、すぐどんどんひとりで考えて、悩んだり落ち込んだりするでしょう？　それを無理やり途中でストップさせるのが僕の仕事です。もっとゆっくり、楽しみながら歩きましょうって。……ほら、僕はのんびり屋だから」

敏生の目の前で、森の厳しい顔が、ふっと和らいでいく。切れ長の鋭《するど》い目が優しく細められたと思うと、敏生は項《うなじ》に、森の冷たい手のひらが触れるのを感じた。そのまま引き寄せられて、唇《くちびる》を重ねる。

息苦しくなった頃、ようやく唇を離した森は、少しおどけた口調で言った。

「保証しよう。君は、俺をリラックスさせる天才だよ。……こんな非常時ですらね」

森の上に半分乗り上げた状態で、敏生はクスリと笑う。

「褒《ほ》めてくださって、ありがとうございます。もう、非常時は忘れて、観念してください。僕、今夜は天本さんにぐっすり寝てもらうことに決めたんですから」

「……参った」

まるでそれ自体が毛布の一部でもあるかのように、森は敏生の華奢《きやしや》な身体《からだ》を胸の上に抱き、深い溜《た》め息《いき》をついた。

「睡魔と君が結託して攻撃してきたら、俺は降参するしかないよ」

嬉《うれ》しげに笑って、敏生は腕を伸ばし、部屋の灯《あかり》を消した。室内は、パソコンのモニターが放つ光でぼんやりと照らされている。再び森の傍《かたわ》らに心地よく収まり、敏生は小さな欠伸《あくび》をした。

「でも、僕も睡魔にしっかりやられちゃってるみたいです」

「では、二人しておとなしく無条件降伏することにしよう。……明日のことは明日考える、明日できることは今日するな、さ」

彼にしてはやけっぱちな発言をして、森は敏生を抱いたまま、目を閉じた。敏生の手のひらが、まるで母親が幼子にするように、布団《ふとん》の上から森の胸元をぽんぽんと叩《たた》く。その心地よいリズムが、森を心地よい眠りへと誘ってくれた。

意識が途切れる寸前、森は頰《ほお》に触れる敏生の唇《くちびる》の感触と共に、優しい囁《ささや》きを聞いた。

「おやすみなさい。……夢の中でも、ずっと一緒に……」

あとがき

皆さんお元気でお過ごしでしょうか、椹野道流《ふしのみちる》です。

今回の奇談は、とうとう四国上陸です。しかも、敏生《とししき》ファンなら地名を聞いただけでも変な笑いが込み上げる、香川県《かがわけん》の琴平《ことひら》温泉が舞台に！

実は以前にも一度、奇談の取材のつもりで四国のあちこちを旅行したことがあったのですが、いかんせんその時、秋にもかかわらず四国は炎熱地獄。おかげで、とてもストーリーを考えるどころの話ではなく、結局「ぐったり旅行」で終わってしまいました。

今回は、その教訓を生かし、春先にリベンジしてみました。そしたら……楽しかった！もちろん、取材先を琴平周辺に限定したため、ゆったりできたせいもあるんですが、何より気候が快適で。正しい時季を選ぶというのは、旅行においては本当に大切なことなのだな……と実感しました。

温泉を堪能《たんのう》したり、美味《おい》しいうどんを食べたり、和菓子を食べたり、ついでに栗林《りつりん》公園や鳴門《なると》の渦潮《うずしお》にまで足を延ばしたりして、充実した旅行でした。残念ながら作中では、天《あま》本《もと》たちは例の如《ごと》くトラブルに巻き込まれ、のんびり旅を楽しむことができなかったようですが……。

本作では姿を現していないにもかかわらず、天本たちの日常生活に暗い影を落としているらしき、天本父ことトマスさん。どうやら天本の言うとおり、父と子が本当にぶつかるときが、近くなってきたようです。前作『貘夢《ばくゆめ》奇談』を出したあと、「天本が心配」というお手紙と共に「天本には敏生がいるから大丈夫ですよね！」というお手紙もたくさん頂きました。そうですね、最近成長めざましい敏生がついていれば、きっと天本も頑張れると思います。どうぞ皆さんも一緒に、彼らを見守ってやってください。

次回の舞台はまだ未定です。昨年のテロ以来、どうも遠ざかってしまっていた海外旅行にそろそろ行ってみようかな、それともまだキャラクターたちが未踏《みとう》の北海道か九州へ行こうかな……と、あれこれ考えています。皆さんのご当地自慢もまだまだ募集中です。どうぞ、普通の観光ガイド本ではわからないような、地元の面白いポイントや行事を、こっそり教えてくださいね！

さてさて、最近あまりあとがきで自分の暮らしぶりについて語っておりませんでしたが、今回は猫の話をば。

　我が家には、現在四匹の猫がいます。三匹は弟が拾い、一匹は昨年五月、両親が自宅の前で見つけました。その、両親が拾った末っ子猫が、もう可愛《かわい》くて仕方ないのです。うちに来たときは手のひらサイズだったのでチビというセンスのない名前を貰《もら》った（母に！）その猫、最初は目やにだらけ、シラミだらけのそれはもう小汚《こぎたな》い奴《やつ》でした。両親に押しつけられていやいや育て始めたものの、私を「おかーさん」と認識したチビは、どこへ行くにもついてきて、寝ても起きてもずっと一緒、という状態に。そうなってみると、子猫って可愛いものですねー。人間の子供はどうにも苦手な自分でも、少なくとも「猫のおかーさん」はやれるのね……と少なからず驚きました。

　どんなキャラクターでもおそらく、作者である私の性質をどこかに受け継いで生まれてくるのだろうと常々思っていました。しかし今回ほどそれを実感したことはありません。……よもや、敏生を甘やかしているときの天本と同じ感情が、自分の中に存在していたとは……！　奴は、私からもっとも遠いキャラクターだと思っていたのに。

　けれど、不思議なものだなあ、とつくづく感じるのです。人間と猫でも、そこには……他人が聞けば「馬鹿馬鹿《ばかばか》しい」と笑うかもしれないけれど、確かに親子の絆《きずな》があって。それなのに、テレビからは、実の親が子供を虐待《ぎゃくたい》して死なせてしまう、なんてニュースが、しょっちゅう聞こえてきて。ふと、血の絆というのは、世の中でいちばん脆《もろ》い絆なんじゃないかしら、と思うことがあります。血が繋《つな》がっているからといって無条件に愛せるわけでは決してなく、やっぱりお互い心を結び合う努力をしないと駄目なんだろうな、と。その一方で、血なんか繋《つな》がっていなくても、お互いを深く思う気持ちがあれば、何よりも強い絆《きずな》を結ぶことができるんじゃないかな、と。

何にせよ、力いっぱい愛せる存在が近くにいることで、どんなにきついときでも、頑張る力が湧《わ》いてくるような気がします。永遠に一緒にいられるわけではないから、一日一日が本当に大切で愛《いと》しい。そう思える自分は幸せなのだな、と思う今日この頃です。

今回、原稿を書きながら聴いていたのは、アメリカのバンド「R. E. M.」の「OUT OF TIME」というアルバムです。たいてい、どんなに好きなミュージシャンのアルバムでも、一枚聴くと一曲くらいは好きじゃないのがあるものですが、このアルバムは丸ごと大好き。何故《なぜ》かはわからないのですが、すべての歌が、私の中では天本そのものなのです。もしかすると、ボーカルのマイケル・スタイプの声が、どことなく彼のイメージなのかもしれませんね。

それから、いつものお話を。例によって、お手紙に①80円切手②タックシールにご自分の住所氏名を様付きで書いた宛名《あてな》シール（両面テープ不可）を同封してくださった方には、特製ペーパーを送らせていただいています。原稿の合間にペーパーを作り、少しずつお返事しますので、かなり時間がかかります。申し訳ありませんが、広い心で待っていただけますようお願いいたします。何とか、次の本が出るまでにはお手元にお届けしようと頑張ってます！

また、お友だちのにゃんこさんが管理してくださっている槻野後見ホームページ「月世界大全」http://moon.wink.ac/でも、最新の同人誌情報やイベント情報がゲットできます。パソコンをお持ちの方は、今すぐアクセスしてみてくださいね！　公認サイトではありませんが、私も後見という形で（本当に後ろから見てるだけ……）、ホームページでしか読めない短い小説や、天本の料理レシピなどをアップしていただいたりしています。

最後に、お礼を。

イラストのあかまさん、いつも素敵な絵をありがとうございます。前作『貘夢奇談』の表紙イラストが編集部経由で届いたとき、私は旅行に発《た》つ直前でした。旅先の北海道で、担当の鈴木《すずき》さんに「届きました」のメールを送ったところ、お返事には「すずちゃんの背後から控えめに覗《のぞ》いている貘《ばく》が見所です」と。帰って最初に確認したことは言うまでもありません。……怖《こわ》いけどちょっと可愛《かわい》かったです。

担当代理の蒔田《まきた》さん。お世話になるのもこれで二度目で、しかもいつも仕事がとろくて申し訳ありません。『遠日奇談』で鬼《おに》のように分厚い本を作ってしまった反省を今回形に……しようと思っていたのですが、結局こんなことに。とほほ。

それから、讃岐《さぬき》地方の方言については、藤谷綾郁《ふじたにあやか》さんにご指導いただきました。この場をお借りして、お礼申し上げます。

さてさて、次回はいったい天本と敏生はどこに上陸するのか、龍村《たつむら》・師匠《ししょう》・早川《はやかわ》の出演枠《しゅつえんわく》を巡る争いはどうなるのか（笑）、どうぞお楽しみに！　それではまた、近いうちにお目にかかります。ごきげんよう。

――皆さんの上に、幸運の風が吹きますように……。

椹野《ふしの》　道流《みちる》　九拝

椹野道流先生へのファンレターのあて先
〒112-8001　東京都文京区音羽2-12-21　講談社　X文庫「椹野道流先生」係
あかま日砂紀先生へのファンレターのあて先
〒112-8001　東京都文京区音羽2-12-21　講談社　X文庫「あかま日砂紀先生」係

N.D.C.913　318p　15cm

椹野道流（ふしの・みちる）
2月25日生まれ。魚座のO型。兵庫県出身。某医科大学法医学教室在籍。望まずして事件や災難に遭遇しがちな「イベント招喚者」体質らしい。甘いものと爬虫類と中原中也が大好き。主な作品に『人買奇談』『泣赤子奇談』『八《や》咫《た》烏《がらす》奇談』『倫敦《ロンドン》奇談』『幻月奇談』『龍泉奇談』『土蜘蛛奇談（上・下）』『景清奇談』『忘恋奇談』『遠日奇談』『蔦蔓奇談』『童子切奇談』『雨衣奇談』『嶋子奇談』『貘夢奇談』、オリジナルドラマCDとして『幽幻少女奇談』がある。

講談社X文庫

white heart

犬神奇談《いぬがみきだん》

椹野道流《ふしのみちる》

●

2002年7月5日　第1刷発行

定価はカバーに表示してあります。
発行者——野間佐和子
発行所——株式会社　講談社
東京都文京区音羽2-12-21　〒112-8001
電話　編集部　03-5395-3507
販売部　03-5395-5817
業務部　03-5395-3615
本文印刷—豊国印刷株式会社
製本———株式会社国宝社
カバー印刷—半七写真印刷工業株式会社
デザイン—山口　馨

ISBN4-06-255621-9